Rhein-Main-Bestie

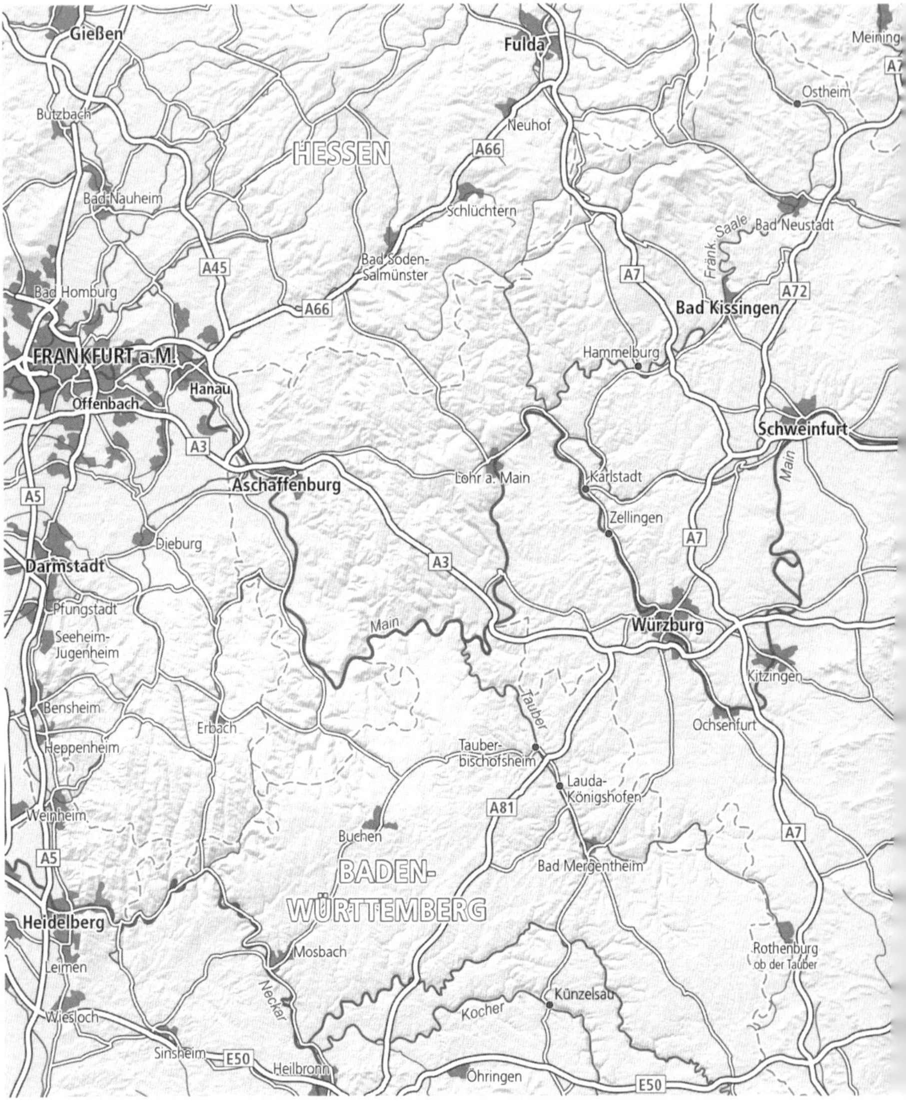

Gießen
Fulda
Meining
A7
Ostheim
Butzbach
Neuhof
HESSEN
A66
Bad Nauheim
Schlüchtern
Fränk. Saale
Bad Neustadt
Bad Soden-
Salmünster
A45
A7
A72
Bad Homburg
A66
Bad Kissingen
FRANKFURT a.M.
Hammelburg
Hanau
Offenbach
Schweinfurt
A3
Lohr a. Main
Karlstadt
Main
A5
Aschaffenburg
Zellingen
Dieburg
A7
A3
Darmstadt
Pfungstadt
Main
Würzburg
Seeheim-
Jugenheim
Kitzingen
Tauber
Bensheim
Erbach
Ochsenfurt
Heppenheim
Tauber-
bischofsheim
Lauda-
Königshofen
A81
Weinheim
Buchen
A7
A5
BADEN-
WÜRTTEMBERG
Bad Mergentheim
Heidelberg
Mosbach
Rothenburg
ob der Tauber
Leimen
Neckar
Künzelsau
Kocher
Wiesloch
Sinsheim
E50
Heilbronn
Öhringen
E50

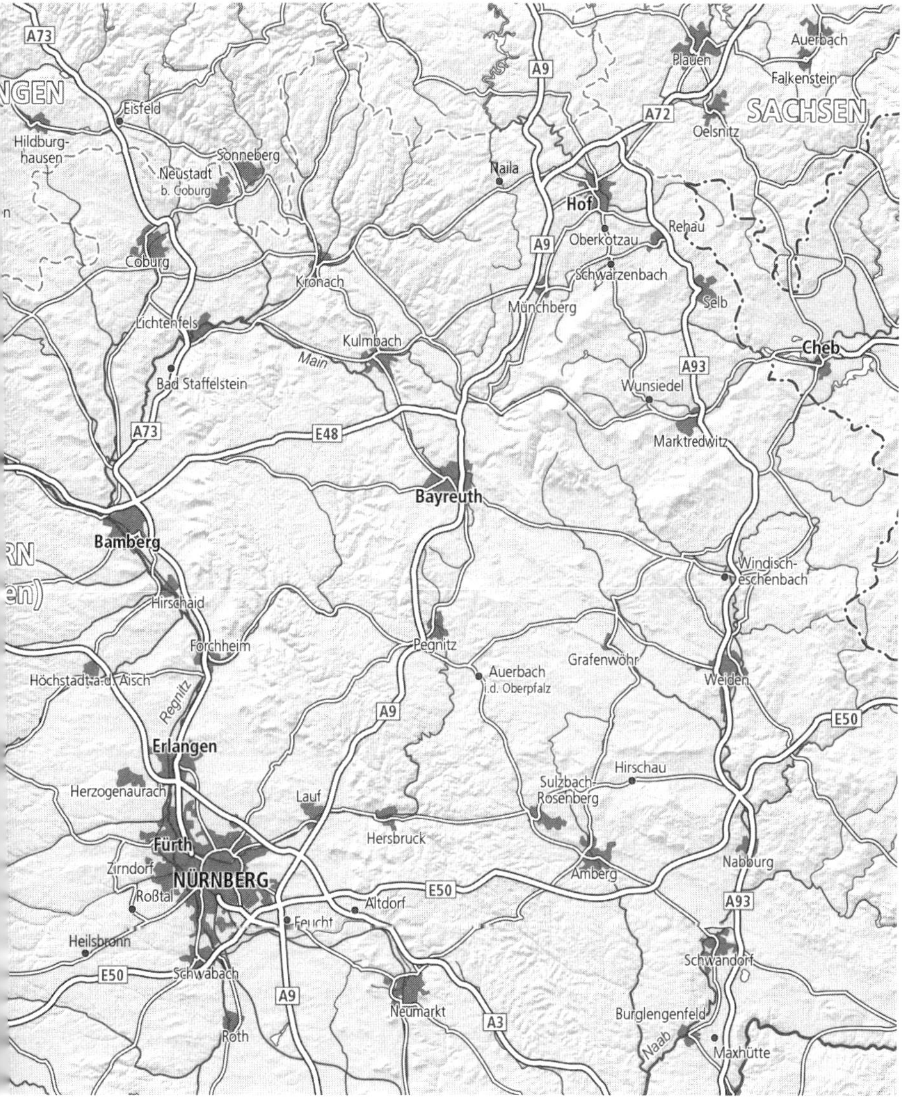
A73
Eisfeld
Hildburg-
hausen
Sonneberg
Neustadt
b. Coburg
Coburg
Kronach
Lichtenfels
Bad Staffelstein
A73
Kulmbach
Main
E48
Bayreuth
Bamberg
Hirschaid
Forchheim
Höchstadt a.d. Aisch
Regnitz
Erlangen
Herzogenaurach
Fürth
Zirndorf
NÜRNBERG
Roßtal
Heilsbronn
E50
Schwabach
Roth
A9
Lauf
Hersbruck
Altdorf
Feucht
E50
Neumarkt
A3
Pegnitz
Auerbach
i.d. Oberpfalz
A9
Grafenwöhr
Sulzbach-
Rosenberg
Hirschau
Amberg
Weiden
Windisch-
eschenbach
E50
Nabburg
A93
Schwandorf
Burglengenfeld
Naab
Maxhütte
A9
Naila
Hof
A9
Oberkotzau
Schwarzenbach
Münchberg
Rehau
Selb
A72
Plauen
Oelsnitz
Auerbach
Falkenstein
SACHSEN
Cheb
A93
Wunsiedel
Marktredwitz

Deutschlands einziger krimischreibender Standesbeamter studierte in München und Bayreuth. In Coburg arbeitete er als städtischer Abteilungsleiter für öffentliche Sicherheit achtzehn Jahre eng mit der Polizei zusammen. Volker Backert lebt am Obermain. In seiner Freizeit frönt er den »fünf großen ›L‹«: Lieben, Lachen, Laufen, Lesen, Lauschen (Musik der Sechziger/Siebziger von Abba bis Zappa).

VOLKER BACKERT

Rhein-Main-Bestie

FRANKEN KRIMI

emons:

Bibliografische Information der Deutschen Nationalbibliothek
Die Deutsche Nationalbibliothek verzeichnet diese Publikation in der Deutschen Nationalbibliografie; detaillierte bibliografische Daten sind im Internet über http://dnb.d-nb.de abrufbar.

Umschlagmotiv: Timmitom/photocase.de
Umschlaggestaltung: Nina Schäfer, Tobias Doetsch
Gestaltung Innenteil: César Satz & Grafik GmbH, Köln
Lektorat: Dr. Marion Heister
Druck und Bindung: CPI – Clausen & Bosse, Leck
Printed in Germany 2017
ISBN 978-3-7408-0161-8
Franken Krimi
Originalausgabe

I can't get no satisfaction
'cause I try and I try and I try
I can't get no, I can't get no satisfaction!

Rolling Stones, 1965

Innere Erregung wird fortlaufend zentralnervös produziert und staut sich auf, es kommt zum Triebstau. Durch ein Suchverhalten nach dem passenden Schlüsselreiz wird die Triebhandlung in Gang gesetzt. Bei starkem Triebstau reicht schon ein schwacher Reiz (Auslöser), damit die innere Sperre (…) beseitigt wird, um die Handlungen ablaufen zu lassen (…) so lange oder so oft, bis der Trieb befriedigt ist. Eine endgültige Triebbefriedigung kann sich jedoch nicht einstellen.

Haberkamp, »Triebgeschehen und Wille zur Macht«, 2000

Prolog

Lokales. Unser MdB Dr. Manfred Nassel bricht heute zu einem viertägigen Informations- und Meinungsaustausch der Deutsch-Ukrainischen Parlamentariergruppe nach Kiew auf.

01:14 Uhr – Kiew, V.I.P. Men's Club »Grande Royale de la Fleur«

Wild schäumt der weiße Krimsekt über ihre prallen braunen Brüste. Juanita wirft den Kopf in den Nacken und lacht.

Ächzend sinkt der Dicke mit der weißen Tolle vor ihr auf die Knie. Behutsam, fast schüchtern küsst und züngelt er sich an den kostbaren nassen Spuren entlang. Juanita lacht immer noch, kehlig und aus weiter Ferne.

Seine Gier wächst, er berauscht sich förmlich an ihrer drallen Nacktheit; er schmatzt, er saugt, wird immer hemmungsloser, im jagenden Rhythmus von Leonid Agutin und Al di Meola, ihr »Cosmopolitan Life« hetzt und befeuert ihn, immer weiter, immer schneller. Bis er, keuchend vor Lust, endlich innehalten muss. Tief, ganz tief vergräbt er sein Gesicht in der klebrig-weichen Wärme zwischen ihren riesigen Brüsten. Sie riecht und schmeckt exotisch süßlich; ein betäubender Sinnesmix, ein wahrer Overkill aus Krimsekt, Bodylotion und Parfüm.

Urplötzlich beginnt sein Kopf zu schmerzen. Ein Schmerz, wie er ihn noch nie erlebt hat. Steinhart pocht es hinter seiner linken Schläfe, der Schmerz drückt bis an sein Auge.

Dann schlagartig Totenstille – lachend presst sie ihm die schweren Brüste auf die Ohren. Er hört und sieht nichts mehr, er bekommt plötzlich keine Luft mehr. Die Angst kocht hoch, siedend heiße Todesangst schießt durch seine Brust.

Und dann der Blitz, der Feuerball! Direkt unter der Schädeldecke, was für ein unfassbar großer, dunkler Schmerz!

Wie ein Sack, wie ein großer nasser Sack, rutscht er langsam an Juanita ab, bis ganz nach unten, bis auf den Boden. Er hört es nicht mehr, wie die Kollegen Bundestagsabgeordneten, nur noch in Unterhosen, lachend und grölend in Raupenformation hereinkrabbeln.

»Manni, Manni! Was ist los mit dir? Nicht schwächeln, *na sdrowje, towarischtsch*!«

Letzte Meldung: MdB: Hirnschlag! Tragödie in Kiew.
MdB Dr. Manfred Nassel liegt im Koma. Wie sein Büro soeben mitteilte, befand sich Dr. Nassel auf einem Arbeitstreffen der Deutsch-Ukrainischen Parlamentariergruppe in Kiew. Im Rahmen des dichtgedrängten Terminplans brach er dort bei einem intensiven Informationsaustausch mit örtlichen Wirtschaftsvertretern zusammen. MdB Dr. Nassel war bekanntlich auch für die Bundestagswahlen am 24. September wieder als Direktkandidat nominiert.

Wie der Bundeswahlleiter auf Anfrage unserer Zeitung mitteilte, kann nach den Vorschriften des Bundeswahlgesetzes kein Ersatzkandidat mehr für den jetzt im Koma liegenden Dr. Manfred Nassel nachnominiert werden. Für das Direktmandat des Wahlkreises ist damit nach aktuellen Umfragen Sylvia Freyberger, deutlich vor Hannes Förster, die aussichtsreichste Bewerberin.

Tag 1

Hier habe ich ihr damals den Kopf abgeschnitten.

Unruhig starrt Dirk Lepky durch das Seitenfenster des Polizeikombis.

Weinberge säumen den schwarzgrauen Fluss. Gleich muss die Wohnbebauung am Hang dort drüben anfangen, gleich muss der alte graue Wohnblock kommen. Vier Stockwerke nur.

Wo ich sie langsam ausbluten ließ. In ihrer zerkratzten, stumpf gescheuerten weißen Wanne. Was war das für ein Gegurgel damals. Und immer wieder zuckte ein Teil. Bis auch ihr letzter Finger endlich ruhig war.

Der Bulle auf dem Beifahrersitz dreht sich um. Fragt ihn nach dem Mittagessen vorhin. Er ignoriert ihn. Seit Fahrtbeginn regen sich die beiden Grauhaarigen über ihren Kantinenfraß auf.

Draußen ziehen dunkle Bäume vorüber. Der blau-weiße Wegweiser zur Autobahn.

»Scheißkartoffelsalat«, stöhnt der Bulle jetzt und krümmt sich tief in den Beifahrersitz. »Diese elende Drecksmayonnaise! Oahh … fahr mal rechts ran, schnell!«

Ächzend schwingt er sich aus dem Wagen, watschelt gebückt über das Straßenbegleitgrün und schafft es gerade noch hinter eine Schlehenhecke. Durch die offene Wagentür hört man Stöhnen, dann ein heftiges Prasseln, das den sanften Regen übertönt.

Frische kühle Luft zieht in den Wagen. Erstaunt sieht er, wie auch der Fahrer jetzt mit schmerzverzerrter Grimasse seinen Gurt löst. In seinem Nacken beginnt es zu kribbeln.

Seine eigene Stimme klingt heiser vor Aufregung: »Hey, mich zerreißt's gleich! Lass mich mit raus!«

»Spinner. Du wartest hier«, presst der Fahrer mit verkniffener Miene hervor und zieht den Schlüssel ab.

»Dann scheiß ich euch die ganze Schüssel ein, schnell, lass mich mit!«

Es ist so einfach. So unfassbar einfach.

Nach zehn Jahren, vier Monaten und drei Tagen Hochsicherheitstrakt: Einfach loslaufen!

Ein atemloser Spurt, im Zickzack, über die kleine Wiese, ein unsichtbarer Kirchturm schlägt gemütlich fünfzehn Uhr. Er schlägt Haken, wie bei den Jailhouse Baskets, zwischen ein paar Birken durch, über den Bahndamm hinüber.

So unfassbar einfach.

Nur weil zwei Hauptwachmeister die große Scheißerei bekommen. Und noch größere Angst um ihre sauberen Rücksitze.

Dem salmonellenverseuchten Kartoffelsalat in der Personalkantine sei Dank: Ein paar winzig kleinen Bakterien ist es tatsächlich gelungen, ihn, die »Rhein-Main-Bestie«, zu befreien …!

Seine Augen leuchten. Keuchend hetzt er weiter, an einer schier endlosen Reihe abgestellter Güterwaggons entlang.

Und Professor Oßwald, der Gutachter, starrt jetzt missmutig auf die Uhr, spielt ungeduldig mit seinem silbernen Stift …

Nein, der Strafgefangene Dirk Lepky steht heute nicht zu deiner Verfügung; nein, der Strafgefangene Dirk Lepky lässt heute keine Messungen und Kontrollaufnahmen zu …

Nein! Der Herr Lepky scheißt auf deine Studie!

Der Herr Lepky ist nicht mehr gefangen, der Herr Lepky ist FREI … FREI … FREI!

Der ICE 599 bremst ab. Leise zischend rollt er auf Gleis 9 des Frankfurter Hauptbahnhofs ein. MdB Sylvia Freyberger, seit Hanau allein in ihrem Erste-Klasse-Abteil, hat ihre schwarzen Zweihundertfünfzig-Euro-Pumps ausgezogen. Sie stemmt ihre Füße gegen den Sitz vis-à-vis und lacht ins Telefon.

»Übertreib nicht so, Dörte! ›Sechser im Lotto‹, also nein, einen Hirnschlag wünsche ich niemandem, nicht mal dem

Kollegen Nassel … Doch, doch, das kannst du mir glauben!« Sie kichert und dreht vergnügt an ihrer Perlenkette. »Aber stimmt schon, ohne ihn als Direktkandidaten kann ich wesentlich ruhiger schlafen. Endlich nicht mehr zittern müssen wegen meines Listenplatzes … Bei allem Respekt, aber wenn ich das Direktmandat jetzt nicht hole, wann dann? Dieser Rechts-Kandidat Hannes Förster ist ein mittelmäßiger Ex-Schüler von mir, Polizistensöhnchen mit einer Werbeklitsche, ich bitte dich! Ob die Schwarzen sich hinter dem versammeln … Hey, was ist das denn?«

Irritiert sieht sie aus dem Fenster: Etliche schwer bewaffnete Bereitschaftspolizisten, breitbeinig und kaugummikauend, stehen auf dem Bahnsteig.

»Hier wimmelt's vor Schwarzen! Bereitschaftspolizei, diese gepanzerten Möchtegern-Supermänner, du weißt schon … Mindestens dreißig Mann steigen jetzt in den ICE ein, wird doch keine Terrorwarnung sein? Melde mich später wieder!«

Sie schlüpft gerade in ihre Pumps, als die Tür schon aufgeschoben wird. »Gu-tn Taag«, zwei Mann, ihre Blicke rasen durch das Abteil.

»Können Sie mir sagen, was hier eigentlich los ist?« Sylvia Freyberger reckt das Kinn und präsentiert ihren Parlamentsausweis. »Wen oder was suchen Sie hier?«

Die Polizisten studieren kurz den Ausweis, bevor sie ihn betont desinteressiert zurückreichen.

»Personenfahndung«, sagt einer schmallippig, als sie sich zum Gehen wenden.

»Nach wem?«, ruft sie ärgerlich.

»Das wollen Sie lieber nicht wissen. Frau Abgeordnete.« Robust schiebt er die Tür hinter sich zu.

Im Gang stehen inzwischen vier Polizisten, die, nach kurzer Absprache, die nächsten Abteile durchkämmen.

Kommissar Charly Herrmann poliert lustlos den vorderen linken Kotflügel seines schwarzen 78er Alfa Spider. Aus den

Boxen leiern Mick Jagger und Kollegen ihr ewig gleiches *»I can't get no, oh no, no, no, hey, hey, hey, that's what I say«*.

Abgenudelt, abgedroschen. Selbst als Klingelton auf dem eigenen Handy langsam nervig.

Er wirft den Lappen auf die Motorhaube und lässt sich auf den eingestaubten Gartenstuhl fallen. Selbst hier, im Schatten der Garage, sind es gefühlte fünfunddreißig Grad. Der gnadenlose Spätsommer kennt heuer kein Pardon.

Ein durstiger Zug aus der Bierflasche.

Kein Bier vor vier? Früher mal. Jetzt heißt es: höchstens zwei vor drei. Oder höchstens drei vor zwei?

Egal, es ist die erste Urlaubswoche. Und die fühlt sich hier allemal besser an, als mit Marietta last minute irgendwo im Süden. Zehn Tage in die Sonne knallen? Nur BILD lesen, am Pool dösen, über lackierte Fußnägel lästern, sich morgens und abends über irgendwelche Russen am Büfett ärgern?

Nicht mehr mit mir.

Mit zwei Kumpels mal nach Norwegen, bis zum Polarkreis hoch. Oder USA/Kanada, der Indian Summer, an den großen Seen. Natur pur. Schweigen, Ruhe. Das wäre echte Erholung. Budgetmäßig leider noch nicht drin.

Dann aber auch keine faulen Kompromisse wie »a Wöchla MTB im Allgäu«. Dann lieber zu Hause bleiben und das große Ziel nicht aus den Augen verlieren …

Jäh wird er aus seinen Gedanken gerissen.

»Servus, Charly.« Dazu der typisch röhrende Begrüßungslacher, den er unter Tausenden heraushört.

Bernie Winter, der faltig braun gebrannte Ex-Kollege, die unverwechselbare Mischung aus Dieter Bohlen und Rod Stewart. Nach dubiosen Milieugeschichten vor einigen Jahren aus der Kripo ausgeschieden, erst den größten Sicherheitsdienst der Region (seCOrity) aufgebaut, jetzt in der Immobilienbranche auf Mallorca aktiv.

»Muss doch mal nach dem Rechten schauen, wenn ich in deinem Revier bin!«

Kurze Umarmung. Charly schnuppert. Kaum wahrnehmbar, der schwache Hauch eines weiblichen Parfüms. Er grinst.

»Weibergeschichten, wusst ich's doch. Was sonst treibt dich hierher.« Er greift in den grünen Kasten, wirft ihm ein Gampertbräu zu und deutet mit dem Kinn zur Garagenwand, wo an einer Schnur der angerostete Öffner hängt.

»Alles wie früher, Charly.«

»Der Bieröffner? Oder die Weibergeschichten?«

Die Flaschen klackern. Zwei wohltuend tiefe, synchrone Züge.

»Ahh …« Bernie leckt sich über den Mund. »Nichts gegen San Miguel. Aber so ein frisches Fränkisches …« Breitbeinig setzt er sich auf einen wackligen kleinen Arbeitshocker. »Im Übrigen, was heißt Weibergeschichten. Bin auf Malle dick im Geschäft, aber weil ich hier noch gemeldet bin, will ich auch hier wählen. Außerdem, ganz wichtiges Klassentreffen. Hab doch jahrelang keinen und keine mehr gesehen. Muss sagen, das war ein Fehler.«

»Jetzt sag nicht, beim Klassentreffen schlug der Blitz ein«, spöttelt Charly.

»Und wie er einschlug, wenn ich's dir sage.« Bernies Jacketkronen, es müssen die dritten sein, schimmern perlmuttweiß. »Könnte echt was werden. Die Kleine aus der ersten Reihe. Jetzt isse Steuerberaterin.«

Charly zieht die Brauen hoch. »Doch nicht die …?«

»Genau die …!«

Die Flaschen klackern erneut. Charly macht als Erster leer. Zielsicher lässt er sie zurück in den Kasten klappern.

»Ich glaub's ja nicht. *Back to the roots*, ausgerechnet du, der Global Player in Sachen Liebe?«

»Tja, alles hat seine Zeit, Kollege. Nix Parship, nix Internet: Lass den *Fick* in deiner Stadt!«

»Is auf Dauer auch keine Lösung.« Charly erleichtert sich durch sanftes Aufstoßen. »Manchmal eher Teil des Problems.«

Bernie zückt ein weiß-rotes Fortuna-Päckchen.

Fumar puede matar. Rauchen kann tödlich sein.

Bedächtig klopft er eine Kippe heraus. »Klingt gar nicht gut. Wie läuft's mit Marietta?«

Charly winkt müde ab. »Der Kick ist weg. Vom Alltag erstickt. Kleine Machtspielchen, ständige Besserwissereien. Genauso wie im Job. Du kennst das doch.«

Bernie stößt Rauch aus. »Dann mach 'nen Cut, Alter! Weißt doch, wie's geht, bist doch kein Anfänger.«

Charlys Blick wandert über Bernies blonde Mähne hinweg, aus der Garage hinaus, verliert sich in der Ferne, hoch am blauen Himmel über der Stadt.

»Vielleicht hätte ich doch aussteigen sollen. Damals, mit dir zusammen.« Blind, ohne hinzusehen, tastet er hinter sich im Kasten nach einem neuen Bier.

Hält inne. Stößt die Flasche ärgerlich wieder zurück.

»Die Gier fehlt, Bernie. Wo ist verflucht noch mal die alte Gier? Und dann will sie mir immer wieder ein Gespräch über Midlife-Crisis reindrücken. Wenn ich das schon höre. Diese Frauenzeitschriften-Erfindung!«

»Der frühen Siebziger!« Bernie feixt. »Hab ich kürzlich erst gelesen, kannst du ihr ruhig mal unterjubeln: Die Midlife-Crisis hat sich 1974 'ne Frau ausgedacht, 'ne Amerikanerin. Hieß auch noch Gail mit Vornamen. Gail Sheehy oder so ähnlich.«

»Nicht zu fassen! Und daraus wurde eine der verheerendsten Waffen …«

»… der psychologischen Kriegsführung …«

»… gegen Männer im besten Alter!«

Langsam verebbt ihr Gelächter wieder. Die Gesichter entspannen sich. Und plötzlich, wie auf ein geheimes Kommando, fixieren sie sich. Der Bulle und der Ex-Bulle.

Schweigend. Endlos lange.

Bis sich Bernie nach vorn beugt. Langsam, immer weiter, bis sich seine angeschwitzten Strähnen gegen Charlys harte Stirn pressen.

»Lass dich bloß nicht von ihr unterkriegen, Charly«, sagt er leise. »Ich kenne das. Scheiß auf Midlife-Crisis oder Burn-out. Du musst nur eins wiederfinden. Das, was in unserem Alter noch wichtiger ist als früher.«

»Spuck's aus.«

»Deinen Trigger. Jeder Bulle, jeder Mann hat seinen ganz persönlichen Trigger.«

»Scheiße!« Wütend schlägt Charly gegen das Lenkrad seines 78er Alfa Spider.

»Scheiße sagt man nicht, Opa«, kommt es postwendend vom Rücksitz.

»Stimmt, Chiara. 'tschuldige. Hab mich nur geärgert, dass die mit ihren Wahlplakaten jetzt schon die Parkplätze am Kindergarten blockieren. Das dürfen die doch gar nicht … Wir bleiben jetzt einfach hier stehen!« Er steigt aus und klappt seinen Fahrersitz nach vorn.

Chiara klettert heraus, ihre Gummistiefelchen streifen an und hinterlassen braune Spuren an seiner Lehne. Charly verkneift sich die bei jedem anderen Mitfahrer ansonsten dringend gebotene Unmutsäußerung.

»Da, den Mann kenn ich!« Sie zeigt auf das Plakat eines breit lächelnden, dunkelhaarigen Mittdreißigers im Halbprofil, ein dunkelblaues Sakko betont lässig am Zeigefinger über seiner Schulter.

Hannes Förster – Für uns durchstarten nach Berlin!

»Das ist der Papa von Kim und Lina!«

»Und euer Elternbeiratsvorsitzender, ich weiß, hat mir alles deine Mama erzählt«, sagt Charly. »Und, kennst du auch die hier?«

Gepflegte seriöse Freundlichkeit, dezent gestylter Wuschelkopf.

Sylvia Freyberger – ökologisch, sozial, erfahren!

»Nö.« Chiara bleibt vor dem Plakat stehen und bohrt ein Fingerchen in ihre Nase. »Wer is das?«

»Na, das ist doch die, äh … die Freundin … die beste Freundin von Nicky! Von eurer Frau Langguth!«

»Die Nicky kenn ich. Aber die alte Frau da ned. Das muss ich ihr gleich sagen!« Eifrig dreht sie sich um und rennt Richtung Eingang.

»Alte Frau? Die ist so alt wie ich!«

Grinsend folgt Charly ihr in das lärmende Gewusel und hält sich diskret im Hintergrund. Die hübsche Nicky, die männlichen Flirtversuchen gegenüber zwar resistent, ansonsten aber eine sehr charmante, schlagfertige Unterhalterin ist, ist leider nicht zu sehen.

Hinter der angelehnten Bürotür mühsam unterdrückte, erregte Frauenstimmen. Instinktiv spitzt er die Ohren.

»… wenn der Elternbeiratsvorsitzende spontan ein paar private Bonbons für die Kinder auspackt, ich bitte dich!« Eine dunkle, tiefe Frauenstimme, wie in den Sechzigern Alexandra, denkt Charly, *mein Freund, der Baum* … Eindeutig Nicole Langguth, die Chefin.

»Jetzt hör aber auf! Als ob es um Bonbons für die armen Kinderchen geht!« Und das ist eindeutig Nickys Lebensgefährtin, die MdB. Sylvia Freyberger wird merklich lauter. »… in Parteifarben verpackt – *durchbeißen, durchstarten, HF für uns!* –, hier, mitten in deinem Kindergarten, das ist dermaßen dreist und unverschämt, und du tolerierst das auch noch, unglaublich!«

Die Tür wird aufgerissen, die Abgeordnete rauscht mit klackernden Absätzen und dezentem Parfümwölkchen heraus – und legt blitzartig den Schalter um.

»Ah, Herr Kommissar, grüße Sie«, der unvermeidlich routinierte, fast männlich anmutende Händedruck, »na, was macht die Kunst? Hier sind wir uns aber noch nie begegnet!«

»Spätschicht heute. Da springt man eben mal ein.«

»Tja, was wär unsere Volkswirtschaft ohne Omas und Opas, meine Rede … Wiederschauen, Herr Herrmann, Grüße an Ihren Chef!« Schon eilt sie weiter, dreht sich dann noch einmal winkend um. »… und natürlich an alle Kollegen!«

»Scho recht«, brummt Charly. Während er ihr hinterherschaut, überlegte er, was ihn eigentlich so stört an Sylvia Freyberger.

Ist es nur ihre anbiedernd-aufgesetzte Leutseligkeit, gerade jetzt im Wahlkampf? Oder ihre frühere Rechthaberei als Oberstudienrätin für Englisch und Französisch, jahrelang gefürchtet von Chiaras Mama, seiner Tochter Valerie?

»Hi, Charly!« Nicky kommt aus ihrem Büro und wirft ihm rasch ihr unwiderstehliches Sommersprossen-Lächeln zu. Einen Moment länger und intensiver als sonst ...?

»Hey!« Es ist Eifersucht, stellt er erstaunt im gleichen Moment fest. Ein Stück ehrliche Eifersucht auf Nickys Lebenspartnerin, die Frau Abgeordnete.

»Satisfaction«. Sein Klingelton holt ihn zurück.

Anruf Bruno. Bruno Förster, der pensionierte Kollege. »Bruno, alter Gedankenleser!«

»Wieso ...?«

»Bin grad am Kindergarten, sag deinem Junior, er soll seine Plakate sauber aufstellen! Blockiert hier einen Stellplatz, zusammen mit der Frau Abgeordneten, pardon Noch-Abgeordneten.«

»Charly!« Försters Raucherstimme verfällt in altbekannte Aggressivität. »Keine anderen Probleme? Nein? Aber jetzt! Pass auf, was sagst du dazu: Die Bestie, die »Rhein-Main-Bestie« ... ist auf der Flucht!« Er atmet schwer, sein leichtes Asthma paart sich unüberhörbar mit wollüstiger Erwartung.

Die Bestie.

»Du erinnerst dich? *Ich schlitz euch auf, wenn ich wieder draußen bin!*«

Widerwillig spürt Charly ein Frösteln über seinen Rücken kriechen. Chiara verschwindet gerade mit zwei Freundinnen im Gruppenraum.

Er presst das Handy ans Ohr, geht rasch hinaus. »Lepky ist draußen? Verdammt noch mal, wie gibt's denn das ...?«

Die Ampel ist dunkelgelb, Charly tritt das Gaspedal zum Anschlag durch.

»Steffen«, brüllt er ins Handy, »ist der Chef da? Ich brech den Urlaub ab, sofort! Und ich brauch alles über die Flucht von Dirk Lepky heute! Wo, wann, wie; einfach alles! Und such mir seine alte Akte bei uns raus! Ja, Lepky, Dirk Lepky, Festnahme 2006, Urteil 2007! Bin in zwei Minuten da!«

Er feuert das Handy auf den Beifahrersitz, die Ampel zweihundert Meter vor ihm am Kaufhof springt auch schon auf Gelb.

Cool down, man. Dreh jetzt nicht durch.

Lepky ist nicht der Einzige, den du hinter Gitter gebracht hast und der jetzt wieder draußen ist.

Mit einer Hand fingert er das Wrigleys-Päckchen aus seiner Brusttasche, drückt sich einen Kaugummi direkt in den Mund.

Aber er ist der einzige Fünffachmörder.

Er ist der Erste, der ausbricht.

Und er ist der Einzige, der dir persönliche Rache geschworen hat.

»Fünf Morde in achtundzwanzig Monaten. Fünf Frauen. In ihren Wohnungen überfallen, vergewaltigt und grauenhaft zugerichtet. Wahre Blutbäder. Ein doppelter Kehlkopfschnitt war sein Markenzeichen. Immer in Hochhäusern und Wohnungsblocks. Dormagen, Troisdorf, Mannheim, Schweinfurt, Aschaffenburg. Das war die ›Rhein-Main-Bestie‹, Steffen.«

KK z. A. Siller nickt. »Sagt mir auch noch was. Ein Riesen-Hype, war sogar in unserem Konfirmandenunterricht damals ein heißes Thema.«

»Der Typ gehörte einer Drückerkolonne im Rhein-Main-Gebiet an. Zeitschriftenvertrieb. Und er hat schon im Gerichtssaal blutige Rache angekündigt.« Charly blättert die erste Akte des Stapels auf seinem Schreibtisch auf. »Hier, April 2007.«

Neugierig beugt sich Siller mit über den alten Zeitungsausschnitt.

Lebenslänglich für Dirk Lepky
Eklat im Gericht: Blutiger Racheschwur
FRANKFURT (dpa). Zu lebenslänglich mit anschließender Sicherungsverwahrung verurteilte das LG Frankfurt heute den Sexualmörder Dirk Lepky. Zu einem Eklat kam es nach der Urteilsverkündigung, als Lepky im Gerichtssaal zu brüllen begann: »Ich schlitz euch alle auf! Richter, Staatsanwalt und die zwei Bullen, die mich verhaftet haben!« Er wurde von zwei Justizwachtmeistern überwältigt und aus dem Saal getragen (Foto).
Lepky hatte 2004 bis 2006 im Rhein-Main-Gebiet fünf Frauen in ihren Wohnungen überfallen, vergewaltigt und auf sadistische Art und Weise ermordet. Von den Boulevardmedien wurde er als »Rhein-Main-Bestie« tituliert. 2006 fasste ihn die Polizei im oberfränkischen Coburg.

»Wow, er schlitzt euch auf?«, feixt Siller und boxt Charly in die kurzen Rippen. »Da zuckt die Wampe, Kollege, oder? Wie habt ihr den eigentlich geschnappt damals?«

»Von wegen Wampe!« Ärgerlich fegt Charly die Faust des Kollegen zur Seite. »Mein Sixpack ist schneller wieder ausgegraben, als du dir einen neuen anlegst.«

Siller winkt spöttisch ab. »Und damals?«

»Damals? Das war feinster kriminalistischer Instinkt; das, was euch allen so abgeht. Okay, war natürlich Zufall, dass Bruno und ich damals auf dem Marktplatz waren. Nur ein paar Schritte weiter. Einer vom Städtischen Ordnungsdienst hat ihn dort gerade ermahnt, weil er seine Kippe weggeschmissen hat. Bisschen schroff vielleicht. Und als er ihm dann noch unterstellt hat, er habe das letzte Woche schon gemacht, ist Lepky völlig ausgetickt. ›Lüge, ich war letzte Woche in Aschaffenburg!‹, brüllt er den Ordnungsdienstler richtig aggressiv an …« Charly verstummt. Nachdenklich nagt er an seinem gelb-roten Kugelschreiber. *LOTTO Bayern.*

»Ja und? Weiter?«

»Da hat es bei mir Klick gemacht. Aschaffenburg. War noch

frisch im Hinterkopf. Hier, alles noch da …« Charly zieht einen dünnen Hefter aus dem Aktenstapel.

Hausfrau brutal ermordet – war es die »Rhein-Main-Bestie«?
ASCHAFFENBURG. Eine 54-jährige Hausfrau wurde gestern Nachmittag in ihrer Wohnung im Fichtenweg im Stadtteil Nilkheim grausam ermordet. Eine Nachbarin alarmierte die Polizei, nachdem sie Schreie und seltsame Geräusche aus der Wohnung gehört hatte. Die Beamten brachen die Tür auf, konnten aber nur noch den Tod der Frau feststellen. Bis Redaktionsschluss war unklar, ob es sich um einen weiteren Mord der »Rhein-Main-Bestie« handelt, die in den letzten Monaten bereits vier Frauen in Hessen und Franken gefesselt, gequält und ermordet hat. Die Polizei bestätigte bislang lediglich einen »gewaltsamen Tod«. Auf einer Pressekonferenz sollen heute weitere Informationen bekannt gegeben werden.

»Wir haben ihn mitgenommen, weil er dem Ordnungsdienstler vor unseren Augen eine gewischt hat. Personalienfeststellung, volles Programm hier bei uns. Drücker stehen sowieso unter Generalverdacht. Und auf seiner Jacke ist mir ein kleiner dunkler Fleck aufgefallen. Der hat ihm letztlich das Genick gebrochen. Das war eingetrocknetes Blut seines letzten Opfers.«

Charly blättert weiter bis zu ein paar verblassten Faxseiten. »Dazu hab ich mir von den Kollegen aus Aschebärsch dann das hier faxen lassen. Auszug aus der Mordakte. Der Kollegin Dippold, damals Anwärterin bei mir, ist richtig schlecht geworden.«

Auffindesituation: Die Tote liegt nackt auf der linken Körperseite in der Badewanne, umgeben von einer großen Blutlache. Die Füße zeigen zum Abfluss. Die Augenpartie ist mit Panzerklebeband fest verklebt, mit dem gleichen Klebeband sind Hände und Füße gefesselt. Der BH ist direkt unter dem Kinn fest um ihren Hals gewickelt. Direkt darunter klafft der Hals in seiner gesamten Breite weit auf. Luft- und Speiseröhre, ebenfalls durchschnitten, sind deutlich zu erkennen. Im Brustbereich ca. 12-15 Einstiche, wahllos verteilt. Am Unterleib, zwischen Rippenbogen und Scham, mehrere, teilweise ineinander übergehende Schnittstichwunden, die offenbar mit großer Wucht und Schnelligkeit ausgeführt wurden. Außerhalb der Badewanne keine sichtbaren Blutspuren.

»Dirk Lepky war die ›Rhein-Main-Bestie‹, Steffen. Und ich habe ihn mit Bruno zusammen geschnappt.«

Auch die letzten blauen Streifen am Himmel sind jetzt verschwunden. Stein-, graphit- und bleifarben, in allen nur denkbaren Grauschattierungen haben sich mächtige Wolkengebirge ausgebreitet.

Passend zur Gemütslage, denkt Charly. Gedankenverloren, ein Toastbrot, den Kicker und den Autoschlüssel in der Hand, schlendert er über den »tegut«-Parkplatz.

»Hallooo, Herr Kommissar!«

Aus dem unscheinbaren VW Golf neben ihm schiebt sich ein hamsterbäckiges Grinsen. Unrasiert, gelb verfärbte Zähne, markante Buddy-Holly-Brille. Lunz von der BILD. Wortführer der Scheißhausfliegen, der »SHF«, wie die Boulevardschreiberlinge polizeiintern codiert sind.

Charly belässt es bei einem kurzen Nicken. »'n Abend«, murmelt er und schlendert betont desinteressiert weiter.

Lunz steckt sein Smartphone weg und schwingt sich aus dem Wagen.

»Lepky auf der Flucht! Ist das nicht ein Hammer?«, heftet er sich atemlos an Charlys Fersen. »Sie haben ihn damals zur Strecke gebracht! Sie sind in seinem Visier!«

»Anfragen an die Pressestelle, Lunz. Sie kennen die Spielregeln.«

»Gefahr im Verzug, maximales öffentliches Interesse, Herr

Kommissar!« Gehend und redend zugleich, stopft Lunz sich das zerknitterte Leinenhemd in die Hose. »Kommissar Herrmann: Angst vor rachelüsterner Bestie, scheut sogar vor jeder persönlichen Äußerung zurück! Wie gefällt Ihnen das?«

»Einmal Arschloch, immer Arschloch. Wo hab ich das bloß gelesen? Weiß gar nicht, warum mir das plötzlich einfällt. Nix Persönliches, Lunz.« Er schließt die Fahrertür seines Alfa Spider auf, wirft Toastbrot und Zeitung auf den Beifahrersitz.

Lunz lässt nicht locker. Er krallt sich an der offenen Tür fest.

»Lepky ist der reinste Lottosechser für uns! Die ›Rhein-Main-Bestie‹ reloaded, die grausigen Taten damals, die potenziellen Opfer heute, wie wollen Sie diesem Hype entkommen? Machen Sie das Beste draus, spielen Sie mit, Herrmann!«

Er kann gerade noch seine Finger in Sicherheit bringen. Mit quietschenden Reifen startet Charly vom Parkplatz, lässt die Stones aus den Boxen dröhnen.

»... you can't always get what you want, you can't always get what you want!«

»Schau doch mal, diese wunderbaren Grauschattierungen, Friedrich! Diese Wolkenschichten, da drüben, über den Weinbergen!« Die silberhaarige Frau im Rollstuhl lächelt ihn liebevoll an.

Friedrich Carl, ehemaliger Vorsitzender Richter am Landgericht Frankfurt, reagiert nicht. Das leere Rotweinglas in der Hand, starrt er von der Terrasse über den kurz geschorenen Rasen zur Hecke hinab, die das Grundstück umgibt.

Ist sie dicht genug?

»... da könnte ich sämtliche Blei- und Graphitstifte nutzen, die ich habe, alle Härtegrade, von 8B bis F, schau doch nur diesen Himmel an! Friedrich? Ist etwas? Du bist so still, seit du in der Wohnung warst ... Was ist nur los?«

Er stellt das Weinglas auf den dunklen Holztisch zurück. »Nichts, Liebes. Gar nichts.«

Hab nur die Nachrichten gehört. Und sofort diesen geifernden Psychopathen im Gerichtssaal vor Augen gehabt.

»Alles gut, Liebes. Lass uns reingehen. Es wird bald regnen, ich spür schon meine Knie.«

»Geh – geh – geh! Und jetzt steil spielen, steil! Ge-nau-er spielen!«

Typisches Trainergebrüll. Donnerstagabend auf deutschen Fußballplätzen.

Folge dem Flutlicht! Es war die richtige Eingebung.

Vorsichtig drückt er sich an der dunklen Wand entlang. Ein kleines Sportheim, das schon bessere Tage gesehen hat. Auf dem Sandplatz zwei Handvoll Spieler, die sich, in gelben und roten Leibchen, zwischen Mittelkreis und Strafraum einer Hälfte tummeln.

Und, viel wichtiger: eine unverschlossene Tür!

Blitzschnell schlüpft er hinein, nur drei, vier Schritte bis in die Umkleidekabine.

Schlaraffenland! Freie Auswahl!

Habichtsgleich fährt sein kleiner Kopf herum, sichtet und sichert zugleich.

Hier, eine schwarze Regenjacke. Sofort überstreifen! Eine Geldbörse lugt aus einer Jeans. Zwei Zwanziger, raus damit und einstecken!

Draußen: immer noch Flutlichtgebrüll. *Gut so!*

Ein schwarzer Billig-Rucksack fällt ihm ins Auge. Kein auffälliges Label, leer, bis auf Duschgel und Handtuch – perfekt!

Die Jeans hier könnte passen … hinein in den Rucksack! Hier das Sweatshirt, dort das T-Shirt … hineinstopfen!

Jetzt nur noch ein schneller Kassensturz, wo stecken die anderen Portemonnaies, in den Hosen oder den Sporttaschen, alles wie vor zwanzig Jahren, nichts hat sich geändert; vier Zehner, drei Zwanziger, ein Fünfziger … geil, Glückssträhne!

Triumphierend stopft er sich die Scheine in die Hose. Plötzlich, ein Geräusch im Gang! Kommt gleich jemand? Leichtfüßig springt er auf die Bank, öffnet das weit oben liegende Fenster und hangelt sich an der Rückseite des Sportheims vorsichtig hinaus.

Die Nacht ist mein Freund.

Ein adrenalinbefeuerter Sprint über die Bundesstraße, dann verschluckt ihn wieder die Dunkelheit.

Tag 2

»Rhein-Main-Bestie« geflohen! +++ Deutschlands gefährlichster Sexualmörder auf der Flucht! +++ Aktuelle Wahlumfragen: +++ Bund: Rot-rot-grün 50%, Schwarz-gelb-blau 50% +++ Wahlkreis: Freyberger 42%, Förster 34%

Die Zahnbürste im Mund, steht Charly am kleinen Küchenstehtisch und blättert rasch durch die Tageszeitungen. Die BILD ohne das angedrohte Zitat.

Also doch, Lunz hat den Schwanz eingezogen. Er weiß, dass er mich noch braucht, denkt Charly. Oder behält es als Trumpf im Ärmel. Für die nächsten Fluchttage.

Egal, wie, Lepky muss schleunigst wieder einfahren.

Radio 1 scheint der gleichen Ansicht zu sein: *»Wanted dead or alive«*, der zähe Bon-Jovi-Heuler aus den Achtzigern, gestern Abend erst und jetzt schon wieder.

Und der dynamische Dauergrinser Hannes Förster muss sich langsam was einfallen lassen. Acht Prozent Rückstand auf die Freyberger, so kurz vor der Wahl. Bruno wird ihn jetzt noch mal richtig heißmachen … *Innere Sicherheit, unser Markenkern! Härtere Strafen, schärferer Vollzug!*

Während er mit der Bürste die Backenzähne bearbeitet, schweifen seine Gedanken zurück.

KHK Bruno Förster, neun Jahre lang mein Büronachbar. Links von mir Bernie, der alte Womanizer und Lebenskünstler. Und rechts von mir Bruno. Fleißig, aber uninspiriert und einfallslos. Der Typ, der abends, beim Verlassen des Büros, seinen Tischkalender schon auf den nächsten Tag umdreht. Der heute noch die Lottozahlen spielt, die er schon von seinem Vater geerbt hat. Innerlich tief verunsichert. Aber von Neid zerfressen auf jede Beförderung, auf jeden persönlichen Erfolg eines anderen. Und politisch stramm konservativ. Was für eine Schreierei damals, 1998, nachdem ich ihm heimlich den Gerhard-

Schröder-Flyer auf den Schreibtisch gelegt hatte … und gleich darauf der Chef zu ihm hereinkam …!

Draußen dröhnt der Stadtbus vorbei. Linie 3, es muss gleich halb sein. Charly schlägt die Zeitung zu, zieht den Radiostecker und geht zurück ins Bad.

Sein Blick fällt auf die Wanne.

Badewanne.

Grauenhaft perverser Sehnsuchtsort des Dirk Lepky.

Fast immer hat er seine Opfer in der Wanne verstümmelt, getötet und zurückgelassen. Hätte die Polizei dies nicht als Täterwissen bewusst geheim gehalten, hätten die Medien ihn vermutlich zur »Badewannen-Bestie« gekürt.

Platschend spuckt er ins Waschbecken. Im weißen Schaum ein paar dünne Blutspuren.

Über seinen Rücken kriecht wieder ein hässliches Frösteln.

Die Sonne ist zurück. Ein Altweibersommertag wie aus dem Bilderbuch kündigt sich an.

Just in time, denkt Hannes Förster. *Wie die »Rhein-Main-Bestie«.*

Mit geschlossenen Augen steht er auf seiner Terrasse und genießt die sanfte Wärme im Gesicht. Jeden Cent ist der Bauplatz in dieser Traumlage über der Stadt wert.

Gewesen.

Damals, vor vier Jahren.

Kurz bevor sich plötzlich die Zwillinge ankündigten und dann auch noch sein Zeitvertrag bei der HUK nicht mehr verlängert wurde.

Scheißversicherung, Scheißbanken.

Scheißsystem.

Hätten Janas Eltern damals nicht gebürgt, würden sie heute noch im Hochhaus in der Neustadter Straße sitzen.

Hinter ihm klappert Jana schon mit Tassen und Gläsern. »Wer kommt jetzt außer deinem Vater noch, Hannes? Dein jugendlicher Fan Rico natürlich und wer noch? Sind sie zu dritt oder zu viert?«

Er stöhnt leise. Ohne sich umzudrehen, das Gesicht immer noch der Sonne zugewandt, antwortet er geduldig.

»Zu dritt, Schatz. Rico ist kein ›Fan‹, sondern Kreisvorstand unserer Jungen. Außerdem Florian Moosbrugger vom Landesvorstand aus München. Mit unserem Campaigner Björn Wengler.«

»Wengler, Wengler – ist das der ›Schwanz von Banz‹?«

Verblüfft dreht sich Förster um. »Woher kennst du den?«

»Nein, nein!« Sie lacht. »Ich kenne ihn nicht. Aber das war doch damals Tagesgespräch. Der Testosteron-Junkie aus der Hanns-Seidl-Stiftung, der in Kloster Banz alles anbaggerte, was nicht bei drei auf dem Baum war. Hat er es nicht sogar bei Ilse Aigner versucht?«

»Wollte ihr nur eine Flasche Wein aufs Zimmer bringen. Nachts um zwölf. Das hat ihm dann in Banz und in der CSU das Genick gebrochen. Dafür ist er anschließend bei unserem Landesverband in München zum Spin Doctor und Campaigner aufgestiegen; der ›Schwanz von Banz‹, hahaha, unglaublich! Also mach mal noch zwei Knöpfe zu, Jana, haha!«

Die Videokonferenz droht zu eskalieren. Das Thema Lepky schlägt hohe Wellen in der Innenministerkonferenz. Der Ministerialdirektor aus Stuttgart gerät hörbar in Wallung: »Des saged Sie, Kollege Otters-Pohl, weil Sie Ihre Wahlen glücklich hinter sich habe! Und weil Hannover vierhundert Kilomeder entfernt isch! Aber au des kann trügerische Sicherheit sein, Herr Kollege, ganz trügerische!«

In der anderen Hälfte des geteilten Bildschirms wird der Vorsitzende des Arbeitskreises, ein Düsseldorfer Ministerialdirigent, unruhig. »Wir sollten doch, liebe Kollegen, wir sollten doch langsam wieder eine gewisse Professionalität walten lassen. So verständlich manche Emotionen auch sind. Unser TOP ›Maßregelvollzug: Verschärfung und Vereinheitlichung‹

wird die morgige IMK thematisch dominieren. Und hoffentlich auch die Berichterstattung so kurz vor wichtigen Wahlen wieder beruhigen!«

Er hält die Titelseite eines Boulevardblatts ins Bild, der WAZ: »Deutschlands gefährlichster Triebtäter geflohen!«

»Eben, eben!« Links schaltet sich der hessische Vertreter ins Bild. »Kollegen, mein grüner Chef sagt mir wortwörtlich: ›Wir lassen uns von den rechten Hetzern und Dilettanten nicht die Butter vom Brot nehmen!‹ Deshalb Augen zu und durch! Maximale Verschärfung und Vereinheitlichung jetzt, im Land gibt es dafür gefühlte neunzig Prozent Zustimmung!«

»Ist das nicht hart an der Grenze zum Populismus –« Weiter kommt die Berliner Vertreterin nicht.

In rascher Folge Abwehr und Unmutsäußerungen aus München, Wiesbaden, Saarbrücken und Dresden.

Düsseldorf, sichtlich zufrieden und um Konsens bemüht: »Ich denke, in der grundsätzlichen Tendenz sind wir uns einig. Keine neuen Lepkys …«

»… und den alten schnellstmöglich aus dem Verkehr ziehen«, kurzes heftiges Nachglühen aus München, »egal, wie!«

»… ich wiederhole, keine neuen und auch keine alten Lepkys, und alles dafür tun, um das subjektive Sicherheitsgefühl der Bevölkerung zu stärken – Klammer auf – wie auch das Vertrauen in den demokratischen Rechtsstaat – Klammer zu. Unser Beschlussvorschlag für die IMK deshalb: schnelle und gründliche Verschärfung des Maßregelvollzugs bundesweit. Zu den Details eines Fünf- oder besser Zehn-Punkte-Katalogs bitte Herr Dr. Overstedt vom BKA und Herr Leitender Polizeidirektor Unfried von der Deutschen Hochschule der Polizei …«

»Seit Trump ist alles anders. Und wenn Frau Abgeordnete eine Lesbe ist, die gern Pussys leckt, dann wird man das wohl noch sagen dürfen«, erregt sich Rico Berndt, der stämmige kleine Kreisvorsitzende der Parteijugend.

»*No problem*. Programmiere damit die Meinungsroboter«,

sagt Moosbrugger. »Schmutzige Attacken nur anonym oder verdeckt. Auf Plakatwänden oder in den sozialen Netzwerken. Unsere *social bots*, die Meinungsroboter, lassen wir dann nächste Woche von der Kette. Wir haben noch neun Tage, und unser bester Mann geht grad erst auf die Piste.«

Fragende Blicke, triumphierend hebt Hannes Förster sein Glas. »Auf die Netzwerke, die sozialen! Und auf den guten alten Lepky!«

Die Grappa-Gläser klirren. »Cheerio!«

»Prost, Freunde!«

»Auf deinen Sieg, Hannes!«

»Na, noch sind wir nicht ganz so weit!«, wehrt Hannes mit leicht geröteten Wangen ab. Vorsichtig stellt er das Glas in seiner leeren Espressotasse ab. »Acht Prozent Rückstand aktuell …«

»Sind unterm Strich nur vier Prozent, die du ihr noch direkt abnehmen musst; dieser lesbischen Gutmenschin.« Björn Wengler alias »Schwanz von Banz«, fährt sich durch seinen dunklen, ansatzgrauen Lockenkopf, bevor er wieder über sein Tablet wischt. »Und schaut euch das an, von BILD bis SPIEGEL online, die Medien kennen kein anderes Thema mehr als die ›Rhein-Main-Bestie‹. Dirk Lepky, unser Ass im Ärmel, wer hätte das gedacht … Wir könnten uns keinen besseren Wahlhelfer vorstellen!«

»Genau, sag ich doch die ganze Zeit!«, ereifert sich Bruno Förster. Mit grauem Vollbart und Trachtenjanker macht er seinem Namen alle Ehre. »Jetzt oder nie, jetzt geben wir Vollgas; zweihundertfünfzig Prozent!«

Hannes verzieht gequält das Gesicht.

Florian Moosbrugger, dem knabenhaft wirkenden Wahlkampfchef der AfD Bayern, entgeht es nicht. Beruhigend legt er ihm eine perfekt manikürte Hand auf den Arm.

»Du kannst gar nichts mehr falsch machen, Hannes! Das Momentum ist auf unserer Seite! Gerade jetzt gilt, was Frauke 2016 gesagt hat, ich kann's auswendig.« Er hebt den Zeigefinger. »›Um sich medial Gehör zu verschaffen, sind pointierte, teilweise provokante Aussagen unerlässlich. Sie erst räumen uns die notwendige Aufmerksamkeit und das mediale Zeitfenster ein.‹ Denk an Beatrix, an den Schusswaffengebrauch an der Grenze! Oder an das Strategiepapier des Bundesvorstands ›Sorgfältig geplante Provokationen‹!«

»Und Lepky hat keine Sympathisanten, er ist kein weinendes Baby am Zaun! Da geh ich drauf!« Hannes lässt die flache Hand auf den Tisch herabsausen, Tassen und Gläser klappern. Erschrocken saust eine schwarze Katze unter dem Tisch hervor und flüchtet auf den Rasen hinaus.

Die Männer lachen, Förster lässt sich nicht beirren. »Sicherheit! Und Familie! Familie! Und Sicherheit! Das sind unsere einzigen Themen ab sofort! Der Countdown läuft!«

»Der Countdown läuft ... Prost!«

Ein kleiner Junge und seine Schwester schieben sich schüchtern in die Terrassentür. Beide tragen schon Schlafanzüge.

»Papa, Papa ...«

Förster dreht sich um. »Was ist denn mit euch los, Kim, Lina? Solltet ihr nicht schon im Bett sein?«

»Papa, liest du uns mal wieder eine Geschichte vor?«

»Ihr seht doch, ich bin noch beschäftigt. Und dann geht's weiter zum Elternbeirat im Kindergarten. Morgen oder übermorgen vielleicht!«

»Das sagst du immer«, sagt der Junge vorwurfsvoll. Das Mädchen nickt traurig.

»Jana! Jana?« Förster wird laut. »Kannst du dich bitte mal um Kim und Lina kümmern? Gehören doch wirklich ins Bett jetzt!« Er wendet sich wieder den Kollegen zu. »Bei der Gelegenheit, Björn, lass uns noch schnell die Presseerklärung zur Familie entwerfen. Fotos von mir mit Kim und Lina im KiGa hast du ja schon.«

Der Lockenkopf grinst und tippt blitzschnell etwas auf seinem Tablet.

»Schaffen wir das, Hannes?« Er zwinkert ihm schnell zu. Oder geht Wenglers Blick an ihm vorbei?

Irritiert dreht Hannes sich um. Jana ist aufgetaucht, schon im Sportdress für ihren Lauftreff. Beruhigend redet sie auf Kim ein, der immer noch schmollt.

»Schlage vor, wir machen das morgen früh, Hannes.« Wengler legt das Tablet endlich zur Seite. »Nutze den Elternbeirat jetzt, nimm dir wirklich Zeit dafür. Geile Plattform, die deine soziale Kompetenz noch mal ganz dick unterstreicht. Und lauter potenzielle Multiplikatoren.«

»Was machst du jetzt?«, fragt Hannes misstrauisch.

»Hab noch 'n wichtiges Date«, lächelt Wengler. Und schickt wieder ein professionelles Augenzwinkern hinterher.

»Bist du bereit, Lady?« Sein Flüstern hängt noch in der Dunkelheit, als ihr heißer Atem schon sein Ohr kitzelt. Sie keucht erwartungsvoll; versucht, sich aufzubäumen.

Vergeblich.

Er schnuppert an ihrer warmen Achselhöhle, wo ihr Deo jetzt endgültig kapituliert. Sie schnurrt, als er mit seiner Zungenspitze an ihren gestreckten Armen im Zickzack entlangrast.

Bis ganz nach oben.

Bis zur Fessel.

Blitzartig zieht er das Tuch noch fester zusammen. Sofort stöhnt sie auf, ein lustvoller Schauer durchzittert ihren Körper.

Genießerisch betastet er ihre weiche Brust. Presst sie kurz, saugt gierig an einem harten Nippel. Sie keucht, immer heftiger, versucht, ihren Unterleib gegen seinen zu pressen. Seine Lust steigt ins Unermessliche.

Er rollt sich über ihre zuckenden, gefesselten Füße zwischen ihre weit gespreizten Schenkel, krallt sich begierig in ihre Pobacken und schiebt sich voran, schiebt sich tief in sie hinein; genießt, wie sich Spannung und Lust bei ihr in einem kurzen, heftigen Aufschrei lösen. Er schließt die Augen.

»Jetzt fangen wir doch erst an«, wispert er, »jetzt fangen wir doch erst an ...!«

»Nicky? Hallo? Keiner zu Hause?« Sylvia Freyberger knipst den Deckenfluter an und lässt sich in den weinroten Ledersessel fallen.

Runter mit den neuen Schuhen, diese engen Donnerstagabend-Pumps sind mein Tod. Erst mal tief durchschnaufen.

Wieder ein Tag geschafft, wieder ein Stück näher am Tag X. Dreiundzwanzig Uhr acht zeigt die blaue Digitalanzeige unter dem riesigen Flachbildschirm.

Vierzehn Stunden Wahlkampf, vierzehn Stunden Präsenz zeigen. Gnadenlos perfekt; absolut konzentriert, aufmerksam und kompetent – und dabei immer schön am Menschen bleiben. Zuhören, lächeln, wertschätzen, jeden und jede Einzelne.

Der Suffkopf, der seit siebzehn Jahren nichts mehr gearbeitet hat und nur noch auf »die Politiker« schimpft: »Alle innen Sack und druff, triffste immer den Richtijen!«

Der moralinsaure Besserwisser mit Mundgeruch: »Rein inhaltlich könnte ich Ihr Programm zu fünfundneunzig Prozent unterschreiben, aber mit dieser Homoehe bleiben Sie unwählbar für mich!«

Ich hasse Wahlkampf, denkt sie. Vierzehn Tage wären völlig ausreichend. Wir könnten noch so viel Sinnvolles aus den Fraktionen heraus in Berlin anstoßen. Wenn wirklich alle mitmachen würden. Aber keine Chance. Jeder ist sich selbst der Nächste, bloß nicht abgehoben oder basisfern wirken; in jedem Wahljahr dasselbe. Spätestens ab März, April implodiert das Parlament. Ganz lautlos. Und die Zirkustournee in den Wahlkreisen läuft an.

Missmutig scrollt sie im Terminkalender ihres Smartphones. Morgen Tierheim, Seniorenpflege, Behindertenwerkstatt. Mittagessenausgabe in der Flüchtlingsunterkunft. Die allwöchentliche »Christlich-Muslimische Begegnung«. Der Eine-Welt-Kaffeetreff mit dem Wahlkampfkoordinator auf Durchreise. Nachmittags um vier noch ein Mittelständler, eine spendenfreudige Großbäckerei, abends dann eine Podiumsdiskussion des Evangelischen Bildungswerks, »Wahl oder

Wendepunkt? Wohin steuert Deutschland?«. Ohne Hannes Förster.

Das erste und einzige Aufeinandertreffen mit ihm nächsten Mittwoch im Kongresshaus. Mit TV Oberfranken und Radio 1. Auch die regionalen Medien drehen langsam am Rad, denkt sie. *TV-Duell Freyberger vs. Förster.*

»Pegida-Hannes«, wie sie ihn unter Parteifreunden schon mal gern nennt. Der unsägliche Hannes Förster, das Polizistensöhnchen, das ihr schon als Schüler damals äußerst unsympathisch war. Ein feiger Mitläufer, der die anderen heimlich aufstachelte. Der sich letztes Jahr aus purer Karrieregeilheit zum Elternbeiratsvorsitzenden des Kindergartens wählen ließ.

Und gleichzeitig Sprecher der Bürgerinitiative gegen die Flüchtlingsunterkunft ist. *Sicherheit für unsere Kinder! Keine Flüchtlingsunterkunft neben dem Kindergarten!*

Seufzend entkorkt sie den angebrochenen Rioja, den Nicky gestern Abend natürlich wieder mal auf dem Glastischchen stehen gelassen hat. Die Hundert-Euro-Flasche aus der letzten Fraktionsklausur. Ein schwerer Roter aus der Sierra Cantabria, Armancio Reserva 2009.

Das Jahr, in dem aus der Frau Oberstudienrätin die Frau Abgeordnete wurde, das Jahr, in dem sie in den Bundestag einzog. Gerade noch über die Liste, wie auch 2013.

Und jetzt winkt erstmals das Direktmandat.

Ein Schlüssel dreht sich im Schloss, in der Diele geht das Licht an.

»Huhu!« Nicky schwebt herein. Ihr anbetungswürdiges Sommersprossen-Lächeln auf den Lippen.

Sie umarmen sich.

»Na, Sylvie-Schatz? Bist du auch so geschafft heute?«

Reflexartig strafft sich Sylvia Freyberger. »Kein Gejammer. Der Countdown läuft. Nur noch zehn Tage.«

»Und acht Prozent Vorsprung. Läuft doch.« Nicky löst sich sanft aus der Umarmung.

Mit einer typischen Handbewegung fährt sie sich durch die

kupferrote Löwenmähne. Zusammen mit den Sommersprossen das unverkennbare Markenzeichen der KiGa-Chefin Nicole Langguth.

»Hat euer Elternabend so lang gedauert?«

Nicky winkt stumm ab und setzt ihr Rioja-Glas an. Im Stehen kippt sie den Armancio Reserva hinein wie ein durstiges Kind seine Cola.

Aufatmend lässt sie sich in das Zweier-Sofa fallen und zieht ein Bein unter. Wieder dieses verführerische, herausfordernde, sommersprossige Lächeln. Ihr Fuß fährt zärtlich an Sylvies Bein hoch.

»Eifersüchtig?«

»Dazu hab ich jetzt wirklich keinen Nerv mehr, Nicky!«, fährt Sylvie hoch. »Und deine Strumpfhose hatte schon gestern diese Laufmasche!« Im nächsten Moment beißt sie sich auf die Lippen. »'tschuldige bitte«, sagt sie leise. »Dieser Wahlkampf, nein, dieser Wahl-Krampf, das geht langsam echt an die Substanz.«

»Du schaffst das, Sylvie-Schatz«, sagt Nicky sanft, während ihr Fuß ungerührt immer höher wandert. »Du schaffst das. Wir schaffen das. *Yes, we can!*«

Tag 3

»Rhein-Main-Bestie«: Bundesweite Großfahndung! +++ Hannes-Förster-Blog: »Mit Todesstrafe wär das nicht passiert!«

Polizeidirektor Frank Ritter streckt seine eins neunzig vor dem Whiteboard zu voller Größe. Im Lageraum blüht er jedes Mal auf, denkt Charly belustigt. Hier ist Platz für seine raumgreifenden Auftritte, hier kann er von links nach rechts und wieder nach links laufen und dabei nach Herzenslust gestikulieren, der alte Kinästhetiker.

»Sie haben es alle mitbekommen, bei Lepky wird jetzt natürlich das ganz große Besteck ausgepackt. Bundesweite Großfahndung, Bahnhöfe und Fernzüge im Visier der Bundespolizei, vor Ort immer noch Spürhunde, Suchdrohnen, Helikopter ... ah, wie die Faust aufs Auge, der Innenminister persönlich!«

Ritter schnappt sich die Fernbedienung und stellt den stumm laufenden TV-Bildschirm laut: »... wie er im Anschluss an die Innenministerkonferenz soeben erklärte, haben sich Bund und Länder auf einen Zehn-Punkte-Katalog geeinigt, um den Maßregelvollzug zu vereinheitlichen und deutlich zu verschärfen. Die Ankündigung wird als Reaktion auf den Ausbruch des Serienmörders Dirk Lepky gesehen, von dem auch nach zwei Tagen noch jede Spur fehlt. Washington. US-Präsident Donald Tru–«

Ritter drückt auf die Stummtaste. »So weit also unsere große Politik. Die Umfragewerte sind bekannt, die Rechtspopulisten kratzen an der Tür und legen auch in Bayern deutlich zu. Hierzu passend der Anruf aus dem Innenministerium, der mich vor einer Stunde erreicht hat. Mein alter Studienfreund Gerd ...«

Unterdrücktes Aufstöhnen im Lageraum. »Der Gerd« –

Innenstaatssekretär Gerd Vöhringer und Ritters kurzer Draht zu ihm sind längst ein Running Gag unter den Kollegen.

Charly schenkt sich in aller Ruhe einen Kaffee ein.

»… mein alter Studienfreund Gerd also, ich zitiere ihn einfach mal wörtlich: ›Der Minister rotiert, es kann nicht sein, dass Dirk Lepky, dass das Thema Innere Sicherheit auch die CSU in Bayern Stimmen kostet! Der Mann muss schleunigst aus dem Verkehr gezogen werden, koste es, was es wolle!‹« Ritter blickt zur Uhr. »In einer Stunde wird der Innenminister deshalb in München vor die Presse gehen und verkünden, dass hessische und bayerische Polizei die Suche nach Dirk Lepky, ich zitiere wieder, ›hochprofessionell und mit maximaler Effizienz koordinieren und ausgestalten werden‹. Dies wird, erstmalig bei der Personenfahndung nach einem entwichenen Straftäter, durch eine eigene länderübergreifende SOKO geschehen, die SOKO Lepky.«

Charly lässt noch einen zweiten und dritten Zuckerwürfel in den dampfenden schwarzen Kaffee plumpsen und schaut wieder zu Ritter hin. Ihre Blicke kreuzen sich.

»Eine Stunde noch. Topsecret. Aber gehen Sie davon aus, Herrmann, dass Sie mit Ihrer Leitungserfahrung und Ihren Fahndungserfolgen in der SOKO Franken ein heißer Kandidat für die Leitung der SOKO Lepky sind. Ganz zu schweigen von Ihrer persönlichen Erfahrung mit Lepky.«

»Scheiße!«, flucht Charly, während die Kollegen Schnauzer, Siller, Berchtold und Pressesprecher Moser beifällig auf die Tische klopfen. »Scheiße, das wär doch reinster Aktionismus, Chef! Wir sind zweihundert Kilometer vom Fluchtort entfernt, wie soll das denn laufen?«

Sein Kaffeelöffel kreiselt durch die Tasse wie ein wild gewordener Außenbordmotor.

Ritter versucht gönnerhaft zu beschwichtigen.

»Wenn der große Meister in München meint, er kann Pluspunkte sammeln mit einer ganz speziellen SOKO, dann tun wir ihm eben den Gefallen. Ist erstens unvermeidbar, birgt zweitens den Reiz des Neuen und ist doch drittens auch ein Kompliment für Sie ganz persönlich!«

»Mit viertens jeder Menge unbezahlter Mehrarbeit!«

Dirk Lepky schließt die Augen auf seiner Ruheliege. Nur, um sie sofort wieder zu öffnen: nur nichts verpassen, jede Sekunde auskosten. Hier, in dieser riesigen Saunalandschaft.

Am sichersten Platz überhaupt.

Nackt unter Nackten.

Wer achtet hier schon auf Gesichter? Und sein Tattoo war noch nicht in der BILD. Sicherheitshalber zieht er das Handtuch ein Stück höher, über seinen Eintracht-Frankfurt-Adler auf dem Oberarm.

Er tastet über seinen neu sprießenden Bart, der sich noch so fremd anfühlt. Und so erstaunlich grau ist. Kein Vergleich jedenfalls mit den jahrealten Porträts in den Zeitungen.

Groß auf Seite eins der BILD, in der die Frau auf der Liege gegenüber liest. Wenn sie wüsste, dass er, dass die »Rhein-Main-Bestie«, in Reichweite ihres Fußes liegt! Ihres knochigen Fußes. Mit seiner krumm stehenden Großzehe.

Hässlich.

Angeekelt wandert sein Blick an ihrem Bein entlang. Oberhalb des Knies leicht schwabbelig. Aber die Haut ist weiß. Weiß wie nach zehn Jahren Knast.

Gut so.

Knastblässe fällt hier jedenfalls nicht auf, stellt er befriedigt fest. Genügend Stubenhocker hier. Allein schon die Rentnerinnen. Auch Jüngere sind blass. Oder weiß. Lehrerinnen. Oder Supermarktkassiererinnen. Oder Hausfrauen …

Oder dort drüben, die Lange und die Kurze, die gerade in den Ruheraum kommen. Die Kurze hat immer noch ein Tuch um ihren drallen Körper gewickelt. Sie redet, redet, redet. Macht keine Anstalten, sich aus ihrer Umhüllung zu schälen. Er fixiert sie mit schmalen Augen, aus der dritten Reihe.

Los, du Labertüte … pack endlich deine Quarktaschen aus!

Suchend schauen sich die beiden um. In der Reihe vor ihm erhebt sich ein Pärchen, macht zwei der begehrten Plätze frei.

Mit leise patschenden Schläppchen kommen sie näher; die kleine Pummelige vorneweg.

Jetzt steht sie an der Liege, keine drei Meter vor ihm. Umständlich nestelt sie an ihrem eingeschlagenen Tuch. Als ob es festgetackert wäre.

Endlich! Das Tuch geht auf. Befreit wogen zwei volle schwere Brüste. Dirk Lepky verschlägt es den Atem.

Schneeweiße Monstertitten, mit tief angesetzten hellroten Inselchen … Genau wie in Schweinfurt damals, Ludwig-Thoma-Straße, zweiter Stock … Beige gefliest, die Badewanne mit dem Sprung in der Emaille …!

Er presst die Augenlider zusammen. Seine Rechte krampft sich um das Gestänge seiner Liege, mit schier übermenschlicher Kraft.

Nein! Es darf nicht schon wieder losgehen, nein …!

Er schnellt hoch, quietschend verrutscht die Liege.

Verärgerte Blicke folgen ihm, als er sich eilig durch die Reihen zwängt. Irgendjemand ruft etwas. Egal.

Das Tauchbecken, einsam und verlassen. Er springt.

Der Eiswasserschock raubt ihm die Luft. Treibt tausend Messer durch das Herz ins Hirn. Blitzartig, bis ganz nach oben.

Bis die Messerspitzen in die Schädeldecke kratzen.

»Erst, wenn alles scheiß-e-gal ist, macht das Leben rich-tig Spaß!« Element of Crime und ihr Uralt-Hit »Delmenhorst«. Vom Beifahrersitz aus dreht Charly das Radio lauter und wippt im Takt mit.

Wenigstens ein paar Sekunden Illusion. Die Illusion eines unbeschwerten Feierabends; ohne Lepky, ohne SHF, ohne SOKO. Die permanent im Hinterkopf stecken. Die ihn nicht mehr loslassen werden. Auf Tage, Wochen, vielleicht auf Monate hinaus.

Marietta stöhnt unwillig und bremst ab. Stop-and-go auf der Zufahrt des IKEA-Parkplatzes.

»Muss das Radio so laut sein? Sind doch eh gleich da!«

Beherrscht klingt sie. Noch.

Er kennt es, zur Genüge, wenn sich dieser leicht metallische Unterton in ihre Stimme gräbt. Er weiß um die Härte, die sich dann um ihre glänzend roten Lippen spannt; die ihr hübsches Näschen richtig spitz erscheinen lässt.

Er muss gar nicht mehr hinschauen.

Alles berechenbar. Alles vorhersehbar. Er hat sie längst erkannt.

Durchschaut und erkannt.

Der alte Teufelskreis, denkt er.

Was für den Ermittler in ihm der große Antrieb ist, das höchste Ziel, bedeutet für Leidenschaft und Liebe, für jede ernsthafte Beziehung unweigerlich den Todesstoß.

Perfektes Make-up ist toll. Doch irgendwann sehnst du dich … ja, wonach sehnst du dich eigentlich genau?

Nach etwas Echtem, Natürlichem.

Nach ein paar wilden ungezähmten Sommersprossen zum Beispiel …

»… hörst du mir überhaupt zu?« Wütend funkelt sie ihn an.

Das neue Schuhregal. Vermutlich.

Oder der zwölfte Versuch, ihm ihr altes Regal unterzujubeln: für seinen Keller, zwischen Rennrad, MTB und den Schatzkisten mit alten BRAVOs und Kicker-Sonderheften aus den Siebzigern. Ihre dreißig Paar Schuhe, für die sie selbst keinen Platz mehr hat, von denen sie sich aber partout nicht trennen will.

Er sieht, wie sie den Mund öffnet, um Element of Crime zu übertönen. In Millisekunden, schon im Ansatz, wie ein Torwart, der den Elfmeterschützen ausguckt, spürt er ihn voraus. Ihren gereizten, vorwurfsvollen Unterton.

»Du bist wirklich unmöglich!«

CUT. Game over. Aus.

Innerlich ist er längst so weit. Natürlich, er wird jetzt keine Grundsatzdiskussion anzetteln oder hier auf dem IKEA-Parkplatz mit ihr Schluss machen. Er wird in aller Ruhe noch das Regal mit einladen, das sie hoffentlich zügig aussucht, und wird es morgen mit ihr aufbauen; versprochen ist versprochen.

Mehr aber nicht.

Das Leben ist kurz. Zu kurz.

Und viel zu kurz, um mit den falschen Frauen zu streiten.

Lepky schaut auf die Uhr. Noch siebzehn Minuten. Dann schließt das Möbelhaus. Höchste Zeit, sich für ein ruhiges Plätzchen zu entscheiden. Sein Blick schwirrt wieder durch die Schlafzimmerabteilung.

Ein Verkäufer vertieft sich in den PC, seine Kollegin beendet händeschüttelnd ihr Verkaufsgespräch. Auf einem weißen Sitzsack unweit davon fläzt immer noch ein kaugummikauender Jungtürke.

Kein Kunde. Ihr Stecher.

Verächtlich mustert er ihre High Heels, die schwarzbestrumpften Beine und den schwarzen Mini, der sich über ihren strammen Po spannt …

Weiter! Erst die Arbeit, erst die Flucht, dann das Vergnügen, vielleicht …

Alles hängt jetzt vom richtigen Timing ab. Der Schwebetürenschrank ist endlich ausgeguckt. Durchschnittsgröße, Durchschnittsfarbe. Einer unter vielen reduzierten, der drittletzte in der hintersten Reihe.

Jetzt nicht mehr allzu lange warten. Nicht am Ende noch dem feierabendgeilen Personal auffallen. Aber auch nicht zu früh einsteigen und noch von Last-Minute-Kunden entdeckt werden.

Wie den beiden da drüben zum Beispiel.

Typisches Mittelklassepaar. Vorneweg die Ü40-Schönheit, gesichtsmäßig leicht verhärtet. In ihrem Schlepptau das männlich-mürrische Anhängsel, die übliche Witzfigur. Oder? Der hier wirkt missmutig, aber sein Blick ist irritierend anders … wacher, aufmerksamer.

Am Ende ein Kollege, ein Bruder im Geiste? Kenn ich den Typen? Bevor er ihn genauer mustern kann, verschwindet das Paar im nächsten Abteil.

»Liebe Kunden«, plärrt der Lautsprecher, »wir bitten um Ihre Aufmerksamkeit. Unser Möbelhaus schließt in wenigen Minuten. Ich wiederhole …«

Jetzt! Er schiebt die Tür auf, schlüpft ins Dunkel und zieht sie mühsam von innen wieder zu. Tief zusammengekauert hält er den Atem an. Der stechende Geruch neuer Billigmöbel ist unerträglich. Hier drin eine Nacht ausharren?

Vorsichtig lehnt er sich an die dünne Zwischenwand und versucht, die Beine auszustrecken. Es geht! Doch die Erleichterung währt nur Sekunden: Schritte kommen näher – und Stimmen!

»So was könnt ich mir auch mal vorstellen.«

Typisch Frau.

»Ich bitte dich!« Männlich, leicht genervt. »Die machen in fünf Minuten dicht! Jetzt hast du endlich dein Regal, brauchst du jetzt auch noch Kleiderschrankberatung?« Ein ärgerlicher Hieb gegen die Tür.

Lepky fährt zusammen. Die Frau sagt etwas, gereizt und nicht mehr verständlich.

Schritte entfernen sich.

Lepky zieht sich das T-Shirt über die Nase. Er kennt Einzelzellen, er war auch schon in der Gummizelle; damals, als sie ihn gefesselt aus dem Gerichtssaal trugen, vierundzwanzig Stunden in der eigenen Pisse … Aber der stechende Mief im Schrank hier stellt alles in den Schatten.

Chemische Waffe, XXL … Sobald das Licht ausgeht, muss die Tür einen Spalt auf … Ich bleib cool, hab die Arschlöcher alle im Griff … und mein Hass tut mir gut, er pusht mich, er macht mich stark, ganz egal, was der Gutachter und die Therapeuten-Tussis alle labern!

Schon mit zwölf, in der Fankurve damals im Stadion hat

er es gespürt, wie ihn der Hass auf andere erregt und befeuert. *»Oh, hängt sie auf, die schwarze Sau!«*, *»Wir wol-len kei-ne Ba-yern-Schwei-ne!«* Seine ganze Wut bricht sich im Stadion Bahn, darf endlich hinaus: die Wut auf seine Alleinerzieherin, die nächtelang außer Haus bleibt, um anschließend ganze Tage im Bett zu verdämmern, in Reichweite immer ein Bojareff für eins neunundzwanzig, aus dem Kassenregal bei Tengelmann.

Den er manchmal selbst für sie klaut. Damit sie keinen Anfall bekommt, nicht wieder ausrastet.

Und die Wut auf seine scheißarrogante Lehrerin, mit ihrem schneeweißen Golf Cabrio, die nichts davon erfahren darf und ihn immer wieder gnadenlos lächerlich macht vor den anderen …

Die ganze Wut, die sich sechs Tage lang aufgestaut hat, im Stadion durfte sie explodieren!

Im Dunkeln tastet er nach seinem Adler-Tattoo auf dem Oberarm. Nichts war so geil wie der Samstag mit den Ultras … bis die echten Weiber kamen … und ganz am Schluss dann, die Fesseln, das Klebeband, die Messer! *Das* waren gigantische, das waren unvergessliche, echte Explosionen! Dagegen war die Fankurve doch nur 'ne müde Kinderknallerbse.

Draußen geht das Licht aus. Endlich.

Vorsichtig dreht er sich, legt sich mit angezogenen Beinen auf die Seite und schiebt die leise knarrende Tür einen kleinen Spalt auf. Dann zerrt er sich die Kapuze seines Hoodies als notdürftige Unterlage vor bis unter die Wange. So muss es gehen.

Er schließt die Augen.

Tag 4

Förster-Blog: »Christlich-Muslimische Begegnung«? +++ Schluss mit Islamisten-Geschmuse, Frau Freyberger!

Schlaftrunken tastet Jana Förster nach ihrem Mann. Vergeblich. »Du stehst schon auf, Schatz? Halb neun erst … dachte, wir haben endlich mal Zeit für ein Sonntagsfrühstück!«

Hannes Förster steht im Slip vor dem Kleiderschrank. Unschlüssig mustert er seine Krawatten. »Muss mich mal wieder in der Kirche sehen lassen. Heute wird der neue Diakon eingeführt, da ist hinterher Kirchencafé, das sind dreißig, vierzig zusätzliche Händeschüttler. Was willst du mehr an einem Sonntag?«

Jana seufzt. »Großes Frühstück. Oder mal wieder Sex.«

Hannes wiegelt ab. »Alles zu seiner Zeit, Schatz. Wir wollen doch keine oberflächlichen Nümmerchen, wir wollen uns mal wieder richtig Zeit füreinander nehmen. Also morgen … in acht Tagen!«, strahlt er sie an.

Wütend schleudert sie ihr Kissen nach ihm. »Lass deine professionellen Foto-Grimassen! Kannst du nicht mal mehr in Unterhosen, nicht mal in unserem eigenen Schlafzimmer, ganz normal lächeln?«

»Do not forsake me, oh my darling …«

»High Noon«, der Klingelton des Campaigners. Unter dem sanft surrenden Solarium streckt sich ein behaarter Männerarm heraus. »Björn Wengler … ah, hallo, Chef, kleinen Moment nur …« Er schaltet die Sonnenbank ab, drückt das Oberteil hoch und sitzt nackt auf dem Rand.

Eine zierliche Asiatin erhebt sich mit ihm, bleibt fragend vor ihm stehen. Wengler zeigt stumm auf ein halb leeres Sektglas auf der Ablage. Sie reicht es ihm.

»Sorry, Chef, grad noch die zwölfte Mail heute beantwortet. Hammerhart, was jetzt auch sonntags alles abgeht.« Rasch kippt er den abgestandenen Sekt und reicht dem Thai-Girl das Glas zurück.

»Wie … Arbeitsvertrag, Laufzeit? Das prüft die Bundesgeschäftsstelle jetzt, zwei Wochen vor der Wahl?« Sein Gesicht verfinstert sich. »Dafür hat man in Berlin jetzt Zeit? … Ah ja, Gebot der Fairness! Verstehe!«

Mit seiner freien Hand zieht er die Nackte heran und steckt ihr ungeniert die Zunge in den Nabel, während er weiter ins Handy lauscht.

Ruckartig löst er sich wieder von ihr.

»Nein, Chef, nein, Alex, da hab ich null Verständnis für! Wir holen auf, wir drehen auch diesen Wahlkreis noch, ich reiß mir als Campaigner des Landesverbands persönlich den Arsch dafür auf, sogar am Sonntag –«

Er bricht ab, lauscht wieder. Spreizt gebieterisch die Beine. Mit ausdruckloser Miene geht die Asiatin vor ihm auf die Knie.

»Keine Anschlussverwendung in der Landesgeschäftsstelle? … Schauen, ob sich in einem Abgeordnetenbüro etwas ergibt? Oohh …!« Er wirft die grauschwarzen Locken nach hinten; Wut und wachsende Lust liegen im Clinch miteinander, jagen wahre Schauer durch seinen sehnigen Körper. »… nein, ich kann dir gar nicht sagen, wie ich mich jetzt fühle … lass uns später weiterreden, Alex, ciaooouu …«

Hart schlägt das Handy auf der Sonnenbank auf. »Oohh, Wahnsinn … aber solche Arschlöcher … los, komm hoch, anders rum … bück dich!« Er setzt kurz an, presst sich rücksichtslos in sie hinein.

»Aahh, Aan-schluss-ver-wen-dung, ich geb euch Anschluss-ver-wen-dung aaahh …!«

»Nimm doch lieber den Gummihammer.« Charly streckt ihn Marietta hin. Etwas widerwillig legt sie ihren kleinen Eisenhammer weg.

»Satisfaction«, Charlys Klingelton.

»Bruno, was gibt's?«

Der obligatorische kurze Raucherhuster vorneweg, dann Försters tiefe heisere Stimme: »Servus, Charly. Was hältst du davon, wenn wir uns mal kurz zusammensetzen?« Er atmet schwer. »Gudrun macht sich Sorgen. Seit der Perverse draußen ist, kann sie nicht mehr schlafen. Hat auch sofort seinen Scheißbrief von damals wieder herausgekramt. Wusste gar nicht, dass sie den noch aufgehoben hat.«

Charly legt die Stirn in Falten. »Das Ding ist zehn Jahre alt«, sagt er vorsichtig.

»Natürlich ist es zehn Jahre alt. Aber du kennst doch die Weiber!«

Sein Blick fällt auf Marietta. Sie kniet auf dem Boden und bearbeitet ihr halb fertiges Schuhregal hingebungsvoll mit seinem Gummihammer: *Tonk-tonk-tonk* … Ihr T-Shirt ist am Rücken schon leicht angeschwitzt, der BH-Verschluss zeichnet sich überdeutlich ab.

Eine Körperstelle, der sich Dirk Lepky einmal besonders intensiv gewidmet hat, schießt es ihm spontan durch den Kopf.

Auszug aus dem Vernehmungsprotokoll v. 13.12.2006 (hier: Mord an Beate Czilonka, Troisdorf-Spich, am 07.06.2006)

FRAGE: Wie kam es, neben den tödlichen Messerstichen in Brust und Hals, zu der schweren Verletzung am Rücken von Frau Czilonka?

ANTWORT: Da hab ich ihren BH nicht gleich aufbekommen. Das hat mich geärgert. Und der hässliche Hubbel, den sie da hatte.

FRAGE: Was meinen Sie genau?

ANTWORT: Na, der Wirbel an der Stelle. Der war dicker und größer als die anderen. Sah hässlich aus, richtig eklig. Das hat mich dann noch wütender gemacht. Ich

musste das Ding unbedingt wegmachen, unbedingt. Komplett raushauen.
FRAGE: Wie haben Sie das gemacht?
ANTWORT: Na, probiert hab ich's erst mit dem Messer. Das war aber nur so 'n kleiner Schneidteufel, der hat bloß außen rum viel Blut gemacht. Für 'nen Wirbel war der aber viel zu schwach. Da hab ich dann den großen Schraubenzieher auf ihrer Waschmaschine liegen sehen. (Er stockt.)
FRAGE: Und?
ANTWORT: Ja, also, mit dem ging's dann. Volle Granate, zwischen die Wirbel durch. Bis die ganze Scheißverknöcherung endlich draußen war.
FRAGE: Lebte Frau Czilonka zu diesem Zeitpunkt noch?
ANTWORT: (überlegt) Als ich mit dem Schraubenzieher angefangen hab, hat sie, glaub ich, noch mal kurz geröchelt. Aber nee, sonst war da nix mehr, das war kein richtiges Leben mehr.

»He! Bist du noch dran, Charly?«

»Klar, Bruno. Denk nur grade nach. Wäre doch sicher hilfreich, wenn ich mich mal mit Lepkys aktuellem Gutachter unterhalte. Bevor wir uns zusammensetzen.«

»Meinst du?«, zweifelt Bruno.

»Selbstverständlich!« Charly findet Gefallen an seiner eigenen Idee. »Der hat den aktuellen Stand in Sachen Gefährdungspotenzial. Vielleicht liefert er uns sogar ein paar Punkte, die Gudrun beruhigen können.«

Und uns, fügt er im Stillen hinzu.

»Beruhigen! Der Typ ist unheilbar krank! Weißt du genauso gut wie ich!«

»Und genau deshalb brauchen wir schnellstmöglich Profis, Bruno. Leute, die an Dirk Lepky ganz nah dran sind in der JVA.«

Bruno grunzt missmutig. »Wer sitzt denn alles in deiner

Super-SOKO? Kommt auch deine heiße Münchner Profilerin wieder, diese Antlkofer?«

»Meine heiße Profilerin, meine Super-SOKO? Was soll das denn? Welche Scheißhausparolen sind da schon wieder im Umlauf?«

Ein heiseres Lachen. »Gut vernetzt sein ist alles, Kollege! Und ganz oben steht immer der Quellenschutz!«

Charly platzt der Kragen. Höchste Zeit für einen Präventivschlag. »Damit eins ganz klar ist, Bruno: Halt die Sache Lepky aus dem Wahlkampf raus, ich warne dich!«

»Haha, dass ich nicht lache! Lepky aus dem Wahlkampf raushalten! Kleiner Traumtänzer, schau mal wieder in eine Zeitung! Oder halt auf der Straße die Ohren offen, für die Leute gibt es gar kein anderes Thema mehr!«

»Eben, und du wirst gefälligst kein Öl in dieses Feuer gießen und Hannes mit Polizei-Interna füttern!«

»Ich füttere niemanden mit Internas! Das muss ich mir nicht bieten lassen, auch nicht von dir! Rutsch mir doch den Buckel runter!«

Aufgelegt.

Unglaublich, wie dünnhäutig und impulsiv der Ex-Kollege geworden ist. Charly schüttelt den Kopf.

»Mimose.«

Irritiert bemerkt er, dass ihn Marietta, die neben dem halb fertigen Regal kniet, aufmerksam betrachtet.

»Was ist denn?«, fragt er genervt.

»Wollte ich dich auch gerade fragen. Deine heiße Profilerin, was ist mit der? Kommt diese Barbara Antlkofer wieder, hat sie Sehnsucht nach dir?«

»Oh Mann!« Er verdreht die Augen.

Zu viel Offenheit rächt sich. Selbst schuld. Warum hat er ihr auch davon erzählt, von den zwei One-Night-Stands mit der attraktiven Profilerin des Polizeipräsidiums München? Wahrscheinlich, weil Marietta damals in Vorlage ging und über eine frühere Affäre mit ihrem Chef sprach.

»Das ist doch Schnee von gestern! Die gute Frau Antlkofer wird der SOKO Lepky lediglich beratend zur Seite stehen.«

Dass er selbst darauf bestanden hat, würde die Sache jetzt nur unnötig verkomplizieren …

»Au, Scheiße!« Wütend, mit schmerzverzerrtem Gesicht reibt sich Lepky das Knie, mit dem er angestoßen ist. Unglaublich, wie dunkel es am Sonntag im Inneren eines Möbelhauses ist. Nur schemenhaft sind die Umrisse von Schränken und Sitzecken auszumachen.

Wütend tastet er nach dem sperrigen Blechteil, das er umgestoßen hat. Soll das eine englische Telefonzelle sein? Irgendein Scheißdekoteil. Das niemand wirklich braucht. Außer ein paar unbefriedigten Hausfrauen vielleicht.

Er hebt den Kopf und lauscht. Gibt es einen Sicherheitsdienst? Laufen schwarze Sheriffs auch hier tagsüber Patrouille?

Nichts. Nur ein schwaches Summen. Der leise Dauerton irgendwelcher elektrischer Leitungen und Stromkabel.

Langsam, auf Zehenspitzen, schleicht er weiter.

Endlich, die Treppe.

Hoch jetzt, hinauf ins Restaurant.

Weißgraues Tageslicht fällt durch die Oberlichter. Die Büfetts und Vitrinen sind wie leer gefegt, nur noch Glas und glänzendes Alu. Ärgerlich umkreist er sie, drückt schließlich kurz entschlossen die Schwingtür »Betriebsraum – nur für Personal« auf.

Das Surren ist hier deutlich lauter. Eisschränke und Tiefkühltruhen. Eine fahrbare Tortenvitrine, beleuchtet und bestückt! Das Wasser läuft ihm im Mund zusammen. Gierig reißt er die Glastür auf, greift mit bloßen Händen nach einem Stück Schwarzwälder Kirsch – und zuckt im letzten Moment zurück: Reiß dich zusammen, so wenig Spuren wie möglich!

Aus dem Besteckfach eine Gabel. Dann erst den Kuchenteller. Nicht krümeln, geh über die Spüle …

Heißhungrig beugt er sich über den Teller, verschlingt im

Stehen ein Stück Schwarzwälder Kirschtorte … Hammer! Gleich noch eins hinterher … nein, symmetrisch vorgehen, lieber eins aus dem Fach darunter, fällt Montag früh nicht so auf. Heller Teig, viel Vanillecreme – zum Niederknien! So süß, so viel, so unbeschreiblich gut!

Fertigtorten aus dem Möbelhaus, das reinste Schlaraffenland … nach zehn Jahren bröcklig-blassem Sonntagskäsekuchen, zehn mal vier mal zwei Zentimeter. *Nur ein Stück pro Mann!*

Glückstrahlend, mit vollem Mund, studiert Lepky schon das nächste, das unterste Vitrinenfach.

Frankfurter Kranz.

Wie angewurzelt steht er da.

Sein Lieblingskuchen. Der letzte, den ihm seine Mutter bäckt. Bevor sie endgültig dem Suff verfällt.

Frankfurter Kranz, mit fünf kleinen bunten Kerzen.

Den keine zehn Minuten später sein brüllender, sturzbesoffener Erzeuger, oder war es schon der Nachfolger, mitsamt den fünf Kerzen an die Wand klatscht.

Frankfurter Kranz.

Jahre später stummer Zeuge seiner ersten eigenen Explosion.

Seiner allerersten überhaupt.

Damals, in Dormagen. Hackenbroich-Süd. Ein grauer heruntergeranzter Wohnblock.

Die Dicke in ihren Leggins und dem fleckigen weißen Shirt. Nachmittags um zwei schon angetüddelt.

Zutraulich, lässt ihn anstandslos in ihre winzige, verräucherte Wohnung. Aufs Sofa. Will Abo für TV-Spielfilm unterschreiben. Hat Stift schon in der Hand. Lässt ihn wieder fallen. Will sie ihn auch nur verarschen … Sie bleckt ihren Zahnlückenmund, betatscht plötzlich sein Knie, nuschelt irgendwas. Er riecht ihren Schweiß, spürt ihr Fett, ihr alter Raucheratem sucht ihn …

»Glaubst du echt, ich brauch 'ne Fernsehzeitung? Ich brauch

'nen Kerl.« Sie lacht, legt sich über ihn, aus ihrem stinkenden Maul lacht sie, lacht sie ihn aus? Und da sieht er sie, in höchster Not, in Griffweite neben dem Sofa.

Eine Null-Siebener Bojareff.

Voll Wut und Ekel packt er zu, donnert sie ihr mit aller Kraft auf den Hinterkopf.

Keinen Laut gibt sie von sich.

Nie mehr.

Mucksmäuschenstill liegt sie auf ihm, mucksmäuschenstill und platt. Wie eine riesige fette Qualle. Angeekelt strampelt er sich frei.

Mit einem dumpfen Schlag plumpst ihr Körper, diese unförmige Masse, von der Couch auf den Boden.

Und erst jetzt sieht er, was auf dem kleinen Beistelltischchen, zwischen geöffneten Rechnungen, überfülltem Aschenbecher, Handy, Feuerzeug, Pall Mall noch steht.

Ein kleiner Teller mit einem angefangenen Stück Kuchen, in dem noch die Gabel steckt. Dem Kuchen, den es seit seinem fünften Geburtstag nicht mehr gab.

Frankfurter Kranz.

Tag 5

Wo ist Lepky? 80.000 Euro Belohnung! +++ Die Angst: Was plant die Bestie? +++ Förster holt auf: 36%, Freyberger nur noch 40% +++ Förster-Blog: MdB Freyberger und der AK Humaner Strafvollzug

Langsam, im zweiten Gang, schwimmt der Alfa in der morgendlichen Rushhour mit. Das Verdeck ist offen, der Ellbogen draußen, kaugummikauend betrachtet Charly die strengstens zurechtgestutzte Natur vor den Werks- und Verwaltungsgebäuden in der Max-Brose-Straße.

Rechtwinklige Akkuratesse, selbst bei der allerkleinsten Zierhecke. Unerbittliche Hightech-Präzision beim Baumschnitt, der ganz offensichtlich eine Schablone verwenden muss.

Ein Baum ist ein Baum ist ein Baum.

Wehe dem Ästchen, das es wagt, aus der Reihe zu tanzen! Gleichmacherei bis in die letzte Verästelung. Die »Pjöngjang-Allee« … Lächelnd lässt er ein paar Fußgänger passieren und dreht Bon Jovi lauter.

»… we weren't born to follow, come on and get up off your knees, when life is a bitter pill to swallow, you gotta hold on to what you believe, you gotta stand up for what you believe …«

»Die weiteren Aussichten: heißes Spätsommerwetter mit Temperaturen von dreißig Grad bis in die nächste Woche. Das waren die Kurznachrichten um halb –« Die Tankstelle ist erreicht. Charly würgt das Radio ab und steigt aus. Einundzwanzig Grad zeigt das Thermometer bereits. Versonnen streicht er im Vorbeigehen über das cremefarbene Verdeck.

Feinstes Cabriowetter. Und ich habe Dirk Lepky am Hals. Die NeckarClassic nächstes Wochenende mit Bernie kann ich vergessen.

Vor ihm huscht eine zierliche Blondine durch die sich automatisch öffnende Tür in den Geschäftsraum. Gutes Parfüm, hellgraues Businesskostüm, bleistiftdünne hohe Absätze.

Unpraktisch am Steuer, denkt er. Die Pedale ruinieren doch die schönsten Absätze. Entweder sie hat nur eine ganz kurze Fahrstrecke, oder sie ist bloß Beifahrerin.

Ein prüfender Blick Richtung Zapfsäulen: Weißer Kleinwagen, Citroën C1, hinter dem Steuer wartet eine unscheinbare ältere Frau.

Der Tankdeckel ist noch geöffnet.

Gelassen folgt er der Parfümwolke und tippt die High-Heels-Trägerin kurz an. »Ihr Tankdeckel steht noch offen.«

Entgeistert schaut ihn die Kleine an. Er zwinkert ihr zu und steuert gelassen einen Bistrotisch vor dem Kaffeeautomaten an.

Ein hagerer Weißbart rührt missmutig in seinem Kaffeebecher.

»Moin, Bruno.«

Bruno knurrt etwas, das entfernt an »Guten Morgen« erinnert. Über seiner dunklen Cordhose trägt er ein trachtenartiges helles Kurzarmhemd aus grobem Leinen. Landhausstil. Partei-Folklore. Seit Hannes kandidiert, läuft Bruno nur noch in Tracht herum.

Warum auch nicht, amüsiert sich Charly insgeheim. Brunos Enkel Kim und Lina verkleiden sich schließlich auch als Indianer oder Chinesen, warum soll der Opa da nicht als Tiroler herumlaufen. Wenn's dem Selbstbewusstsein dient … Grinsend holt er sich einen doppelten Espresso.

»Was treibt dich so bald raus, Bruno? Sehnsucht nach 'nem Tankstellenkaffee wie früher?«

Unwillig winkt Bruno ab, zeigt stumm auf den Bildschirm, den das Girl hinter der Kasse gerade lauter stellt:

»Bautzen. Auch in dieser Nacht ist es wieder zu mutmaßlichen Brandanschlägen auf Flüchtlingsunterkünfte gekommen. In Bautzen und im niedersächsischen Goslar wurden dabei mehrere Menschen leicht verletzt. Die Feuerwehr musste beide Unterkünfte evakuieren.

Seit Beginn des Jahres wurden damit bundesweit schon siebenundzwanzig Gemeinschaftsunterkünfte beschädigt oder zerstört …«

»Volkszorn«, zischt Bruno, »nichts anderes! Hat uns alles Mutti eingebrockt. Und ihr schwarz-rot-grünes Multikulti-Gutmenschen-Gesocks …«

Charly nippt an seinem Espresso. Schwarz, heiß und bitter; genau wie die hitzig-erbitterte Wut, die in ihm aufsteigt. Er nimmt zwei Schlucke. Braucht noch einen dritten.

Finster mustert er den einstigen Kollegen.

»Aber die Zeiten ändern sich, Charly, in zwei Wochen hat dieser Spuk ein Ende! Wenn ich Hannes und seine Kollegen höre, dann geht mir als altem Polizisten das Herz auf! Dafür haben wir jahrzehntelang gekämpft!«

»Du hast für gar nichts gekämpft«, zischt Charly. Wütender, als er eigentlich will. »Nur für deine Karriere, nur für deinen persönlichen Vorteil, Bruno. Bei uns und in deiner Partei. Und weil du damals gegen Nassel und Konsorten zu schwach warst, muss jetzt Hannes für dich ran. Muss rechts überholen. Ganz rechts außen.«

Bruno pumpt seinen immer noch mächtigen Brustkorb auf. »Von dir lass ich mir nicht ans Bein pinkeln, Kollege! Schon gar nicht für Hannes. Überhaupt, du warst doch schon bei seiner Geburt der Besoffenste! Hat mich Gudrun erst dran erinnert, an unseren kleinen Umtrunk nach seiner Geburt damals! Wo du beim Rausgehen an unser Kellerfenster gereihert hast!«

Charly lacht und legt den Finger auf die Lippen, was Bruno erst recht in Rage bringt.

»Und überhaupt, was heißt hier kämpfen? Gekämpft hast du ja wohl am allerwenigsten, dir ist doch immer alles in den Schoß gefallen, Kommissar Zufall!« Vor Erregung verschluckt er sich, muss kurz und heftig husten. »Sogar beim Flippern Freitagabend, in der Reichshalle oder beim Blümig im Hahnweg, ganz egal, wo, du warst überall der Duselmeier, hast deine Freispiele immer nur auf Endzahl geholt!«

Charly muss sich beherrschen, um nicht loszuprusten.

Höchste Zeit für einen Themawechsel. »Weil mir's gerade wieder einfällt, hast du eigentlich deine Dienstwaffe damals behalten? Haben sie bei dir eine besondere Gefährdung gesehen?«

»Was soll das jetzt? Na klar! Reicht das etwa nicht aus?« Wutschnaubend fingert Bruno einen Zettel aus seiner Brusttasche, entfaltet ihn und knallt ihn auf den Stehtisch. Charly erkennt die aufgeklebten Zeitungsschnipsel sofort.

Die Rhein-Main-Bestie mAcht euch Alle wenn er Wieder Drausen ist Er schlizt dich Bullensau von oBEN bis UNTEN auf Warnung! von einen Guter Freund

»Du hast doch den gleichen damals bekommen! Was meinst du, warum ich hier schon so früh herumstehe? Gudrun macht nachts kein Auge zu, ich hab zu Hause keine ruhige Minute mehr! Also komm in die Puschen und mach diese perverse Drecksau platt, bevor … oh, stopp, Moment, die neueste Umfrage!« Erregt zeigt er auf den Bildschirm.

Bunte Balken klettern langsam nach oben, kommentiert vom selbstgefälligen Jeans-und-Sakko-Moderator. *»… damit verfestigt sich in der Sonntagsfrage das Patt der letzten Wochen, die Rechtspopulisten können in der aktuellen Stimmung sogar weiter zulegen auf bisher unerreichte achtundzwanzig Prozent …«*

»Jaa!« Triumphierend ballt Bruno die Becker-Faust, hat nur noch Augen für den Bildschirm.

Charly kippt seinen Espressorest hinunter, klopft wortlos auf den Tisch und geht. Hinaus aus dem klimatisierten Kleinbürgermief, hinein in die benzin- und abgasgeschwängerte, brutale Sommerhitze.

Aus dem roten Zeitungskasten starrt ihn Dirk Lepky an.

Selbst der Chef hat um neun schon Schweißflecken unter den Achseln. Im Kurzarm-Diensthemd. Wann gab's das zuletzt, denkt Charly. Auch Pressesprecher Moser alias Quax der

Bruchpilot ist sichtlich angespannt; unablässig mahlen seine massigen Kiefer.

Zu dritt stehen sie im großen Lageraum.

»Hab ich in siebenundzwanzig Jahren Polizeidienst noch nie erlebt«, sagt Ritter, »noch nie! Politische Vorgaben für die Fahndung, für die Suche nach diesem einen Mann. Ministerialbeamte, die, ich zitiere Gerd Vöhringer, ›in enger Abstimmung mit dem MP unsere operative Polizeiarbeit bis ins Detail strukturieren und regeln‹ wollen, zum Teil sogar am LKA vorbei!« Fassungslos schüttelt er den Kopf und wiegt eine Papierheftung in der Hand. »Hier, vor zwei Minuten ausgedruckt, vierzehn Seiten aus München. Mit Organigramm und allem, was dazugehört.«

»Komplettes Drehbuch für den Wahlkampf-Showdown?«, knurrt Charly. »Wann und wo soll der Zugriff erfolgen?«

Ritter überhört seinen Sarkasmus, blättert geschäftig weiter. »Sie sollen jetzt übrigens doch nicht die Fahndung koordinieren, Herrmann.« Sein Blick fährt hoch, über den Rand der Lesebrille.

»Sondern?«

»Moment … hier steht's!«

<u>Fahndungsbegleitende Operative Fall- und Fluchtanalyse:</u>

KK Karl-Heinz Herrmann (Kripo Coburg) und Dipl.-Psychologin Barbara Antlkofer (PP München, K16, Operative Fallanalyse Bayern).

Aufgabe: Fachliche Begleitung und Unterstützung der Fahndung:

Fluchtverhalten LEPKY bewerten

Evaluation seiner bisherigen Aktivitäten

Einschätzung seiner aktuellen inneren und äußeren Zielrichtung

Konkretisierende Gefahr- und Fluchtprognose

Verärgert reibt sich Charly über den kurz geschorenen Hinterkopf. »Elende Dampfplauderer, typisch München! ›Konkretisierende Prognose‹, so ein Schwachsinn! Die Prognosen stellen wir, aber konkretisieren kann sie doch nur Lepky! Wann trifft die Kollegin Antlkofer denn bei uns ein, hat sie sich schon gemeldet?«

»Grad vorhin«, nickt Moser. »Sitzt schon im ICE. Ankunft neun Uhr siebenundvierzig. Sie möchte so schnell wie's geht Lepkys Zelle in Butzbach anschauen und mit dem Personal dort sprechen.«

Charly hebt den Daumen. »So kenn ich die Frau – Fluchtanalyse läuft an! Dann nehme ich sie gleich am Bahnhof mit. Große Fahrt heute, vor Butzbach noch Termin bei Professor Dr. Oßwald.«

»Dr. Oßwald?«

»Lepkys Gutachter.«

»Kim, Lina, jetzt gebt doch verflucht noch mal Ruhe da oben!« Hannes Förster steht in Unterhose und offenem Hemd an der Treppe und brüllt nach oben Richtung Kinderzimmer. »Ich muss mit Mama was Wichtiges besprechen, ohne dass ihr da ständig herumkrakeelt!«

Beleidigt krähen die Kinder zurück, bevor sie ihre Tür zuschlagen. Wutentbrannt will Förster hochspurten, überlegt es sich dann in letzter Sekunde anders.

»Bitte, Hannes!« Jana presst die Hände an die Schläfen. »Es ist so schon schlimm genug!«

Auf Socken tappt er an den großen weißen Esstisch zurück. Ihre Augen schimmern feucht. Durch das raumhohe Panoramafenster fällt ihr die Sonne jetzt seitlich ins Gesicht: fahle, schlaffe Wangen, ihre Mundwinkel hängen tief. Hannes erschrickt, so hat er Jana noch nie gesehen.

Mit fahrigen Fingern versucht er, sein Hemd zuzuknöpfen und sich dabei auf das Schreiben zu konzentrieren, das vor ihnen liegt.

Commerzbank Kreditabteilung.

»Die drehen uns den Hahn zu, Hannes. Wir verlieren unser Haus!« Jana beginnt leise zu schluchzen.

»Ach, Unsinn!« Seine Stimme ist belegt, er räuspert sich nervös. »Das ist keine Kreditkündigung, nur eine Mahnung!«

»Aber schon die zweite! Seit du Wahlkampf machst, kommt überhaupt nichts mehr über die Werbeagentur herein. Für neue Kunden hast du keine Zeit, die alten springen ab wegen der AfD. Wir leben von der Hand in den Mund, von meinen achthundert Euro und dem Kindergeld!«

»Hör auf mit deiner Schwarzmalerei!« Wütend knöpft er auch noch den obersten Hemdknopf zu. Um ihn sofort wieder zu öffnen. »Nur noch sechs Tage, dann fressen uns alle aus der Hand! Ich zieh das Ding jetzt gnadenlos durch, nein, wir ziehen es gnadenlos durch! Du weißt genau, wie hoch Diät und Aufwandsentschädigungen sind, über –«

»Dreizehntausend, jaja, ich weiß. Aber nur, wenn du gewinnst. Und wenn die Freyberger gewinnt, sind wir Weihnachten unser Haus los!« Das Schluchzen übermannt sie erneut.

»Wann bringst du uns endlich zum Kindergarten, Papa?«, kräht es aus dem ersten Stock. »Wir fahren doch heut mit Nicky in den Zoo! Da gibt's Popcorn! Und Cola! Und schöne große Stofftiere!«

Hitze flimmert über dem Asphalt, hängt schwer und dumpf in den Straßenschluchten. Die Schwüle raubt Lepky schier den Atem.

Leichtes Schwindelgefühl erfasst ihn, als er auf die Straße tritt. Ein Schleier schwebt vor seinen Augen. Schnell hält er sich am Geländer fest.

Verdammter Kreislauf.

Wer geht auch bei dreiunddreißig Grad Außentemperatur in eine Sauna?

Eben.

Nix los, keiner kontrolliert. Null Fahndungsdruck. Keiner starrt dir blöd auf die Fresse. Oder auf Kleidung. Völlige Ruhe und Entspannung.

Und als Sahnehäubchen noch das Rentnerportemonnaie soeben: In seiner linken Hosentasche knistern zwei frische Zehner und ein Zwanziger. Vierzig Euro. Wenn der Tabak reicht, sind vier Tage auf jeden Fall wieder gesichert. Oder drei plus Sauna.

Langsam lässt der Schwindel nach, nur die Mattigkeit bleibt.

Freiheit kostet Kraft.

Wie auf Eiern trottet er weiter. Ein Zeitungskasten, abrupt bleibt er stehen.

Die »Rhein-Main-Bestie«: Wie sieht sie heute aus?

Sein zehn Jahre altes Porträt, wie jeden Tag rechts oben. Darunter heute drei Bildbearbeitungen: einmal buschiger Magnum-Schnauzer, einmal Vollglatze, einmal dunkel-unrasierter Drei-Tage-Bart.

Er reißt eine Zeitung aus dem Kasten, stopft sie hastig in den Rucksack und zwingt sich, langsam weiterzugehen. Die Gedanken rasen, wie eine Flipperkugel schießen sie kreuz und quer durch seinen Kopf.

… kann doch nicht monatelang in Saunas und Hallenbäder ausweichen, wie soll das gehen, der Kreislauf … und noch mehr Durst und Kohldampf hinterher … kostet alles zusätzlich … und trotzdem … die Scheißfahndung jetzt, die Bestien-Hysterie, Zeitung, TV, überall Kontrollen … Da gibt's doch einfach nichts Besseres als Sauna! Hab's doch jahrelang gedanklich gecheckt und durchdacht. In der Zelle. Aufm Bett gelegen, an die weiße Decke geglotzt; versucht, die Flugbahn der Stubenfliegen vorherzusehen … und dabei immer wieder ausgemalt, wie es sein muss, das perfekte Abtauchen, wenn am Tag X der Absprung gelingt.

Alle machen das, alle.

Tagtäglich, immer wieder, viele Stunden lang.

Der große Traum. Den ich jetzt live und in Farbe durchziehe; ich lass mich nicht hängen, ich mach mich grade, ich mach mein Ding! Und die Zeit läuft für mich, in ein paar Tagen die große Wahl, spätestens dann wird Lepky langweilig … Dann kann ich endlich mal raus hier. Rüber, zu den Tschechen … mein Tattoo überstechen.

Er kichert nervös.

Die Tschechen, meinen Adler überstechen …

Und neue Papiere, er hat sich den Ansprechpartner in Cheb gemerkt, von dem Jaroslav beim Hofgang erzählt hat, muss nur im »Loveparadise« nach »Putin« fragen.

Ein Jaguar F-Type, niederländisches Kennzeichen, blockiert den halben Gehsteig. Instinktiver Blick ins Seitenfenster, nicht aufs Armaturenbrett, nein; zwanghaft muss er sein Spiegelbild checken. Der silbergraue Bart, an den er sich selbst noch nicht gewöhnt hat. Beruhigend – wie sollen ihn dann erst andere erkennen? Er dreht den Kopf, tastet nach dem schwarzen Haargummi, den er gestern vor einem Schulhof gefunden hat.

Tastet nach dem *Schwulenzopf*.

Den er so erbittert bekämpft hat im Knast. Bei den anderen.

Wie haben sie Gianni, dem kleinen Itaker, damals die Fresse poliert. Zu dritt festgehalten, den *Schwulenzopf* abgeschnitten. Und Rushit, das Anabolika-Monster aus dem Kosovo, hat dem blutenden, winselnden Gianni schon die Jeans halb heruntergezogen, als die Wärter kamen und dazwischengingen. Pech, dass ausgerechnet die zwei Müllers damals Dienst hatten. Brocke oder Laubinger hätten sich sofort wieder verdrückt …

Egal! Knast war gestern.

Lepky ist frei. *Ich mach mein Ding.*

Er zieht den Haargummi stramm und richtet sich wieder auf. Das T-Shirt klebt unter seinem Rucksack schon wieder am Rücken. Scheißnachschwitzen.

Dort drüben, der Park: Bäume, Sträucher, Schatten!

Mit schweren Beinen trabt er über die Straße. Ein Getränkelaster hupt ärgerlich.

Spontan zuckt der Mittelfinger, doch Lepky beherrscht sich. Alle fünf Finger strecken sich, deuten widerwillig einen entschuldigenden Gruß an. Nur kein Aufsehen erregen.

Endlich, der Park ist erreicht. Sein Schritt wird langsamer und verfällt wieder in den gewohnten Trott.

Hofgang 2.0.

Kann mich ein Bulle am Tempo, an der Gangart erkennen, gehe ich anders als der Rest …?

Auf der großen Wiese tummeln sich ein paar Frisbeespieler. Lachend; jung, lebendig, frei. *Frei?*

Verächtlich zieht er die Mundwinkel herab.

Ihr habt doch null Ahnung. Nullkommanullnull. Glaubt, euer ganzes Leben liegt noch vor euch. Bildet euch ein, ihr habt es in der Hand.

Nichts habt ihr in der Hand. Gar nichts, 'nen Scheißdreck.

Erbärmliche, dumme Laberfötzchen. Strunzdumme Sauerkrautbärte, vollverblödete Wichser …

Urplötzlich knurrt es im Gebüsch, zu Tode erschrocken fährt er herum.

Kein Hund.

Aber ein seltsam länglicher, dunkler Gegenstand, gleich hinter dem Strauch.

Reglos. Wie er selbst.

Unendlich langsam, wie in tausendfacher Zeitlupe, setzt er sich in Bewegung: keine Reaktion. Seine Finger umklammern das Taschenmesser, holen es heraus, fahren die Klinge aus. Auf Zehenspitzen pirscht er sich heran, lugt millimeterweise vorsichtig hinter den Busch.

Im Gras liegt ein Mensch – nein, nur ein Penner!

Ein bärtiger, versiffter Straßenmusiker, der hier schnarchend seinen Rausch ausschläft. Zwischen einer Lidl-Tüte, drei leeren Bierflaschen, einem halb vollen Jacky, einer Gitarre und einem Indiana-Jones-Hut.

Lepky stößt ihm die Fußspitze in die Rippen. Nichts, keine Reaktion. Noch mal, deutlich fester jetzt. Ein unwilliges Knurren nur, der Penner bleibt in seiner stabilen Seitenlage.

Vollrausch. Kurz vorm Koma.

Ein sichernder Blick, dann geht Lepky auf die Knie. Rasch

tastet er sein Opfer ab. In der Brusttasche klebt ein schmutzig-zerknitterter Fünfer, angewidert steckt er ihn zu seinen frisch erbeuteten, sauberen Zehnern. In den Hosentaschen des Penners klimpert es. Unmengen von Kleingeld.

Kleinstgeld, stellt Lepky verärgert fest. Der Penner ist Kupfersammler. Oder sein Musikrepertoire lässt zu wünschen übrig … Lepky hält inne.

Tarnung verbessern … und dabei selber Kohle machen?

Ein letzter Blick auf den besoffenen Schnarcher, dann schnappt er sich die Gitarre; setzt sich kurz entschlossen auch noch den Westernhut auf.

Nichts wie raus aus dem Park, zurück auf die Straße … und dann irgendwie Richtung Osten, Richtung Tschechien.

Über Coburg.

Take me home, country roads.

»Servus, Charly.« Das typische, leicht spöttisch-amüsiert wirkende Lächeln; die großen graublauen Augen unter schwarzen langen Haaren – unverkennbar Barbara Antlkofer, die Profilerin des Polizeipräsidiums München.

»Hi … schön, dich wieder mal zu sehen!« *Und zu spüren*, denkt er, während er die Kollegin fest an sich drückt. Ein, zwei Kilo, schätzt er, hat sie zugelegt. Aber die fühlen sich toll an …

»Neues Rasierwasser?«

Verblüfft lässt er sie los.

»Göi, damit hasd jetzt ned g'rechnet!« Lachend schiebt sie ihre Schultertasche zurecht und schnappt sich ihren anthrazitfarbenen Lufthansa-Trolley.

Charly winkt ab. »Billiger Überraschungseffekt! Daran hast jetzt drei ICE-Stunden gearbeitet, gib's zu!«

Langsam gehen sie in der Vormittagssonne über den Parkplatz, emsig rattert der Trolley über den staubigen Asphalt. Unter dürren Bäumen zwei große Plakatwände; rechts Sylvia Freyberger, kühl, ernst und staatsmännisch entschlossen, dezente Perlenkette, hinter ihr die nächtlich erleuchtete Kuppel des Reichstags: *Erfahrung, Einfluss, Engagement – Weiter mit Sylvia Freyberger!*

Links strahlt Hannes Förster mit gebleichten Zähnen, die Ärmel leger hochgekrempelt, im idyllischen Josias-Biergarten, vor ihm lachen, etwas verkrampft, Kim und Lina in die Kamera: *Unsere Familien stärken! Unsere Heimat schützen! Hannes Förster.*

»Kollegensohn.« Charly deutet auf die Plakatwand. »Sein Vater Bruno war es, mit dem ich Lepky damals hopsgenommen habe.«

»Bruno Förster? Sagt mir nix. Ist der noch bei euch?«

»Zum Glück nicht. Darf ich?« Er hebt ihren Trolley in den Kofferraum. »Ein verbitterter, frustrierter Rentner. Stramm rechts und voll auf seinen Sprössling fixiert. Mist, was ist denn jetzt schon wieder …«

Erst im dritten Anlauf schließt der Kofferraumdeckel. Barbara schlüpft auf den Beifahrersitz und grinst ihn herausfordernd an.

»Alte Autos sind wie alte Männer, oder …?«

»Topzustand, Baby. Alles bestens.« Er startet den Eins-Komma-sechs-Liter-Motor und legt den Rückwärtsgang ein. »*I'm ready!* Du auch?«

Sie antwortet nicht, räkelt sich entspannt in ihren Sitz und verschränkt die Arme hinter der Kopfstütze. Ein Hauch frisch aufgetragenes Deo und schwache Reste eines edlen Parfüms steigen ihm in die Nase. Aus den Augenwinkeln sieht er erstaunt einen dunklen Flaum in ihrer Achselhöhle. Lust meldet sich plötzlich zurück, fordernd, drängend, eine lüsterne Gier, wie er sie schon lange nicht mehr verspürt hat … und ihre enge Bluse schreit ihn regelrecht an: »Knöpf mich auf! FREE ME!«

Sie lässt die Arme oben. Ungeniert erwidert sie seinen Blick. »Fahr jetzt einfach los.«

Er dreht das Blaupunkt-Radio an. Kein *»Free me«*, kein Uriah Heep.

Dafür dröhnt Bombastrock von Asia aus den Boxen. John

Wetton, er weiß es, er schreit es immer noch heraus, genau wie damals, in der legendären Sommerhitze von 1982:

»It was the Heat of the Moment, shown in your eyes …!«

»Hast du Zeit?« Der »Schwanz von Banz« hält sich nicht lang mit Vorreden auf. Selbstbewusst entert er das Büro. Mit Tablet und Zeitungen unter dem Arm lässt er sich in einen kunstledernen Stahlrohrstuhl aus den Achtzigern fallen, der sofort gepeinigt ächzt.

Hannes verzieht das Gesicht. »Ich dachte, wir sehen uns heute Nachmittag?« Widerwillig legt er sein Smartphone zur Seite.

Wengler lacht, scheinbar überrascht. »Nicht dein Ernst, Hannes!«

Er schlägt die Beine übereinander, zwischen Gaastra-Segelschuhen und weißer Jeans wird ein Stück üppig behaarter brauner Unterschenkel sichtbar.

Sofort muss Hannes an seine professionelle Beinenthaarung letzte Woche denken. Er presst die glatten Waden aneinander. Ober- und Unterschenkel, vierhundert Euro im Medical-Kosmetikinstitut Carolin Thomae an der Mauer. Nicht wirklich schmerzhaft, aber für seinen Geschmack langwierig und unangenehm. Und, im Rückblick betrachtet, viel zu teuer für seinen einzigen PR-Auftritt in kurzer Hose, das sonntägliche Benefiz-Radeln zugunsten des Tierheims.

Wengler ist bereits mitten in der tagesaktuellen Kurzanalyse: »Nur noch zwei Prozentpunkte, Hannes! Bei vier Prozent Rückstand musst du ihr nur noch zwei Prozent abnehmen – und wir haben noch sechs Tage!«

»Unser TV-Duell wird entscheiden.«

»Auf den Punkt!« Wengler springt auf, federt durch den Raum und macht sich mit größter Selbstverständlichkeit am Saeco-Vollautomaten zu schaffen. »Wir sind kurz vor dem Ziel, Hannes, wir sind kurz vor Berlin!«

Knirschend werden die Kaffeebohnen zermahlen.

Und wenn es doch nicht ganz reicht? Hannes betrachtet nachdenklich das eingestaubte Fensterbrett. Zwei schwarze Stubenfliegen liegen starr auf dem Rücken. *Agentur und Haus?*

Als Wahlverlierer bei Papa Bruno mit einziehen?

Unwillig verscheucht er die düsteren Gedanken. »Lass mir gefälligst auch einen durch!«

Aus dem kleinen roten Kühlschrank holt er einen Amaretto di Saronno heraus und wirft ihn Wengler zu.

»Halbe, halbe!«

»Hast du dir schon überlegt, wie's dann weitergehen soll, wenn alles klappt?«, fragt Wengler beiläufig, während der Amaretto in die leeren Kaffeetassen gluckert.

»Wie, wo? Hier?«

»Berlin. Dein Büro. Du brauchst einen persönlichen Referenten.«

»Verstehe«, grinst Hannes. »Da denkt einer schon an die monatliche Aufwandsentschädigung der Abgeordneten. Viertausend Mücken für Büro- und Wahlkreismitarbeiter. Stell dir vor, da spekuliert sogar mein Alter drauf. Er möchte sich allen Ernstes in Berlin die Pension aufbessern. Und Mutter ausm Weg gehen, haha! Na, lass dich überraschen. Aber wie sieht eigentlich dein Plan B für mich aus?«

Wengler lässt sich Zeit. Sorgfältig verschließt er den Amaretto wieder. »Nicht so schwarz, wie du denkst. Selbst wenn du die Wahl verlieren solltest, hast du vieles gewonnen. Kontakte auf allen Ebenen. Unbezahlbare Netzwerke.«

»Soll heißen?«

»Strategische Neuausrichtung deiner Agentur zum Beispiel. Erste Anlaufadresse für Nationalkonservative. Bundesweit. Auch dafür brauchst du vielleicht … mhmm …«

»… einen zweiten Geschäftsführer? Der mir hier alles wegsäuft?« Hannes lacht. Genießerisch nippt er am belebend-heißen Spezialkaffee. »Vergiss es, lieber Björn, da fahren wir doch lieber nach Berlin. Schluss jetzt mit dieser Scheißbedenkenträgerei, diese Altweiberängste immer! Läuft doch alles, ich pack das, wir machen die Freyberger platt! Schlag ein – haha, deutsche Ghettofaust!«

Sie haben Ihr Ziel erreicht.

»Sind wir hier wirklich richtig?«, fragt Charly verblüfft. Der feine weiße Splitt knirscht, als er den Alfa Spider in die breite parkähnliche Einfahrt steuert. Englischer Zierrasen, Rosensträucher säumen den Weg. An seinem Ende umrahmen alte Ulmen und Eichen einen gutshofartigen gelblichen Sandsteinbau. Sprossenfenster, dunkelgrüne Fensterläden.

»Sieht wie ein Weingut oder Landhotel aus.«

»Oder ein exklusives Privatsanatorium.«

»Nein, hier steht's doch.« Barbara deutet auf das bronzefarbene Schild am großen Stein neben der Treppe.

Prof. Dr. Dr. h. c. mult. Lloyd A. Oßwald
Facharzt für Psychiatrie
Psychotherapeut/Psychoanalytiker
Terminvereinbarung

Die braune Holztür ist mit geschnitzten Ornamenten verziert. Floraler Jugendstil, der nicht zum Rest des Hauses passen will. Entschlossen drückt Charly auf einen großen messingfarbenen Klingelknopf. Sofort öffnet sich die Tür.

Vorsichtig, ganz langsam nur. Einen Spaltbreit.

»Ja, bitte?« Ein blasses, ungeschminktes Frauengesicht, hohe Wangenknochen, wasserblaue Augen, darüber kurzes graues, perfekt geschnittenes Haar. »Sind Sie von der Polizei?« Misstrauisch mustert die Frau erst ihre Besucher, dann den eingestaubten alten Alfa Spider.

Gelassen zückt Charly seinen Dienstausweis. »Kommissar Herrmann, Kripo Coburg; das ist meine Kollegin Frau Dr. Antlkofer. Wir sind angemeldet.«

Ein letzter kritischer Blick, dann nickt sie langsam. »Wenn Sie mir bitte folgen?«

Der fast quadratische, hallenartige Vorraum ist wohltuend kühl. Die graue Pantherin, wie Charly sie insgeheim nennt, führt auf erstaunlich abgelatschten Sommerschläppchen an einem gleichmäßig plätschernden, römischen Brunnen und ein paar künstlichen Grünpflanzen vorbei durch die Halle.

»Herr Professor Oßwald steht leider im Stau. Er lässt sich entschuldigen. Wenn Sie sich bitte noch eine Dreiviertelstunde gedulden wollen.« Ihr leichter Wiener Akzent ist unüberhörbar.

»Eine Drei-vier-tel-stun-de?«

Sie ignoriert Charlys kritischen Unterton. Offensichtlich hat sie Übung darin. Oder hat ihn gar nicht bemerkt.

»Ja, das Tübinger Symposium hat wieder etwas länger gedauert. Hier herein, bitte. Bedienen Sie sich gern am Mineralwasser und der Obstschale. Wenn Sie sonst noch etwas brauchen, ich bin im Büro ganz vorn rechts.«

Gepolsterte Korbsessel, ein Tisch aus dunklem exotischen Holz. Hohe schwarze Sprossenfenster geben den Blick ins Grüne frei. Ein Park in der Sonne, mit alten Ulmen und Eichen. Charlys Blick bleibt an der Wand hängen.

»Spricht das nun für Kompetenz – oder nur für Eitelkeit?«

Über alle vier Wände hinweg zieht sich ein regelrechter Fries edler DIN-A4-Rahmen: Zertifikate, Teilnahmebescheinigungen, Auszeichnungen. Charly liest, erst erstaunt und dann mit wachsender Belustigung: »Weltkongress forensischer Psychiater und Psychotherapeuten Chicago 2008«, »outstanding Performance, London 2009«, »herausragende Verdienste, Hamburg 2011«, »für visionäre und wegweisende Impulse in Forschung und Lehre, Tübingen 2013«.

»Oswald gilt nun mal als absolute Koryphäe«, sagt Barbara. »Ein Wunderkind, der jüngste Professor überhaupt, mit Anfang dreißig schon ein international renommierter Mann.«

»Und so einer braucht zwanzig laufende Urkundenmeter in seiner Praxis? Viele übrigens von den gleichen Leuten unterschrieben. Ist das üblich in eurer Branche?«

»Soll's auch in anderen Branchen geben.«

Ihr unwiderstehliches, augenzwinkernd-amüsiertes Lächeln trifft ihn frontal, scheucht schlagartig tausend kleine Schmetterlinge in seinem Magen auf.

»Wie kommt ein Mann wie Oswald an Lepky?« Er bemüht sich um Normalität. »Macht er nebenbei auch Nullachtfünfzehn-Geschichten? Die üblichen Legalprognosen?«

»Nie im Leben!« Ihre schlanken weißen Finger zücken ein Blechdöschen und stecken eine winzige Pastille zwischen ihre dunkelrot glänzenden Lippen. »Da läuft eine wissenschaftliche Studie, EU-gefördert. Neurofeedback, eine Art Hirntraining für Psychopathen. Nur schwerste, unheilbare Fälle. Der Yorkshire Ripper in England, El Loco, ein brutaler Serienmörder auf den Balearen …«

»… und für Deutschland, mit Startnummer eins, unsere ›Rhein-Main-Bestie‹ Dirk Lepky!«

»Der einzige deutsche Proband, soweit ich weiß.« Sie schraubt eine grüne Flasche stilles Fachinger auf. Das Knirschen des Drehverschlusses ist das einzige Geräusch im Raum.

»Zwangsverpflichtet?«, fragt Charly.

»Wäre rechtlich gar nicht möglich. Solltest du wissen, Kollege.« Ein verschmitzter Blick über den Rand ihres Wasserglases. »Geht nur freiwillig.«

»Verstehe. Die Herrschaften fühlen sich geehrt, wenn sie von diesem auserwählten Personenkreis hören. Abartig, krank. Eine Champions League der Perversen.«

Barbaras Gesichtszüge verhärten sich. Sie stellt ihr Glas ab. »Wählst du eigentlich AfD?«, fragt sie sanft.

Die Schmetterlinge in seinem Magen gefrieren zu Eis. Seine Augen werden zu schmalen Schlitzen, als er sich von ihr abwendet.

Langsam geht er an den Fachbuchregalen entlang, schaut durch einen bogenförmigen Durchgang in einen kleinen Nebenraum. Stehpult, Laptop, Aktenablage. Ganz oben eine hellrote Aktenheftung:

JVA Butzbach
Gefangenenpersonalakte (GPA)
L e p k y Dirk
*6.7.1982 Frankfurt/Main
AOK Hessen
Inhalt:
Auszüge Ermittlungsakten
Anamnese, Exploration
Psychologische/psychiatrische Diagnostik
Vollzugsplan

KAT.1 - Vorsicht!

Interessiert blättert er weiter. Einzelne Textpassagen sind mit rosafarbenem Textmarker frisch hervorgehoben:

Gutachten Schuldfähigkeit mit Kriminalprognose (Dr. Guido Neves-Vilàr, 25.04.2007), Auszug:

Der Proband zeigt eine biographisch bedingte hohe männliche Identitätsunsicherheit: anamnestisch eine schwache, alkoholabhängige Mutter mit wechselnden, teilweise hochaggressiven Lebenspartnern. Frauen empfindet L. als minderwertig. Eigene Unzulänglichkeiten, sowohl selbst reflektierte wie auch vermeintliche, äußern sich schnell in Selbstunsicherheit und Selbstmitleid und werden seit der Pubertät kompensiert durch wachsende sexuelle Aggression gegenüber physisch Unterlegenen. Eigen- und Fremdanamnese zeigen deutlich die Entwicklung einer seelischen Abartigkeit des sadistischen Formenkreises (hierzu gehören konkret L.s Lust am Fesseln und Quälen und sein Berauschen an Angst und Ohnmacht des Opfers).
Aktuell diagnostizierbar ist ein tief in seiner Persönlichkeit verankertes pathologisches Bedürfnis,

Frauen leiden zu sehen, um damit eigene Machtgelüste zu befriedigen.
Die sadistisch-aggressiven Züge dominieren neben einer auffälligen Präsenz psychopathischer Wesensmerkmale, wie sie auch aus dem Gefangenenalltag berichtet werden (uneinsichtiges, egozentrisch-forderndes Verhalten von L., vgl. dazu Gesprächsnotizen mit Justizwachtmeister G. Müller und Mithäftling O. Sharek-al-Amin, beide v. 13.3.2007). Der Proband zählt eindeutig zur Kategorie der **schweren sexuellen Sadisten**.

Plötzlich presst sich etwas gegen Charlys Arm; warm, weich, unendlich sanft.

»Ich wollte dich nicht verletzen«, haucht sie in sein Ohr. »Weiß doch, dass du kein Rechter bist.«

Verblüfft dreht er sich um. Ihre Blicke treffen sich.

Sie weicht nicht aus. Sie lässt mich gnadenlos abstürzen, denkt er, während die Schmetterlinge schon wieder zu tanzen beginnen. Sie zappeln und rasen jetzt, wilder und schneller noch als je zuvor.

Es gibt kein Halten mehr.

Nach fünf Jahren findet er sie wieder, ihre warmen vollen Lippen; blind, mit geschlossenen Augen, ihre Zungen berühren sich. Elektrisieren sich. Toben sich aus. Immer fester zieht er sie heran, will ihre ganze Hitze für sich, schiebt beide Hände unter ihre Bluse, erkundet ihren leicht angeschwitzten Rücken.

»Vierzig Minuten«, raunt er erregt, »wir haben vierzig Minuten.« Er hört es nur, wie sie spontan lächelt, direkt in sein Ohr: »Des reicht grad mal, um einen alten Bekannten zu begrüßen.«

Ungläubig spürt er, wie sich ihre Hand frech in seinen Schritt presst. Wie sie ausgiebig prüft. Und reibt. Und provozierend langsam damit beginnt, seine Jeans aufzuknöpfen.

Wird sie tatsächlich hier …?

Im nächsten Moment gleiten ihre warmen Finger schon zielsicher in seinen Slip hinein. Er stöhnt auf vor Lust, sein Blick irrlichtert zur Tür, torkelnd drückt er sich ganz ins Eck, presst sich gegen ein massives Buchregal, *hör jetzt bloß nicht auf, das is der blanke Wahnsinn*, zärtlich-fordernd, dreist und unwiderstehlich legt sie ihn frei, lässt ihn heraus, in seiner ganzen Pracht, er spürt nur noch die Hand, die ihn umschließt, die Hand, die alles kann, die alles weiß, die alles richtig macht, *forget Marietta, light years away, vergiss die ewig gleichen Standards …* endlich nicht mehr in anderen Köpfen denken müssen, nicht mehr für und mit und gegen andere, *nur noch ich allein,* nur noch sich selbst verlieren dürfen, *ouhh-jaah, scheiß auf al-les an-de-re, mir doch egal, pass doch sel-ber auf, das is so me-ga-geil, so weit war ich noch nie, jetzt komm ich ich ich IIICHHH*!

Ein Urschrei, hinter zusammengepressten Lippen, sein Kopf zuckt hart nach hinten, stößt zwei-, dreimal die Bücher tiefer ins Regal.

Dann ist alles vorbei.

Langsam, fast widerwillig, öffnet er wieder die Augen.

Sie mustert ihn, interessiert und erfreut zugleich.

Wie eine Insektenkundlerin, denkt er. Die einen längst ausgestorben geglaubten, exotischen Käfer wiederentdeckt hat …

»Ganz schön ausgehungert, Großer. Wie wär's zur Abwechslung mal mit Spurenbeseitigung?« Mit einem Kleenex deutet sie dezent auf den weißen Porzellankopf, der auf dem Schreibtisch des Professors steht. *Phrenology by L. N. Fowler.* Schwarze Linien zeichnen ein Gitternetz, eine Landkarte der verschiedenen Hirnregionen, über die sich jetzt Charlys DNA ausbreitet.

Er unterdrückt den allerersten Impuls, sofort hastig alles abzuwischen. Gemächlich knöpft er seine Jeans wieder zu. »Bleib ruhig, Baby. Hier, *Intuitive* und *Criticism*, zentrale und wichtige Hirnregionen. Volltreffer, eindeutig …«

Er bricht ab und lauscht. Draußen knirscht der Kies, ein Auto fährt vor.

Ein klassischer Roadster, ein Morgan Plus 8 im British Racing Green.

F–LO 1900.

Professor Dr. Lloyd Oßwald, der international renommierte Psychiater und Gutachter, ist überraschend klein und stämmig. Er hält sich nicht lange mit Begrüßungsfloskeln auf.

»Tach, die Herrschaften. Sie stehen auf meinem Parkplatz.«

Ungläubig mustert Charly das weißblonde Babyface. Wulstige Lippen, schlaffe Wangen, lange helle Wimpern. Und nirgends das kleinste Anzeichen dafür, dass es sich um einen Scherz gehandelt haben könnte. Im Gegenteil, Oßwalds Äuglein, seltsam honigfarben, wandern kühl und emsig von ihm zu Barbara und wieder zurück. Er scheint allen Ernstes auf eine Erklärung oder Entschuldigung zu warten.

»Sie müssen uns nicht austesten, Professor Oßwald. Sie wissen, dass wir von der Polizei sind. Und auch, dass Ihr Parkplatz draußen weder privat noch amtlich gekennzeichnet ist.«

»Diese Bürokratie treibt mich noch in den Wahnsinn«, sagt Oßwald, halblaut und mehr zu sich selbst. Abrupt kehrt er ihnen den Rücken zu, schlendert ans Fenster und dann wieder zurück. »Braucht man denn in Deutschland für alles ein Schild? Reicht nicht der gesunde Menschenverstand? Sagt Ihnen nicht Ihr Instinkt oder Ihre guten Manieren, der beste Stellplatz an der Treppe gebührt dem Hausherrn?«

Verärgert schlüpft er aus seiner langen Lederjacke, die Charly erst gestern im Oldtimermagazin MotorKlassik gesehen hat. Heinz Bauer, deutsches Pferdeleder, zweitausendeinhundert Euro.

Geschmeidig nimmt Oßwald hinter seinem Schreibtisch Platz und zeigt ungnädig auf die Korbsessel.

»Nehmen Sie kurz Platz. Kann mir beim besten Willen nicht vorstellen, wie ich Ihnen in Sachen Dirk Lepky weiterhelfen kann.«

»Alles kann uns weiterhelfen, Professor Oßwald«, sagt Barbara kühl. »Wir selektieren und analysieren. Dazu müssen wir sein aktuelles Gefahrenpotenzial kennen. Um beispielsweise sein mögliches Fluchtverhalten abzuschätzen.«

»Mögliches Fluchtverhalten?« Oßwald verdreht die kleinen Augen. »Grenzt das nicht an Kaffeesatzleserei?«

Charly zwingt sich zur Ruhe. »Die Fluchtverhaltensprognose ist eine Art Erweiterungsmodul der OFA, der Operativen Fallanalyse. Falls Sie davon schon mal gehört haben sollten«, fügt er bissig an.

»Ich bitte Sie«, erwidert Oßwald patzig, während er in einer Schublade kramt und eine nostalgische Blechdose vor sich auf den Tisch stellt. *Crawfords Delightful Biscuits.*

»Fallanalyse, da hat sich ja die Kriminalistik schon böse revidieren müssen, wenn ich so an die großspurigen Anfänge denke. Douglas, Ressler, diese FBI-Ikonen der Achtziger mit ihren schlichten drei, vier Tätertypen. Ein gänzlich unwissenschaftlicher, PR-geiler Schnellschuss, da war ja wohl der Wunsch Vater des Gedankens.« Ungeniert schiebt er sich einen Butterkeks in den Mund und starrt seine Besucher herausfordernd an.

»Ich bin selbst Psychologin.« Barbara hebt ihren Kopf, nur ein kleines Stück. Es genügt, um größer als der Professor zu wirken. »Ich weiß, dass auch kriminalistische Theorien permanenter Evaluation und Weiterentwicklung bedürfen. Aber ich bin nicht im Elfenbeinturm, sondern bei der Polizei.«

»Und wir haben keine Zeit für Grundsatzdiskussionen«, unterbricht Charly. »Was können Sie uns über Dirk Lepky sagen? Woran haben Sie zuletzt mit ihm gearbeitet?«

Weit draußen, in der Ferne, schlägt eine Kirchturmuhr. Oßwald kaut gemächlich seinen Keks zu Ende.

»Ich arbeite zurzeit in einem EU-weiten wissenschaftlichen Forschungsverbund an einer beispiellosen Studie. Schwerpunkt ist, laienhaft ausgedrückt, die Frage einer möglichen Therapie für schwerst-, ich betone, schwerstpsychopathische Kriminelle. Konkret geht es um Neurofeedback, Hirntraining. Um Neutralisierung und Heilung bestimmter Hirnfunktionsstörungen, die bei Patienten wie Dirk Lepky sehr häufig zu finden sind.«

»Kennen Sie ihn schon lange?«

»Kennen?«, amüsiert sich Oßwald. »Wann kennen Sie einen Menschen wirklich? Darüber zerbrechen wir uns seit Jahrtausenden den Kopf!« Er klopft mit einem silbernen Stift gegen den phrenologischen Kopf. »Lepky war mein Proband. Es gab erst ausführliche Vorgespräche, einige Tests und in den letzten, Moment …« Er blättert in einer dicht beschriebenen Kladde. »In den letzten fünf Wochen lief das neuartige experimentaltherapeutische Neurofeedback an. Just an dem Tag, als er geflohen ist, war ein bildgebendes Verfahren geplant.«

»Welches?«

»Eine Nahinfrarot-Spektroskopie des Gehirns. Sie erkennen dann farblich, welche Bereiche, welche Hirnareale warm und besonders gut durchblutet sind.«

Charlys Blick fällt wieder auf den weißen Kopf, der harmlos und unbeteiligt zwischen Keksdose und Gefängnisakten steht. Er tippt wahllos auf ein Feld.

Individuality. Leicht pappig.

»Sie sehen also, welche Emotionen gerade besonders intensiv gelebt wurden?«

Barbara, von kurzem Hustenreiz befallen, muss sich schnell abwenden.

Professor Oßwald nickt. »Stark vereinfacht gesprochen, ja. Regelmäßig wiederholt, erkennt man, ob eine Behandlung anschlägt. Wenn sich die Reaktion auf bestimmte Schlüsselreize nachhaltig ändert, haben wir gewonnen.«

»Was ist bisher behandlungsmäßig gelaufen?«

»Vor Beginn unserer Studie?« Oßwald winkt ab. »In der JVA nur Standard. Lepky war freiwillig, mehr aus Langeweile, mit dabei, wenn Pädophile Ekelübungen machen oder Opferbriefe verfassen mussten.«

»So ein Schwachsinn«, entfährt es Charly, »Opferbriefe? Der Mann hat höchste Lust dabei empfunden, Frauen zu quälen und in ihren Badewannen regelrecht zu massakrieren. Der soll fiktive Briefchen schreiben, wie leid ihm das tut?«

Oßwald nickt befriedigt. An seiner Unterlippe hängt ein kleiner Kekskrümel. »Sie sagen es. Gut gemeinter, folgenloser Aktionismus einiger verbeamteter Sozialpädagoginnen. Frei nach dem Motto: Besser als nichts, der Typ kommt eh nicht mehr raus. Reine Beschäftigungstherapie.«

»Während Sie und Ihre Kollegen hier vermutlich am Nobelpreis arbeiten.« Barbara strafft sich verärgert und schiebt die Brust nach vorn, der Korbsessel unter ihr knarrt. »Wie sieht denn Ihre Therapie konkret aus?«

»Wir wissen heute, dass bei Psychopathen das Furchtsystem nicht funktioniert.« Oßwald klopft mit dem Stift auf die Stirn des Kopfmodells. »Hier, genau über den Augen ... Orbitofrontalcortex, Amygdala, das vordere Cingulum. Hier tut sich was – bei Ihnen, wenn Sie Furcht verspüren. Bei Psychopathen dagegen ist hier absolute Funkstille. Sie sind unfähig, die Angst anderer Menschen nachzuempfinden.«

»Wie wollen Sie das ändern?«

»Wir zeigen Bilder. Bilder, die bei normalen Menschen Furcht oder Mitleid auslösen. Wir messen die Reaktion darauf. Mit EEG, EKG, Hautwiderstandsmessung. Und wenn, wie bei Psychopathen üblich, die normale Reaktion ausbleibt, erhält der Proband einen leichten elektrischen Schlag. Dies wiederholt sich und steigert sich. Bis die gewünschte Reaktion in der vorderen Hirnregion aktiviert ist und auf Schlüsselreize anspricht. Das ist, ganz stark vereinfacht, das Ziel unserer neuen Therapie. Der Proband muss Furcht, Mitleid oder auch Ekel lernen.«

»Wie weit sind Sie damit bei Lepky gekommen?«, fragt Charly. »Wie schätzen Sie hier und heute sein aktuelles Gefahrenpotenzial ein?«

Oßwald lehnt sich zurück und hebt seinen silbernen Stift. »Ich warne! Ich warne vor allzu naiven Erwartungshaltungen! Bei Dirk Lepkys Vorgeschichte werden Sie weltweit keinen

Kollegen finden, der ihm jemals klinische Heilung im Sinne einer künftigen Unbedenklichkeit attestiert. Als Humanwissenschaftler können wir nur Risikofaktoren auflisten und Risikoeinschätzungen für bekannte Bedingungen und begrenzte Zeiträume erarbeiten. Aber eine *unbegrenzte* Prognose, wie sie Politik und Gerichte so gern fordern, können wir mit den Methoden der empirischen Wissenschaft definitiv nicht erstellen.«

Barbara macht sich eine schnelle Notiz. Charly grinst.

»Ich bin kein Richter und kein Politiker. Mich interessiert nur, wie Sie Lepkys momentanes Gefahrenpotenzial beurteilen.«

»Ge-fah-ren-po-ten-zial.« Der Professor zerdehnt die Silben amüsiert. »Wissen Sie, wann ein Mensch am gefährlichsten ist, wann er die häufigsten körperlichen Übergriffe begeht? Rein statistisch gesehen? Na? Im Alter zwischen zwei und drei Jahren! Stichwort *Childhood limited*, antisoziales Verhalten in der Entwicklungspsychologie. Aber das nur nebenbei.«

Charly kann sich nur noch mühsam beherrschen. »Wir sind nicht für Kindereien gekommen.«

Barbara unterbricht ihn rasch. »Wie weit waren Sie mit Ihrem neuartigen Therapieansatz bei Lepky?«

»Oh, ich würde sagen, wir waren schon auf einem recht guten Weg.« Oßwald klopft wieder spielerisch auf den Porzellankopf. »Aber niemand weiß im Voraus, ob und wann eine solche Therapie plötzlich anschlägt. Kann morgen sein oder erst in zwei Jahren. Oder nie. Und Sie können sich sicher vorstellen, dass ein Proband wie Lepky eine Blackbox ist.« Er nimmt Barbara ins Visier. »Der Mann hat hinter einen Vorhang geschaut, hinter den wir niemals schauen werden. Vergessen Sie auch nicht die triebdämpfende Medikation in der JVA. In den letzten Wochen ohnehin schon etwas heruntergefahren, wegen der Studie. Jetzt seit sechs Tagen komplett auf null. Wie wirkt sich das konkret aus?« Er zuckt mit den Schultern. »De facto können wir mit unserer EU-Studie tatsächlich den

Nobelpreis gewinnen. Aber niemand, auch ich nicht, wird Ihnen garantieren, dass von Dirk Lepky keine konkrete Gefahr mehr ausgeht.«

Stille.

Durch das große Fenster sieht Charly die alten Baumriesen. Die Ulmen haben welke, kränklich-gelbe Blätter.

Er versucht es noch einmal: »Wie schätzen Sie Lepkys Fluchtverhalten ein?«

Der Professor schüttelt unwirsch den Kopf. »Ihre fixe Idee schon wieder, diese vermeintliche Prognostizierbarkeit eines wie auch immer gearteten Fluchtverhaltens. Ich dachte, ich habe mich bereits deutlich genug distanziert von dieser Kaffeesatzleserei!«

Seufzend dreht er sich auf seinem Chefsessel herum. Er zeigt zum Fenster hinaus.

»Sehen Sie ganz dort hinten den Weg am Fluss entlang?«

Weit hinter den Ulmen ist eine kleine pinkfarbene Joggerin zu erkennen, begleitet von einem schwarzen Mountainbiker.

»Das ist ein Teil des Jakobsweges. Lepky ist auf sich allein gestellt. Wäre ich Dirk Lepky, würde ich mir einen Rucksack klauen. Und getarnt mit dem Buch von Hape Kerkeling versuchen, zu Fuß in den Süden zu kommen.« Triumphierend fährt er wieder herum. »Aber ich bin ja nicht Dirk Lepky, zum Glück!«

»Nicht schlecht«, sagt Charly bedächtig. »Ein Jakobspilger. Allein, unverdächtig und bei Bedarf immer Sympathie und Unterstützung. Pilger und Wallfahrer sind in der Tat außerhalb unseres Fahndungsradars … außerhalb unseres klassischen Fahndungsradars«, verbessert er sich rasch.

Oßwald dreht sich wieder zum Fenster.

Schweigend starrt er hinaus, sein Blick verliert sich in der Ferne. Minuten scheinen zu vergehen, bis er endlich wieder spricht.

»Der Mann hat hinter Vorhänge geschaut, hinter die wir niemals schauen werden. Sie dürfen ihn nicht bloß suchen.

Sie müssen ihn ködern. Sie müssen ihn ganz gezielt aus der Reserve locken. Sonst kriegen sie Dirk Lepky nie. *Nie!*«

Die Mittagssonne steht senkrecht über der Fußgängerzone.

Dem kleinen Mädchen in den hellblauen Sandalen scheint die Hitze nichts auszumachen. Es hat die Händchen hinter seinem Rücken gefaltet und betrachtet aufmerksam, wie er im kümmerlichen Schatten der Hausecke an der Apotheke sitzt und seine Gitarre zu stimmen versucht. Vor ihm, fein säuberlich auf Quadrat gefaltet, sein Sporthandtuch; als Spendenbox angefüttert mit ein paar eigenen Euros.

Scheinbar gedankenverloren streicht er über die leeren Saiten und versucht dabei krampfhaft, sich zu erinnern. Schon so lange her … G und A? Nein, der Zeigefinger war am ersten Bund … So muss es sein!

Auftakt.

»She came to me one mo-or-rning, one lonely Sunday morning«, leicht brüchig klingt seine Stimme, *»her long hair flowin' in the mid-win-ter wind …«*

Mit großen Augen bestaunt ihn die Kleine. Dann schaut sie auf zu ihrer Mutter – oder ist es eine gepflegte jung gebliebene Oma? Egal.

Es ist eine *Lady*.

Schwarze hochhackige Riemchensandalen. Rot lackierte Fußnägel. Schneewittchenhaut, keine Solarienschlampe. Ein weißer Schwanenhals, unter dem bläuliche Adern schimmern …

»… and if one day she comes to you, drink deeply from her words so wise …«

Er wird atemloser, bloß nicht zu schnell werden, er fühlt den Schweiß im Nacken, die Worte rieseln weiter aus dem Mund, während im Kopf schon Bilder explodieren; Bilder mit ganz anderen Tönen, *bläuliche Schlagadern, ein überdehnter Hals, verzweifeltes Wimmern, dann endlich, hoch die Klinge, voll hineinjagen, hinein in ihren pochenden blauen Schlauch!*

»… to fight and kill their brothers without thought of love or God …«

Jetzt endlich, die rote Pumpe, warm spritzt sie in sein Gesicht, doch er sieht sie, sieht die Todesangst in ihren weit aufgerissenen Augen, das Entsetzen, weil sie ihr eigenes Blut herausschießen sieht.

»… reduces men to animals, so easy to begin and yet impossible to end …«

Ihre letzten Gedanken, das gibt's doch nur im Film, das ist doch nicht echt … DOCH, es ist DEIN Leben, das ICH dir hier herauslasse, DEIN kostbarer Lebenssaft, und KEINE Macht der Welt kann ihn wieder einfangen …

»… ah-ah-ah-ahahah-ahah-ahhhh!«

Der letzte Akkord verzittert und erstirbt.

Hinter seinen Schläfen macht sich ein unangenehmer Spannungskopfschmerz bemerkbar. Wahnsinnig anstrengend, die Singerei und Spielerei.

Die Lady bückt sich zu dem Mädchen hinab.

»Das ist ein armer Mann, der schöne Musik für uns macht. Hier, Mathilde, gib ihm den Euro. Den hat er sich wirklich verdient!«

Wie gebannt starren die BILD-Redakteure auf den Großbildschirm an der Wand.

n-TV: »Stabiles Patt in allen Umfragen. Forschungsgruppe Wahlen identifiziert zehn Wahlkreise als Zünglein an der Waage. Udo Matthonius (Forschungsgruppe Wahlen): »Diese Wahlkreise lagen entweder bei den letzten Wahlen im Trend, oder sie zeigen aktuell eine extrem zugespitzte Ausgangssituation. Beispielsweise in Franken der Wahlkreis Coburg-Kronach, wo nach dem Ausfall des CSU-Favoriten plötzlich SPD und AfD Kopf an Kopf liegen.«

»Leck mich fett.« Lunz kaut fassungslos auf seinem längst erkalteten Zigarillostumpen. »Die zählen Coburg-Kronach zu den Top Ten. Ein entscheidender Wahlkreis in Deutschland, boahh!«

»Mach was draus, Lünni! Gib mal wieder richtig Vollgas!« Der Chef vom Dienst pult mit einer vergoldeten Büroklammer, einer Kollegenbosheit aus den späten Neunzigern, unter seinem Daumennagel. »Das Zünglein an der Waage liegt in Franken! Kommt jetzt doch noch die Kanzlerin?« Er schnippt mit den Fingern. »So geht das, haste schon deinen Aufmacher!«

Lunz grunzt abfällig. »Vollgas geben mit Mutti? Mehr fällt dir nicht ein?«

»Wen willste denn sonst noch schnell herbeischreiben? Söder?«

Lunz verzieht das massige Gesicht. »Da würde ja Frauke Petry noch eher ziehen. Nein, vergiss die Politik«! Zielsicher kramt er in seiner Ablage und reckt triumphierend ein Schwarz-Weiß-Foto hoch. Dirk Lepky.

»It's the killer, stupid!«

»Oho, der Meister aller Klassen und Kassen! Was gibt's Neues?«

Wortlos zieht Lunz mit der anderen Hand ein zweites Foto empor. Charly Herrmann und Bruno Förster beim Verlassen des Gerichtssaales 2007.

»Na, zum Beispiel: ›Lepkys blutiger Racheschwur. Sind diese Männer in Gefahr?‹«

Der Chef vom Dienst reckt amüsiert den Daumen. »Schlage vor: ›Top Ten: Kommt jetzt auch Lepky in den Wahlkreis?‹«

»Problem ist nur, beide Bullen mauern. Kein Kommentar, keine Stellungnahme.«

»Ich hör immer nur Problem! Haste kein Archivmaterial zum Pimpen?«

»Wenig. Aber wir hören uns mal in der Nachbarschaft der beiden um. Straßen, Spielplätze, Supermärkte.«

»Genau. Als Bild dann ein paar gruselig verpixelte Kinder und ihre Mamas: ›Haben Sie Angst vor der ›Rhein-Main-Bestie‹?‹«

»›Wird sie ihren Racheschwur wahr machen?‹«

»›Klingelt sie bald auch in Ihrer Nachbarschaft?‹«

Ein markantes Raucherlachen, tief und gurgelnd.
Wie aus dem Gully.

JVA Butzbach, Gefängnis der höchsten Sicherheitsstufe. Seit 1894. Doch der Knastmief ist überall gleich, denkt Charly. Bohnerwachs, Schweiß, kalter Rauch, verfurzte Betten.

Testosteron und Angst.

Zusammen mit dem JVA-Direktor und einem Wachtmeister schreiten sie durch den langen Gang.

»Lepky hat eine Einzelzelle?«, fragt Barbara. »Gab's dafür besondere Gründe?«

Der Wachtmeister grinst herablassend.

Sein Chef, ein hagerer grauer Schnurrbartträger, Typ Marathonläufer, antwortet: »Keine individuellen. Wir haben fast sechzig Prozent Einzelzellen. Die Belegung hängt nicht zwingend von der Straftat ab, wir haben einige Kaliber bei uns mit ähnlich hoher Hausnummer.«

»Hoher Hausnummer?«

Barbara scheint sich am offensichtlichen Knastjargon zu stören. Der Wachtmeister kommt aus dem abfälligen Grinsen nicht mehr heraus. Charly entziffert seinen Namen auf dem Dienstausweis, der am Gürtel hängt. Thomas Laubinger.

»Lebenslänglich mit anschließender Sicherungsverwahrung«, erklärt der Marathonläufer. »In der Sprache der Gefangenen die ganz hohe Hausnummer.«

»Oder einmal um die Sonne«, ergänzt Laubinger.

Sie bleiben stehen. Mit geübtem Griff, ohne langes Suchen, fischt Laubinger den richtigen Schlüssel am Ring heraus und schließt auf.

»Bitte.«

»Stopp!« Barbara zückt ihr Smartphone und filmt rasch eine Dreihundertsechzig-Grad-Aufnahme der Zelle. »Okay.«

Charly muss den Kopf einziehen, der Türrahmen misst höchstens eins fünfundsiebzig.

Klein, grau, armselig.

Ein schmuddeliger Plastikvorhang verbirgt die offene Kloschüssel. Außen weiß, mit schwarzem Rand. Innen braun, in allen denkbaren Schattierungen.

Gegenüber ein winziges Waschbecken. Nur Kaltwasser.

Nach vier Schritten die Wand. Das Gitterfenster, einzige Tageslichtquelle, ist erstaunlich hoch oben, eine Armlänge über Charlys Kopf.

Barbara zieht weiße Einweghandschuhe aus ihrer Hosentasche und streift sie geschickt über. Sie hebt die Matratze an.

Durchgelegen, fleckig, ein verblichener Blauton. Darunter eine Holzplatte. Kein Lattenrost.

»Haben wir alles überprüft«, sagt Laubinger. »Keine geheimen Verstecke, nix gebunkert.«

Die Matratze plumpst zurück. Staubkörner tanzen im Licht, das durch die Gitter in die Zelle fällt.

»Auch nicht in der Bombe?«, fragt Charly. Er schraubt das große Glas Pulverkaffee auf, das zwischen Wasserkocher und CD-Radio auf dem kleinen Tisch steht, und stochert mit dem Plastiklöffel hinein.

»Überall.«

»Ich muss gestehen, so ganz habe ich es noch nicht verstanden.« Der JVA-Leiter streicht über sein sorgfältig gestutztes Schnurrbärtchen. »Ich bin heilfroh, dass wir mit Rückendeckung unseres Ministers die Fernsehteams draußen halten konnten. Aber was erwarten Sie sich eigentlich vom Anblick seiner leeren Zelle?«

»Wir müssen uns in seinen Kopf versetzen«, sagt Charly langsam. »Wir müssen alles von ihm sehen, alles von ihm wissen. Um dann alles aus seinen Augen zu sehen.«

Sein Blick wandert über ein Mannschafts-Poster der Frankfurter Eintracht und einen billigen Fotokalender, »Tattoo Girls 2012«, bis zu einem kleinen Bücherbord ohne Bücher.

Darauf ein eingestaubter Briefblock, parallel zur Zellenwand ausgerichtet. Akkurat daneben zwei zerkratzte CD-Hüllen, »Rock-Hits der Siebziger« und »Schlagerkarussell«. Ein grauschwarz verfärbter Warsteiner-Plastikaschenbecher, darin ein fast leeres rotes Plastikfeuerzeug. Eine BILD-Zeitung vom Fluchttag, darunter eine abgegriffene TV Spielfilm.

»Von 2014?«, fragt Barbara verblüfft.

Charlys instinktiver Verdacht bestätigt sich: Im Inneren der Zeitschrift ein abgegriffenes Pornomagazin. Kyrillische Buchstaben.

»Eingetauscht, schätze ich. Dürfte ihn einige Päckchen Tabak gekostet haben.«

Barbara wendet sich an Laubinger. »Haben Sie seit seiner Flucht hier drin etwas verändert? Oder aufgeräumt?«

»Aufgeräumt?« Laubinger lacht. »Wieso denn das?«

»Das lassen Sie mal unsere Sorge sein«, blafft ihn Charly an. »Sieht's hier noch so aus wie vorher? Wenn nicht, was ist anders?«

»Überhaupt nichts.« Laubinger ist eingeschnappt. Mit finsterer Miene schaut er zwischen Charly und Barbara hindurch. »Routinemäßig wurde alles überprüft. Keine Briefe, keine geheimen Verstecke. Alles wurde wieder in den ursprünglichen Zustand versetzt.«

»Lepky gilt als sehr ordnungsliebend, fast penibel. Sehen Sie ja selbst.« Der JVA-Direktor macht eine unbestimmte, fast entschuldigende Handbewegung.

Ordnungsliebend. Geschlachtet wird nur in der Wanne.

Sekunden der Stille.

In der Ferne, aus dem Nachbartrakt, klingt gedämpft ein Wutausbruch herüber, heiseres Gebrüll auf Russisch … oder Arabisch? Charly versucht vergeblich, sich an einen Namen aus der Akte bei Oßwald zu erinnern.

»Zu wem hatte Lepky hier den engsten Kontakt?«, fragt er. »Wer sind seine Buddys, wo gehört er dazu?«

»Lepky hat keine Buddys.« Laubinger spuckt das Wort fast aus. »Bei Umschluss und Hofgang absolut unauffällig. Bei den Jailhouse Baskets spielt er mit.«

»Wir haben in Butzbach keine Probleme mit Dirk Lepky«, stellt der Direktor fest. Zu betont für Charly.

Nachdenklich mustert er den grauhaarigen Brillenträger. Endlich fällt ihm der Name aus Professor Oßwalds Akte wieder ein.

»Ich würde gern mit Sharek-al-Amin sprechen«, sagt er.

Überrascht wechselt der Direktor einen Blick mit Laubinger, der genauso verblüfft wirkt.

»Sharek-al-Amin ist nicht mehr bei uns«, sagt er schließlich.

»Und Ihr Kollege Müller? G-Punkt Müller?«

»Kommt nächste Woche wieder.«

Charly verzieht keine Miene. »Wo ist Sharek-al-Amin jetzt?«

Laubinger fühlt sich nicht angesprochen. Sein Chef geht in Abwehrmodus.

»Kann ich Ihnen wirklich nicht auf Anhieb sagen. Selbst wir, als Anstalt der höchsten Sicherheitsstufe, haben doch eine gewisse Gefangenenfluktuation. Kann ich aber dann gern im Büro heraussuchen lassen, wenn es Sie interessiert.«

Langsam zerfließt die Sonne, legt ihr glühendes Orangerot hinter die Dächer der Stadt, verwandelt die Skyline unmerklich sanft in einen Scherenschnitt.

Großes Kino. Fasziniert steht Sylvia auf dem Balkon und nippt an ihrem grünen Detox-Tee. Viel zu selten gibt es diese Momente. Ihr Abgeordnetenbüro in Berlin blickt auf ein anonymes schmutzig graues Bürohochhaus.

Ein Kuss auf ihrer nackten Schulter. Haare kitzeln ihren Rücken. Sie schließt die Augen, entspannt und erwartungsvoll. Doch Nicky holt sie unbarmherzig zurück in die Realität.

»Wolltest du nicht Förster sehen? ›Zehn Minuten privat‹ im Regional-TV!«

Seufzend folgt Sylvia ihr barfüßig zurück ins Wohnzimmer, auf die große Sitzecke. Alcantara, coloradorot, schon damals sündhaft teuer. Automatisch fällt ihr Blick auf die zwei widerspenstigen kleinen Rotweinflecken. Alles, wirklich alles hat sie damals versucht, chemisch, biologisch – zwecklos. Es wurde nur noch schlimmer. Widerwillig hat sie es schließlich hingenommen und versucht, sich Nickys lässiges Achselzucken zu eigen zu machen: *Lass doch, dann haben wir eben ein Andenken an diese tolle Nacht und deinen Heiratsantrag …*

Glatt rasiert lächelt Hannes Förster in die Kamera. Blaue Augen, ein paar Haarsträhnen seines vollen dunklen Haares fallen ihm, sorgfältig arrangiert, in die Stirn. Ein gewisser Charme lässt sich, rein äußerlich zumindest, nicht absprechen, denkt Sylvia verdrossen. Nichts ist mehr übrig von der verpickelten Kinn- und Nasenpartie in der Mittelstufe; damals, vor fast zwanzig Jahren. Nur seine Art zu sprechen, zu argumentieren, die ist immer noch genauso scheinheilig und aufgesetzt wie damals.

»Dieses Künstliche, diese gespielte Entrüstung!«, bricht es aus ihr heraus. »Schau dir das doch an!«

Nicky zieht eine Augenbraue hoch und grinst. Ihre Finger fahren über Sylvias Hand, drücken sie stumm und halten sie fest. Aneinandergekuschelt sehen sie Hannes Förster zu, wie er sich im karierten Freizeithemd vor zwei krakligen Kinderzeichnungen an der Wand über Dirk Lepky auslässt.

»… wie Sie wissen, bin ich selbst glücklich verheirateter Familienvater; im Gegensatz zu anderen Kandidaten weiß ich also, wovon ich rede.«

Sylvia knurrt empört.

»… es ist nicht nur für mich, sondern auch für die vielen Mütter und Väter, mit denen ich tagtäglich als Elternbeiratsvorsitzender zusammenkomme, schlichtweg unerträglich, wie lasch unser Staat mit perversen Triebtätern wie Lepky, mit solch tickenden Zeitbomben umgeht!«

»Heißt das, Sie sind für die Todesstrafe?«, fragt die junge Reporterin ganz trocken. Sylvia klatscht begeistert in die Hände.

Försters rechtes Augenlid beginnt zu flattern. Nur ganz kurz, dann hat er seine Mimik wieder unter Kontrolle. Seine Stimme wird sonor, er spricht betont langsam, ruhig und vertrauenerweckend.

»Sie wissen, dass Familie und Sicherheit meine Haupt- und Herzensanliegen sind, übrigens schon lange, bevor ich mich politisch engagiert habe. Es gibt nichts Wichtigeres als das Glück, die Gesundheit und eben die Sicherheit von Kindern und Eltern …«

»Entschuldigung, aber die Frage war ganz konkret nach Ihrer Einstellung zur Todesstrafe!«

Förster strafft sich. »Auf eins können sich die Menschen bei mir verlassen«, er hebt den Zeigefinger, »ich würde alles, wirklich alles tun, was in meiner politischen Macht steht, um unsere Frauen und Kinder zu schützen!« Effektvolle Pause. »Und natürlich darf es auch in dieser wichtigen Frage keine Denkverbote geben! Ganz klare Antwort also: Ja! Wer Kinder missbraucht, wer generell aus Lust foltert und tötet, für den muss es in allerletzter Konsequenz natürlich vielleicht auch die Todesstrafe geben … der Rechtsstaat muss dringend seine Optionen erweitern!«

»Dafür brauchen Sie eine Grundgesetzänderung.«

Förster lässt sich nicht bremsen. »Da werden sich die Altparteien bewegen müssen! Denn nur so können wir abschrecken! Neue Taten, neues Leid verhindern! Und last but not least den Steuerzahler entlasten, die Kosten für Strafvollzug und Sicherheitsverwahrung solcher Bestien sind besser in unsere Kindergärten und Schulen investiert!«

Sylvia kocht vor Wut. »Das ist doch unglaublich! Dieser scheinheilige Hetzer, das ist doch … das ist ein Kinder-Missbrauch der ganz besonderen Art, ein politischer Kindsmissbrauch, das ist doch perfide!«

Verwundert schaut Nicky zu ihr hoch. »Findest du? Da ist doch durchaus was dran, ganz egal, wie man parteipolitisch sonst steht …«

Sylvias Gesichtszüge entgleisen. »Waas? Du gibst diesem verkappten Yuppie-Nazi auch noch recht?«, zischt sie. »Oder willst du mich nur auf den Arm nehmen?«

Nicky bockt. Wütend schnappt sie das BlackDevilCherry-

Päckchen vom gläsernen Couchtisch und klopft sich eine Kippe heraus.

»Hoffentlich ist dieser Scheißwahlkampf bald vorbei. Drehst ja total am Rad! Nur wegen unseres kleinen Elternbeiratsvorsitzenden, halloo, geht's noch?«

Sylvias Hand schießt nach vorn, entreißt Nicky die frisch angezündete Zigarette. Ihre Augen funkeln vor Zorn.

»Hast du was mit dem kleinen Scheißer?«, flüstert sie. »Hast du was mit Hannes?«

Nicky geht hoch wie eine Rakete. »Jetzt reicht's aber, Sylvia, das muss ich mir nicht bieten lassen, nicht von dir! *Du* hast einen Schwanz gebraucht, *du* warst jahrelang mit einem verheiratet – nicht ich! Mach mich hier nicht zu deiner *Gabi*!«

Tag 6

Lepkys blutiger Racheschwur! +++ Test: Sind auch Sie in Gefahr? +++ Förster 37%, Freyberger erstmals unter 40%!

Sonne macht geil.

Splitternackt steht Dirk Lepky am Mainufer und lässt sich von der heißen Sonne trocken lecken.

Sonne von allen Seiten … nicht nur die paar Strahlen, die's über die Gefängnismauer und durch den Stacheldraht bis in den Hof schaffen!

Hier unten am Wasser fühlt sich alles gut und sicher an. Kein Einblick von der eingewachsenen Schnellstraße oben. Nur drei Berber, die hier friedlich unter der großen Brücke hausen und ihm erlaubt haben, sein Nachtlager neben ihrer Karton- und Sperrmüll-Lounge aufzuschlagen.

Sonne macht geil.

Gibt Kraft.

Der reinste Brandbeschleuniger. Auch für die jahrelang aufgestauten, sorgsam gehegten Rachephantasien: die beiden Bullen in Coburg damals. Zwei Klugscheißer, die ihm zehn kostbare Lebensjahre geraubt haben: Die Rechnung ist noch offen.

Der Weg nach Tschechien führt über Coburg.

Sonne gibt Kraft.

Weckt alte Träume wieder.

Die Bullenrache sowieso. Die steht ganz oben, an Nummer eins. Aber auch den ewig unerfüllten von der *Lady* … Einmal im Leben eine – irgendeine! – scheißarrogante Lady so richtig kleinmachen. Nicht nur eine Hartz-IV-Hausfrau.

Eine Lady.

Ihr alles so richtig heimzahlen. Sich an ihrer Todesangst weiden …

Ungläubig spürt er, wie sich ein lang verschüttetes, scheinbar begrabenes Gefühl in ihm ausbreitet und wächst, im wahrsten Sinn des Wortes wächst. Sind die Knast-Medikamente schon ausgeschlichen, ausgeschwitzt?

Ehrfürchtig, mit offenem Mund, starrt er an sich hinab. Kein Zweifel.

Eine prachtvolle Erektion.

Der Stolz übermannt ihn, Freudentränen stehlen sich in die Augen.

Alles wird gut.

»Du musst mehr aus dir herausgehen, Sylvia.« Nick Lorenz, genannt Enzo, südländisch-unrasierter Wahlkampfkoordinator für Nordbayern, lässt zwei Zuckersticks gleichzeitig in seinen Café au Lait rieseln.

Sylvia Freyberger verzieht keine Miene, doch tief in ihr brodelt es.

Aus mir herausgehen … das muss ich mir von dir nicht sagen lassen, du kleiner Macho … Bist kaum älter als Hannes Förster und sonderst hier eine Plattitüde nach der anderen ab. Wahlkampfberatung sah früher anders aus. Da spart die Partei nun wirklich am falschen Ende. Wer stellt bloß solche kleinen Gockel ein? Respektive Affen; der Mensch stammt eben doch vom Affen ab, zumindest der Mann, zumindest dieser Mann. Schwarze Haare auf Hand- und Fingerrücken, aus dem weit geöffneten Kragen des Camp-David-Polos quellen sie unübersehbar heraus.

Genervt pickt sie sich aus dem Schälchen Fair-Trade-Studentenfutter, das zwischen ihnen steht, zwei Rosinen heraus.

»Was heißt, aus mir herausgehen, Enzo? Soll ich jetzt, fünf Tage vor Schluss, plötzlich panisch um mich schlagen? Nicht dein Ernst!«

Enzo bleckt die Zähne.

In die Politik könntest du mit diesem Rauchergilb nicht gehen. Und das in deinem Alter.

»Nein, wer redet denn von Panik! Höchstens Udo!« Enzo

erfreut sich an seinem eigenen Scherz. »Übertreib nur nicht dieses Staatsmännische. Das Souveräne, Ruhige ist deine große Stärke, und das soll sie auch bleiben. Aber jetzt muss die Botschaft lauten: Yo, ich kann auch anders! Förster zieht sämtliche Register, Lepky spielt ihm natürlich in die Karten. Er hat das Momentum auf seiner Seite, Sylvia, da müssen wir dagegenhalten!«

»Ich werde ihn garantiert nicht rechts überholen jetzt.«

Enzo verzieht gequält das Gesicht. »Natürlich nicht, nicht inhaltlich! Wir werden auch nicht panisch oder aggressiv. Aber, äh, wie soll ich sagen«, sein Rühren im Kaffee wird langsamer, »eine gewisse, äh, Konfliktfreudigkeit, ein gewisser Offensivgeist, der muss uns jetzt im Showdown anzuspüren sein, der muss auch im TV-Duell ganz klar rüberkommen!«

Sylvia zwingt sich, ihren wachsenden Unmut zu unterdrücken. »Okay«, sagt sie. »Botschaft angekommen. Weiter mit deiner Schwachstellenanalyse. Was gibt's sonst noch zu bemängeln?«

»Nichts. Oder fast nichts.« Genüsslich schleckt er seinen Löffel ab. »Deine Inhalte passen, deine persönliche Außendarstellung auch. Zuspitzung, oder besser, das *Präzisierungspotenzial* deiner Botschaften, haben wir angesprochen. Bleibt die Frage nach deinen *backwounds*.«

Schlagartig versteift sie sich. »Wieso *backwounds*? Worauf willst du hinaus?«

Auf ihrem Handy-Display rast unablässig der Countdown.

Noch 126 Std 14 Min 57,890 Sek.

Enzo platziert bedächtig seinen Kaffeelöffel auf der Längsseite seiner weinroten Serviette. »Der GAU wäre jetzt irgendeine Last-Minute-Attacke Försters im TV-Duell, der wir nichts entgegensetzen können. Irgendein persönlicher Tiefschlag.« Er blickt auf, seine dunklen Teddybäraugen heften sich an ihre. »Ich muss dich das jetzt fragen, Sylvia. Gehört einfach zu meinem Job. Was ist mit deiner Frau?«

Ein heißer Stich im Unterleib. »Was denn? Was soll mit ihr sein?«

»Stimmt es, dass Nicole Langguth ihre Kindergartenleitung deiner Fürsprache verdankt?«

»Was? Wer behauptet das?«

Bilder rasen durch ihren Kopf, die Stadtratsklausur vor zwei Jahren, abends die Weinprobe im Würzburger Juliusspital, die Gespräche im Bus mit Zeyer und Frings, ihre eigenen, gezielten Sticheleien und Andeutungen über Nickys damalige Konkurrentin, am Ende das schwarz-rote Agreement, mein KiGa hier, deine Stellenhebung dort ... Kein Gemauschel, ein faires Verhandlungsergebnis ...

»Das ist eine bösartige Unterstellung!«

Enzo hebt beschwichtigend die Hände. »Umso besser, Sylvia. Geld, Filz und Sex, die großen Drei, wer hier 'ne weiße Weste hat, dem kann doch gar nichts mehr passieren. Doktorarbeit hast du ja keine geschrieben, haha!«

»Nein, zum Glück nicht.« Sie knipst ein Lächeln an und gleich wieder aus. Welcher miese kleine Heckenschütze hat hier das Feuer eröffnet? »Also, jetzt rück schon raus mit der Sprache, wer hat das mit Nicky behauptet?«

»Zeitungskontakte. Corinna Bellmann hat mir was von einem grenzwertigen Leserbrief geflüstert. Die Redaktion hat entschieden, ihn als nicht richtlinienkonform einzustufen. Kein Abdruck.«

»Aber man lässt es gezielt an dich durchsickern. Damit wir wissen, wem wir, wem ich, wieder aus der Hand fressen soll; das ist doch alles zum Kotzen! Jeder Wahlkampf wird schlimmer!«

»If you can't stand the heat, get out of the kitchen«, grinst er.

»Shut up«, kontert die einstige Englischlehrerin. »Ich lasse mir hier von niemandem mehr ans Bein pinkeln, Enzo. Ich bringe Leistung in Berlin! Ich arbeite dort weiter, rund um die Uhr. Für meinen Wahlkreis. Ich werde garantiert nicht mehr zurück in ein Klassenzimmer gehen, um mich hier mit verhaltensauffälligen Halbwüchsigen herumzuärgern!«

Der »Schwanz von Banz« tritt zwei Schritte zurück. Zufrieden mustert er sein Werk. »Komm rein, Hannes! Na, was sagste jetzt?«

Hannes Förster gluckst vor Vergnügen. »Geil, da sitzt ja schon die Alte!« Kichernd eilt er in den improvisierten Stuhlkreis, den Björn Wengler aufgestellt hat. Handgeschriebene Schilder: »Moderator 1«, »Moderatorin 2«, »Hannes Förster«; daneben sitzt eine Schaufensterpuppe: silbergraues Kostüm, passende Pumps, dezente Perlenkette. Auf dem Puppenkopf eine etwas zu große blonde Wuschel-Fransen-Perücke.

»Aus dem Restebestand Matzer + Worsch! Aber gleich wird dir das Lachen vergehen.« Björn Wengler klatscht zweimal in die Hände. *»Have a seat, Mr. Forster! Briefing TV-Debate, part one!«*

Hannes knöpft sein dunkelblaues Sakko auf und lässt sich auf den Stuhl fallen. »Deshalb der Dresscode?«

»Wir simulieren den Ernstfall. Der wichtigste Auftritt deines Lebens.«

Hannes' Gesichtszüge verhärten sich. Nur kurz. Dann atmet er tief durch und legt die Arme locker auf die Seitenlehnen.

»Gut so«, sagt Wengler. »Entspannte Aufmerksamkeit. Passt.«

»Mit Mimik und Posen sind wir eh durch«, sagt Hannes, »hab ich längst verinnerlicht. Frag Jana.«

Wengler horcht auf. »Wieso, gibt's Probleme? Hast sie doch rausgehalten aus dem ganzen Trouble.«

Hannes' Lacher ist kurz und sarkastisch. »So kann man das natürlich auch sehen. Sehr originell.«

»Meinst du? ›Originelle Formulierungen sind noch keine originellen Erkenntnisse.‹ Herbert Marcuse.«

»Herbert wer?«

Wengler verzieht das Gesicht und fährt sich kurz durch die schwarzgrauen Löckchen.

»Unwichtig. Vergiss es. Geht jetzt nur noch um Spezialmunition für dein TV-Duell.« Er zeigt auf die Freyberger-Puppe. »Notfallmunition!«

»Neue Killerargumente?«

»Umgekehrt. Ein verbales Raketenabwehrsystem.«

»Yeah, mach mich unverwundbar, unbesiegbar!« Grinsend reckt er eine Faust.

Der Campaigner schiebt die Hände in die Taschen seiner weißen Leinenhose. Breitbeinig baut er sich im Stuhlkreis auf. »Was wäre für dich der GAU? Was ist deine größte Angst?«

Hannes' selbstsicheres Lächeln ist schlagartig wie weggewischt. *Nicht verlieren … bloß nicht verlieren …* Finster starrt er die Puppe an.

»Angst? Nur vor Fakten. Vor Statistikscheiß. Sie wird mir irgendwelche Zahlen an den Kopf schmeißen. Kann unmöglich auf alle vorbereitet sein.«

»Musst du auch nicht. Einfach abtropfen lassen. Und dabei ganz elegant den Spieß umdrehen.« Geschmeidig gleitet er auf den Stuhl neben ihn und wirft sich in Pose.

»Ich bitte Sie, liebe Frau Freyberger, lassen Sie uns hier nicht abrutschen in drögen *Statistik-und-Zahlen-Fetischismus*. Solche Sachen kann doch der mündige Bürger heute jederzeit selbst googeln. Aber wenn wir schon beim Googeln sind, googeln Sie doch – Achtung, Hannes, Spurwechsel zum Thema deiner Wahl! –, googeln Sie doch auch bitte gleich mal, wie viele rot-grüne Anträge zu Lockerungen im Justizvollzug es in den letzten Jahren gab! In Bund und Ländern!« Er tippt Förster an, spricht normal weiter. »Und dann wieder die Lepky-Platte spielen, da hat sie einfach nichts entgegenzusetzen!« Ein lässiger Tritt gegen das Plastik-Schienbein, die Puppe verrutscht ganz leicht. »Stimmt's, Sylvie-Baby?«

Hannes nickt beeindruckt, während Wengler schon wieder aufspringt. »Nächste Patrone. Stell dir vor, du wirst aus heiterem Himmel mit eigenen Zitaten konfrontiert. Von früher. Die überhaupt nicht zu deiner aktuellen Meinung passen. Inhaltliche Widersprüche aller Art. Heißt das, du lügst? Bist unzuverlässig? Na …?«

»Aber ich bitte Sie! Gerade diese Zitate zeigen doch, dass

auch ich einen ganz natürlichen Reifeprozess durchlaufen habe. Als Mensch, ganz persönlich. So ehrlich muss man doch sein!«

»Bingo!« Wengler reckt anerkennend den Daumen. »Wir zünden Stufe drei: Warum äußert sich Ihre Partei gar nicht oder so widersprüchlich zum Thema xy?«

»Wir diskutieren dies. Ehrlich, ergebnisoffen ...«

»Und volksnah! Weil wir die Sorgen der Bürger ernst nehmen!«

»... gerade deshalb speisen wir die Menschen nicht mit vorschnellen Antworten ab!«

»Genau so, Hannes, genau so! Stufe vier, wir drehen das Ganze um hundertachtzig Grad: Warum beharrt Ihre Partei so stur auf Position xy? Alle Umfragen zeigen doch, dass die breite Mehrheit anders denkt?«

»Ja, natürlich, gerade das unterscheidet uns doch von den Altparteien! Wir hängen unser Fähnchen eben nicht nach dem Wind, wir sind doch keine populistischen Trittbrettfahrer ...« Er stockt, wirkt plötzlich irritiert.

Wengler springt ihm sofort zur Seite. »Denn für uns zählen eben noch echte deutsche Werte und Tugenden wie ...«

»... Verlässlichkeit!«

»Und Prinzipientreue!«

»Woahh!« Sie klatschen sich ab, Hannes versetzt der stummen Konkurrentin einen übermütigen Fausthieb. Sie kracht auf den Boden. Reglos bleibt sie auf der Seite liegen.

Charly blickt zur Uhr. Zwölf Uhr zweiundvierzig. Achtzehn Minuten noch bis zur ersten großen Videoschalte der SOKO Lepky. Reicht. Er schwingt sich aus dem Stuhl – »Bin gleich wieder da!« –, das übliche bestätigende Gemurmel hört er schon nicht mehr.

Zügig durchquert er den Polizeihof bis zur kleinen Raucherhütte. Früher eine Weihnachtsmarktbude, spendet sie jetzt dankbaren Rauchern Schutz vor Sonne, Regen und neugierigen Blicken. Momentan ist er der Einzige. Gut so, kein Bock auf Gelaber jetzt.

Das Lucky-Strike-Päckchen ist fast leer, die Letzte muss dran glauben. Kein Wunder, denkt er, während er intensiv zieht und auf den kräftigen Geschmack wartet.

Von null auf zweihundert. Vor fünf Tagen noch bleierne Langeweile, ein Urlaub wie unter Vollnarkose. Intellektueller Höhepunkt ein philosophisches Garagenbierchen mit Bernie.

Und jetzt, einen Wimpernschlag später, mittendrin in der Jagd nach *Deutschlands gefährlichstem Sexualmörder*, mit Bayerns bester Profilerin. Die so erfreulich motiviert und offen an die Sache herangeht …

Ist das der Trigger?

Kann ich nur noch auf der Überholspur leben, brauche ich wie ein Base-Jumper oder Formel-1-Pilot maximale Anspannung? Gefahr? Um mich endlich wieder selbst zu spüren?

Bullshit. Jochen-Schweizer-Geblubber.

Von dort ist es nicht mehr weit zur Midlife-Crisis. Und Marietta.

Wieder ein tiefer Zug.

Erstaunlich ungerührt hat sie reagiert, als er ihr gestern Nacht am Telefon eröffnet hat, sich zwei, drei Wochen zurückzuziehen.

Wegen dem ganzen SOKO-Scheiß, erst mal alles Private auf null, du verstehst.

Sie versteht sofort. Nichts anderes hat sie erwartet. Ist alles nicht neu und wird sich sowieso nie bessern.

Die Sache nimmt ihren Lauf.

Wenn die Richtung erst mal stimmt, ergibt sich das Tempo von ganz allein.

Zwölf Uhr neunundvierzig. Zeit für den finalen Nikotinstoß, einen lungenfüllenden, letzten großen Zug.

Angeregt drückt er die Kippe aus und macht sich wieder auf den Weg zurück.

Zurück ins Rampenlicht der großen SOKO.

Die hohe Bildqualität wird getrübt von ständig wiederkehrenden, winzigen Aussetzern. Zwar kaum länger als ein Wimpernschlag, aber genug, um aus der konzentrierten Anspannung im Raum Gereiztheit werden zu lassen. Ritter kann schließlich nicht mehr an sich halten.

»Mannomann, wer sitzt denn da auf der Leitung in Hessen? Oder haben wir hier bei uns einen Wackelkontakt? Moser?«

»Kann nicht sein, Chef.« Verblüfft fasst der Pressesprecher an das erstbeste Verbindungskabel.

Im Bild jetzt wieder der Leiter der SOKO Lepky, Sven Schuster vom PP Mittelhessen, Zentrale Kriminalinspektion in Gießen. Kräftiges Kinn, kleine, weit auseinanderstehende Augen, leicht schneidende Stimme. Charly kennt ihn aus mehreren Telefonaten und Mails.

»Aktuell also immer noch keine Spur, äußerst unbefriedigend! Dann setzen wir unsere Hoffnung jetzt ganz in die OFFLA, die neue Fluchtanalyse. Kollege Herrmann, pardon, *Ladies first*, Kollegin Antlkofer. Bitte sehr!«

»Ja, Gruß in die Runde. Zunächst für alle kurz die Basics. Die Persönlichkeitsstruktur von Dirk Lepky. Wir haben es einerseits mit einem durchaus peniblen, ordnungsliebenden Typus zu tun. Ungewöhnlich, aber bisweilen doch anzutreffen bei Menschen, die in der Kindheit einen schleichenden Verwahrlosungsprozess ihres unmittelbaren sozialen Umfelds miterleben mussten. Bei Lepky zeigt sich das Penible in der Tatausführung. Erst in der Wanne beginnt das Gemetzel. Die übrige Wohnung bleibt völlig unberührt, dort erfolgt nur die Überrumpelung des Opfers.«

Charly nickt Barbara zu.

»Natürlich dürfen wir deshalb nicht den Fehler machen, Lepky für einen kopfgesteuerten, rational handelnden und planenden Täter zu halten. Er reagiert spontan und intuitiv, wenn er als Drücker beim Klinkenputzen plötzlich das passende Opfer vor sich sieht. Von seinem wahnwitzigen, rauschhaft besessenen Gemetzel ganz zu schweigen. Das Nach-Tat-Verhalten dann wieder eiskalt und überlegt. Fast immer schaltet er nach der Tat die Waschmaschine an. Ein vertrautes Geräusch für die anderen Mieter. Es wiegt die Nachbarschaft in Sicherheit und verschafft ihm den entscheidenden zeitlichen Vorsprung.«

Schuster wird ungeduldig. »Hochinteressant, Kollegin. Aber wo führt uns das das jetzt hin? Besser gesagt, wo führt ihn das alles hin?«

»Es sind die Basics, Sven«, geht Charly rasch dazwischen. »Sie zeigen, dass hier nicht nur ein blindwütiges Tier am Werk ist. Bestie hin oder her, Lepkys Persönlichkeitsstruktur weist eben leider auch rationale Züge auf. Dazu kommt, wie bei vielen Serientätern, eine gewisse instinktive Bauernschläue oder Schlitzohrigkeit, verstärkt durch den Lerneffekt. Diese Vielschichtigkeit erschwert eine persönlichkeitsgestützte schnelle, klare Fluchtprognose.«

»Ah, jetzt ist die Katze endlich aus dem Sack! Heißt, ihr habt momentan gar nichts anzubieten?«

»Falsch, Kollege.« Charly ärgert sich. »Wir demonstrieren euch nur, warum diese Sesselfurzer-Idee aus dem Ministerium nicht so einfach funktioniert, wie manche vielleicht glauben. Du kannst aus dem Tatverhalten Rückschlüsse auf die Persönlichkeit ziehen, klar.«

»Heißt Operative Fallanalyse.«

»Genau. Aber umgekehrt aus der Persönlichkeit heraus detaillierte Bewegungsziele vorherzusagen, ist, um mit Lepkys letztem Psychiater zu sprechen, dem selbst ernannten Nobelpreisanwärter Herrn Professor Oßwald, bloße Kaffeesatzleserei.«

Missmutiges Schweigen.

Barbara übernimmt. »Sobald wir konkrete Alternativen haben, unter denen wir auswählen müssen, sieht die Sache natürlich anders aus. Dann lässt sich tatsächlich anhand seiner Persönlichkeit mit gewisser Wahrscheinlichkeit A, B oder C vorhersagen. Aber nicht aus der hohlen Hand.«

Charly ergänzt rasch: »Lepky wird sich, wenn's drauf ankommt, immer situativ entscheiden und nicht stur an einem Plan A festhalten.«

Sven Schusters Miene verfinstert sich. »Fazit?«, fragt er knapp. »Habt ihr jetzt was in der Pipeline oder nicht?«

Charly setzt sein Pokerface auf. *Was du kannst, kann ich schon lange.* Er lässt sich Zeit.

»Selbstverständlich. Wir können es nur nicht tiefenpsychologisch aus Lepkys Persönlichkeit ableiten.« Rasch übergeht er Schusters ärgerlichen Einwand. »Ganz konkret also jetzt. Erstens, Lepky will so schnell wie möglich ins Ausland. Bei uns sind Fahndungsdruck und Öffentlichkeitsinteresse viel zu groß. Es gibt auch keinen sozialen Warteraum für ihn. Er hatte in Butzbach weder Besuche noch Briefkontakte, es gibt keine Verwandtschaft, es scheint auch keine alten Freunde oder Kollegen zu geben.«

»Zweitens?«

»Zweitens, wohin ins Ausland? Österreich ist, was das Medien-Interesse angeht, viel zu nahe an der deutschen Boulevard-Hysterie. Will Lepky sicher nicht riskieren. Dann lieber ins fremdsprachige Ausland. Ganz exotisch wäre die Variante zu Fuß. Als Jakobspilger über Frankreich nach Spanien. Lepky spricht allerdings kein Wort Spanisch oder Französisch. Dass er mit spirituell suchenden Menschen etwas anfangen kann, wage ich zu bezweifeln. Nein, da tippe ich eher auf die Niederlande. In Amsterdam kann er sich leichter verständlich machen, schnell an neue Papiere bekommen und untertauchen.«

»Tschechien?«

Charly wiegt den Kopf. »Grundsätzlich auch sehr gut, gerade für billige Papiere. Neuer Pass in Cheb schon ab hundertfünfzig Öcken. Denke aber, dass ihn die permanente Schleierfahndung im bayerisch-tschechischen Grenzgebiet abschrecken wird.«

Schuster zwinkert amüsiert. »Sicher richtig. Aber eines solltest du dabei nicht vergessen.«

»Was?«

»Der Weg von Butzbach nach Cheb führt doch durch Franken, oder? Coburg ist da nur ein kleiner Einkehrschwung für unsere ›Rhein-Main-Bestie‹. Scherz beiseite, eine private Frage am Rande: Hast du für deine Person besondere Schutzmaßnahmen ergriffen?«

»Nein«, sagt Charly mürrisch.

»Zurück zum Tagesaktuellen! Ich denke, eines ist uns allen klar: Wir müssen weiter maximale Präsenz zeigen im öffentlichen Raum, Fahrzeug- und Personenkontrollen, der ganze Katalog muss abgedeckt bleiben.«

»Zumindest bis die Wahl vorbei ist!«

»Mer-kel muss-weg! Mer-kel muss-weg!« Ein paar jugendliche Gröhler, Bierdosen in der Hand, stimmen sich ein auf die Großkundgebung. Noch sind es nur wenige, die sich auf dem großen Platz niedergelassen haben. Doch Absperrungen, Ordner und die riesige Videowand hinter der Bühne lassen ahnen, was hier in knapp zwei Stunden abgehen wird.

Lepky mustert das große Logo. Auf blauem Grund ein dicker roter Pfeil, der sich nach oben krümmt. Wie ein Schwanz.

Wie mein Schwanz.

Durch das Loch im Hosentaschenfutter kratzt er sich genüsslich im Schritt. Sein Blick schweift wieder über den Platz, zur anderen Seite hinüber, wo die Bullen anscheinend ihre Einsatzleitung aufbauen. Gerade rollen wieder zwei Gruppentransporter der Bereitschaftspolizei heran, mittlerweile sind es sechs, die drüben parken. Breitbeinig, in schwarzen Overalls und Protektoren, stehen sie grüppchenweise zusammen, ihre Helme und Tonfas baumeln am Gürtel. Ein paar von ihnen quarzen, was das Zeug hält.

Hundertfünfzig Meter. Die sehen mich nicht. Ich bleib ruhig. Nur noch dieser eine Papierkorb, dann ist die blöde Netto-Tüte mit den Pfandflaschen endlich voll. Dann seht auch ihr mich nur noch von hinten …

»Na, Meister? Alles klar?«

Lepky erstarrt zu Eis. Sein Arm friert im Papierkorb fest.

Bloß nicht umdrehen.

Oder nur ganz langsam. Millimeter für Millimeter.

Ein Star-Wars-Krieger. Schwarz, martialisch, bedrohlich.

Nur sein Gesicht passt nicht dazu: Jugendlich, glatt, dünner blonder Flaum, kein Bartwuchs.

»Hol dir deine Flaschen noch raus«, grinst ihn der Jungbulle an. »Wir schauen dann, dass keine Bomben reinkommen.«

Er winkt den orangefarbenen Piaggio der Stadtreinigung heran.

Lepkys Finger krallen sich in die Plastikflasche, die er tief drin ertastet. Vorsichtig zieht er sie heraus und legt sie in seine Tüte. Nur nicht aufschauen jetzt. Er spürt förmlich die Blicke des anderen in seinem Nacken, er fühlt, da kommt noch was.

»Kommst mir irgendwie beka–« Der Rest geht unter in der ohrenbetäubenden Rückkopplung der Lautsprecheranlage.

Der Soundcheck auf dem Platz beginnt. *»One, two.«*

Der Jungbulle wendet sich ab, fingert an seinem Knopf im Ohr. Lepky schubst die Gitarre auf den Rücken, schnappt die Pfandflaschentüte und haut ab. *Nicht flüchten, nicht rennen, aber zügig, schnurstracks raus, raus aus dieser Höhle des Löwen, weg von seinem heißen Atem!*

Sein Puls rast.

Er biegt ins nächste Seitengässchen ab. Um wie angewurzelt stehen zu bleiben.

Polizeikontrolle. Mit dem Rücken zu ihm, keine zehn Schritte vor ihm.

Punks und andere Ausgeflippte sammeln sich dahinter. *»Nazis raus!«, »Nie wieder Deutschland!«* Verständnislos entziffert er die Transparente. Schon dreht sich der erste Bulle um: »Wollen Sie auch zur Gegendemo?«

»G… Gegendemo? Nein, bin schon weg!«

Ab durch die Mitte, ums Hauseck herum, mit gesenktem Kopf hetzt er zwischen Passanten hindurch. Das Adrenalin tobt; Wellen der Angst, der Erleichterung und erneuter, noch größerer Angst schießen heiß durch seinen Bauch. Er wird langsamer, presst alles zusammen. Vor einer Buchhandlung bleibt er stehen, starrt in das große Schaufenster.

Gefühle verstehen, Probleme bewältigen. Eine Gebrauchsanleitung für Gefühle. € 14,80.

Panikattacken und andere Angststörungen loswerden. Wie die Hirnforschung hilft, Angst und Panik für immer zu besiegen. € 24,90.

Angst und Aufregung in ihm lassen wieder nach. Machen langsam, aber sicher Platz.

Für kühle, ruhige Power. Für seine neue große Stärke.

Wut. Nicht irgendeine Wut. Nein – eiskalte Wut!

Warum kann ich nicht wie jeder andere hier ganz normal meine Ruhe haben? Nur weil ihr zwei Land-Bullen mich damals dumm von der Seite angemacht habt! Und dieser erbärmliche Zwerg vom Ordnungsdienst! Alles nur wegen einer lumpigen Kippe aufm Straßenpflaster! Hätte in der Großstadt kein Schwein interessiert; wegen einer scheißlumpigen Kippe war ich jetzt zehn Jahre im Knast!

Ich zahl's euch heim, Charly Herrmann und Bruno Förster, ich zahl's euch heim!

'n paar Stunden oder Tage noch, dann bin ich bei euch. Mit Herrmann fang ich an. Der Förster war doch nur dein Papagei. Aber du, Charly Herrmann, du arrogantes Großmaul, du »fränkischer Super-Cop«, du wirst dir wünschen, mir nie im Leben begegnet zu sein … Du wirst um Gnade winseln!

Wenn ich dir deinen hässlichen haarigen Sack erst anritze … und dann langsam und sorgfältig aufschlitze.

Wenn ich dir das erste Ei heraushole.

Am besten scheibchenweise.

Immer wenn du wieder bei Bewusstsein bist, säbel ich dir das nächste Scheibchen ab …

»Na-zis raus! Na-zis raus!« Die Gegendemo formiert sich.

Ein stechender Schmerz plötzlich, direkt über den Augen. Stöhnend presst er die Stirn gegen das kühle Schaufenster. »Oßwald … Scheißprofessor Oßwald …«

Macht nix, ganz normal, ist gleich wieder vorbei, das war

doch immer nur ganz kurz. Eine Welle der Übelkeit steigt in ihm hoch.

»Ist alles in Ordnung mit dir? Brauchst du Hilfe?«

Ein grauhaariges Paar. Ökofuzzis, *»Stop Nazis!«* neben *»Atomkraft – nein danke«*. Er mit fleckiger John-Lennon-Brille, sie im abgetragenen Schlabberlook.

Wie das Gesocks in dieser versifften Frankfurter Szenekneipe damals, weiß gar nicht mehr, wie sie hieß. Nur dass ich damals rausgeflogen bin. Weil ich diese blöde Labertussi mit ihrem Afro-Look ins Klo gezerrt hab. Nachdem sie mich am Tresen zehn Minuten zugequatscht und scharf gemacht hat.

»Putz ersma deine Brille, Alter! Dann schnall der da ma 'nen Büstenhalter um! Und dann kümmert euch um euren eigenen Scheiß, ja?«

»Drei-zehn … viier-zehn … füüünf-zenn!« Klappernd fällt die Hantel in die Ablage.

Charly wischt sich den Schweiß von der Stirn. Sein verschlissenes graues Baumwollshirt ist klatschnass. Vier Sätze mit fünfzehn Wiederholungen, das erste intensive Training seit Monaten. Hier, auf seiner eingestaubten Hantelbank, bei gefühlten fünfundzwanzig Grad in der Wohnung.

Durch die offene Tür tritt er wieder hinaus auf seinen kleinen Balkon. Vierter Stock, über mittlerweile braun eingetrocknete Fichtenwipfel hinweg geht sein Ausblick auf die Türme und Dächer der Stadt.

Wie oft hab ich hier in den letzten siebzehn Jahren hinausgestarrt, hinuntergeglotzt, gedankenversunken, zwanghaft fixiert auf einen unbekannten Täter? Tief in der Nacht manchmal. Ein Kristallweizen. Oder ein Vollmond-Ramazzotti, hier draußen, über den Lichtern der Stadt, auf dem verwitterten Plastikstühlchen. Wirkten wahre Wunder manchmal. Aktive Entspannung, vertraute Umgebung, und schon lief das Unterbewusstsein zur Höchstform auf. Der Mädchenmörder in der Rhön damals, »Jens K.« kann ein Lied davon singen. Auch »Olaf N.«, der brutale Serienvergewaltiger aus Sachsen.

Doch diesmal fühlt es sich anders an.

Diesmal funktioniert es nicht.

Ist es wirklich nur dieser mörderisch heiße Sommer, der sich lähmend und lastend über alles zu legen scheint? Das bedrückende Wahlkampfklima, die hasserfüllten Pegidisten, die alten und jungen Försters, die ihre Zeit gekommen sehen?

Die Eiswürfelreste in seiner Jacky Cola sind nur noch hauchdünne Scheibchen. Zerbrechen zwischen Zunge und Gaumen.

Stell dich deiner Angst.

Er kippt den lauwarmen Rest. Hält das leere Glas gegen die Sonne und lässt langsam die letzten Tropfen über das Geländer laufen.

Braun und schwer. Wie gerinnendes Blut.

Habe genügend Blut gesehen. Stand schon zweimal selbst auf der Kippe. Angekettet im Keller dieses sadistischen Grusel-Psychopathen in Frauenkleidern und Perücke. Oder in der alten Lagerhalle bei Cheb, bei diesem Zuhälter mit seinen tollwütigen Kampfhunden. Zweimal allerletzte Sekunde. Ich hab mein Blatt in diesem Leben ausgereizt. Vielleicht sogar überreizt. Ich weiß, was Todesangst ist. Weiß, wie sie sich anfühlt. Und bis zu meinem letzten Atemzug will ich jeden zur Strecke bringen, der sie verbreitet.

Doch Lepky ist anders.

Jeder andere Täter in meinen dreißig Berufsjahren ist vor mir geflohen.

Dieser nicht.

Er kommt direkt auf mich zu. Obwohl er auf der Flucht ist.

Was Bruno wohl dazu sagen, welch zynische Parallele zu seinem »Flüchtlingsstrom« er daraus ableiten würde …?

Die Türklingel reißt ihn aus seinem Gedankenstrom. Widerstrebend bückt er sich und wirft erst noch einen Blick durch den viel zu tief angebrachten »Hausfrauen-Spion«. Entwarnung.

»Komm rein, Valerie.«

»Hi.« Ihre Locken streifen sein Gesicht, der Hauch ihres Kusses schwebt an ihm vorbei. Schon steht sie mitten im Zimmer. »Hab nicht viel Zeit, ich weiß, du hast auch keine. Ich wollte dir nur schnell was bringen.«

»'nen AfD-Flyer?«

»Nee, der war in deinem Briefkasten.« Sie wirft ihn achtlos auf den Küchentisch. *Unser Land – schützen, stärken, sicher machen!*

Charly zerknüllt ihn mit einer Hand und wirft ihn Richtung Papierkorb. Knapp vorbei.

»Geht bloß zur Wahl«, sagt er. »Haltet mir diese Typen klein.«

Valerie verzieht das Gesicht. »Du wirst hoffentlich nicht von mir erwarten, dass ich die Freyberger wähle. Die Frau hat mich ein zusätzliches Schuljahr gekostet.«

»Bei allem Respekt für dein altes Schul-Trauma, du kannst doch nicht ernsthaft dran denken, rechts zu wählen? Was hast du eigentlich beim letzten Mal gewählt? Nassel?«

Sie lacht. »Garantiert nicht. Ich hab nur Zweitstimme angekreuzt. Werd ich wohl wieder machen müssen.«

»Mhm. Na gut, immer noch besser als daheim zu bleiben«, grunzt Charly.

»Wie geht's dir, Papa?«, fragt sie unvermittelt mit leiser Stimme.

Verblüfft erwidert er ihren Blick.

»Wieso?«

Sie zögert. »Ich mach mir Sorgen. Wegen diesem Lepky.«

»Ach, hör auf!«

Er winkt ab, setzt sich auf seine Trainingsbank und greift nach der erstbesten Kurzhantel. Sieben Komma fünf Kilo.

»Lass dich nicht verrückt machen«, presst er hervor, während er, viel zu schnell, mit Bizeps-Curls loslegt. »Uralte Geschichten … zehn Jahre her … damals hatte der natürlich seinen Brass auf mich. Aber jetzt«, keuchend drückt er ein letztes Mal mit rechts das Eisen hoch, »jetzt will der Typ doch draußen bleiben!« Er wechselt den Arm. »Lepky tut alles, um bloß nicht aufzufallen! Und wir tun alles, um ihn zu kriegen!«

»Was denn?«

»Tattoostudios … nur ein ganz kleines Beispiel … seit heute wissen alle Studios, wie sein Tattoo aussieht.«

»Gibt genügend illegale Stecher. Der geht doch nicht in ein reguläres Studio.«

Charly lässt die Kurzhantel zurück in den Ständer kullern. »Auch die schauen mal Fernsehen oder in die BILD. Achtzigtausend Belohnung sind kein Pappenstiel. Wir kämpfen an allen Fronten, Valerie, glaub mir.«

Sie zieht die Stirn kraus, wie sie es schon als kleines Mädchen getan hat, wenn sie überlegt hat. Charly verspürt den unbändigen Drang, sie an sich zu ziehen. Im letzten Moment überlegt er es sich doch noch anders. »Wart mal, ich zieh mir nur schnell ein andres Shirt an.«

»Brauchst du nicht«, sagt sie. »Würdest du eigentlich auf Lepky schießen?«

Überrascht sieht er sie an. »In Notwehr? Klar. Aber ich schieß keinem in den Rücken. Wenn du das meinst.«

Sie nickt langsam. »Okay.«

Dann besinnt sie sich auf das Blatt Papier, das sie die ganze Zeit schon in der Hand hat. »Marietta ist gestern so kurz und schnippisch an mir vorbei. Seid ihr noch zusammen?«

»Marietta? Momentan, mhm, gibt es eine gewisse, äh, Funkstille«, sagt er vorsichtig. »Warum fragst du?«

»Nur so.« Sie hält ihm das Blatt unter die Nase. »Da, schau mal«, ihre Stimme wird weich, »das hat Chiara heute im Kindergarten gemalt.«

Blauer Kritzelhimmel, gelbe Strahlensonne. Ein großes Haus mit Garten. Klettergerüst und Kinder. Davor ein schwarzes Auto, daneben ein Mann und eine Frau, die lange rote Haare und kleine Punkte im Gesicht hat. Ihre Strichfinger berühren sich. Sie scheinen Hand in Hand zu gehen.

»Das ist doch der Alfa! Bin ich das?«, fragt Charly überrascht.

»Klar, wer sonst?«

»Dann ist doch die Frau …«

Valerie lacht. »Genau. Das ist Nicky. Jetzt stell dir nur vor, was Chiara dazu gesagt hat.« Sie fasst ihn zärtlich am Arm und ahmt Chiaras Piepsstimmchen nach: »Der Opa hat doch keine richtige Frau. Und die Nicky hat doch keinen richtigen Mann. Die passen doch zusammen!«

Charly muss lächeln; er spürt, wie ihm plötzlich ganz warm ums Herz wird. Spontan drückt er seine Tochter und hält sie fest. Sie wehrt sich nicht.

Gelächter und Gegröle, vereinzelt hallen noch Sprechchöre über den Großparkplatz. »Hö-cke für Deutsch-land!« und »Lü-gen-pres-se, halt die Fres-se!«.

»Da hinten sind wohl noch so ein paar Schmieranten unterwegs«, mutmaßt Bruno, während er Rico hilft, eine große schwarz-rot-goldene Fahne einzurollen. Rico Berndt ist merklich alkoholisiert: hochrote Bäckchen, seine Augen glänzen. Aus seiner Brusttasche ragt ein leerer Bierbecher mit dem Parteilogo, dem schwanzartigen roten Pfeil.

»Schmieranten, genau, Bruno! Diese Openslügenpresse!« Er haut Hannes auf die Schulter. »Na, Hannes, die hundert Kilometer haben sich doch gelohnt, oder? Höcke war sensationell!«

Hannes nickt zufrieden. »Gab vor seiner Rede ein paar gute Fotos mit ihm und den anderen Kollegen aus den Nachbarkreisen.«

»Stimmt!«, pflichtet ihm Olaf Glinke, der Listenkandidat aus Stegaurach, stolz bei. »Was halt diese Dreckslügenpresse wieder draus macht! Was meinst du, was werden sie uns morgen wieder alles vorsetzen?«

Hannes winkt ab. »Das geht schon bei der Zuschauerzahl los. Waren doch mindestens sechstausend heute. Garantier dir, das wird schon der Polizeisprecher auf vier fünf abrunden.«

»So, wie sie bei uns neulich die Freyberger und ihre Familienministerin auf zwei fünf aufgerundet haben. Elendes Dreckspack! Warum steckt die Polizei mit den Altparteien unter einer Decke, Bruno?«

Bruno versucht, die Fahne diagonal hinter den Rücksitzen zu verstauen. »Täusch dich nicht! Das ist nur noch die Führung, die auf ihre Altparteibücher Rücksicht nimmt, rein karrieremäßig. In der normalen Belegschaft sieht das längst ganz anders aus, glaub mir!«

»Überall im Land, da entsteht eine Bewegung, die keiner auf dem Schirm hat. Wie in den USA, wie bei Trump. Mann, wenn wir so durchregieren könnten, nur vier Jahre mal oder acht, so richtig aufräumen und ausmisten«, sinniert Hannes. Dann klatscht er gebieterisch in die Hände. »Los jetzt, einsteigen! Hab keine Lust, wegen euch noch länger im Stau zu stehen.«

»Da vorn gibt's eine Abkürzung, Hannes. Kennt keine Sau, da gleich hinter der Grünanlage musst du rein.«

Hannes kontrolliert kurz im Rückspiegel Frisur und seine betont locker gebundene Krawatte. Dann startet er den Audi Q7 und schaltet das Licht ein. Rico wählt eine CD aus.

»Geh! Geh! Geh deinen Weg! Bleib aufrecht und sei stark, es ist dein Land, drum geh deinen Weg …!«, grölt er mit. Während sie nur im Schritttempo vorankommen, streckt er den Kopf aus dem Fenster, schüttelt im Takt die Faust dazu: *»… ja, es ist mein Land, ich geh meinen Weg!«*

»Ist ja gut, jetzt zieh die Birne ein! Hier geht's rechts rein, Hannes.«

Bruno dirigiert vom Rücksitz. Vorsichtig passieren sie noch ein Grüppchen mit Deutschlandfahnen, dann biegt Hannes durch tief hängende Trauerweiden rechts ab auf eine unscheinbare schmale Straße, die sich durch einen Park windet.

Links und rechts noch vereinzelte Schwarzparker auf dem Gras. Die Scheinwerferkegel leuchten in jeder Kurve in Sträucher und dichtes Unterholz, auf den Geraden wieder über Asphalt und Rasen.

»Wird immer einsamer. Bist du sicher, dass wir richtig sind?«, fragt Glinke zweifelnd.

»Absolut! Das ist die letzte Kurve, dann … stopp!«

Hannes steigt in die Eisen, bringt den Audi gerade noch

zum Stehen: Ein Fahrrad liegt halb auf der Straße, halb im Gras, daneben eine Frau; über ihr ein junger Schwarzer.

Eine Schrecksekunde, Rico erwacht als Erster.

»Boahh! Den kaufen wir uns!«

Autotüren fliegen auf, Rico und Glinke stürzen sich auf den jungen Schwarzen, zerren ihn ins Gras, Bruno und Rico halten ihn fest, Glinke verpasst ihm eine rechte Gerade, mitten ins Gesicht. Stöhnend sackt er zusammen, seine Nase beginnt augenblicklich zu bluten. Sofort setzt Glinke nach, ein satter Fußtritt in die Eier, der Junge krümmt sich vor Schmerz, als die junge Frau hinter ihnen plötzlich zu schreien beginnt.

»Aufhören, Scheißnazis!«

Verblüfft fahren sie herum.

»Ey, der Typ wollte mir nur helfen, weil ich gestürzt bin! Ich ruf die Polizei!«

Sie zückt ihr Handy und macht Anstalten, das Autokennzeichen zu knipsen.

Glinke und Rico sehen sich ratlos an, Bruno reagiert sofort. »Ich bin Polizeihauptkommissar a. D., hier meine Karte. Bedaure, das war ein Missverständnis …«

Sie lässt ihr Handy sinken, schimpft aber lauthals weiter.

»Los, nichts wie weg, bevor noch jemand vorbeikommt!«, zischt Hannes.

Eilig klettern sie wieder in den Wagen.

»Hat jedenfalls keinen Falschen getroffen, das steht fest!«, sagt Rico bockig-stolz.

Brunos Pranke saust stumm und anerkennend auf seine Schulter.

»Junge, Junge, heut brauch ich aber noch einen diskreten Absacker!« Hannes kratzt sich kurz im perfekt gegelten Haar. »Ohne euch Chaoten! Werde mal eruieren, was Schwanz alias Björn heut noch macht. Schade, dass er nicht dabei war!«

»Aahh, jaa!« Ihre weichen Schenkel verknoten sich um seine Lenden, sie will ihn noch tiefer in sich spüren; sie weiß genau, dass er dann nicht mehr länger an sich halten kann. Lächelnd genießt sie seine lang erwartete Schreikaskade und klammert sich innig an ihm fest …

»Lass mich mal ziehen!«

Sie nimmt ihm die Kippe aus der Hand und versucht, zu inhalieren. Prompt überkommt sie ein Hustenanfall.

»Lass es lieber sein. Passt nicht zu dir. Nur unbefriedigte Frauen rauchen.«

Er richtet sich halb auf, sucht mit dem Fuß unter der Decke nach seiner Unterhose.

Sie knurrt unwillig und zieht ihn mit einem Arm wieder zu sich heran.

»Stopp! Ich will nicht, dass du gehst. Merk dir das! Sonst erlebst du was«, ihre Finger krallen sich in seine Schulter, sie faucht ihm ins Ohr, »das ist mein voller Ernst, du bleibst hier!«

Tag 7

Heute TV-Duell: Freyberger vs. Förster! Wer macht's? +++ 5.000 feiern AfD-Höcke! +++ »Rhein-Main-Bestie«: Jetzt bei uns?

Der Müllmann reckt den Daumen hoch. »Alles Gute heute Abend! Wird Zeit, dass mal einer so richtig aufräumt in diesem Staat! Nicht bloß wir!«

Das Brummen der Behälterschüttung übertönt sein unrasiertes Lachen.

Hannes hebt zwei Finger an einen imaginären Mützenrand und grüßt lässig zurück. Ein guter Start in den wichtigsten Tag seines Lebens.

Zufrieden blickt er über die Dächer der Stadt hinweg an den Horizont, wo sich die Sonne auch heute wieder anschickt, einen strahlenden Sommertag zu inszenieren.

Sein Tablet summt. Mail vom Campaigner.

Tag X. Briefing kompakt. Unsere Basics oder »3 Steps to Heaven«:
Abgrenzen: *WIR (die Bürger, die Menschen, das Volk) gegen DIE ALTPARTEIEN, die SOGENANNTEN (»Experten«/»Wissenschaftler«/«Flüchtlinge«/«Demokratie«)!*
Aufheizen: *Lade deine Aussagen emotional auf (»absolut«, »grundlegend«, »restlos«, »vollkommen«, »zutiefst«, »in höchstem Maß«)!*
Draufhauen: *Maximale Übertreibung suchen. »Chaos«, »Irrsinn«, »Katastrophe«. Gezielt auf den Punkt bringen – aber nicht ständig! Nutzt sich schnell ab. TV-Diskussion ist kein Chatroom!*
Bin vor Ort. Lass mir noch was einfallen, irgendeinen Last-Minute-Gag (nicht für dich) ☺

Hannes grinst. »Alter Hurensohn.«

»Und deshalb darf ich zum Schluss dieser Pressekonferenz alle regionalen und überregionalen Medien wirklich noch einmal eindringlich … äh, bitten«, Charly kommt das Wort sichtlich schwer über die Lippen, »keine Panik, keine Hysterie! Die Polizei ist präsent und bestens aufgestellt. Lassen Sie uns den Ball flach halten. Die Statistik zeigt, dass Ausbrecher zu fast hundert Prozent in den ersten drei Wochen wieder geschnappt werden. Bitte bleiben Sie aufmerksam, besonnen und ruhig. Ich betone noch mal, nicht nur seitens der Polizei, sondern, weil ich das häufig gefragt werde, auch ganz persönlich, es gibt überhaupt keinen Grund zur Panik …«

»Das ist doch nur noch abstoßend! Sensationslüstern, ach, was sage ich, eine perverse Wollust ist das, die sich im Voraus an der selbst geschürten Angst ergötzt!« Ritter klatscht ärgerlich gegen den BILD-Titel: *Die Bestie: Klingelt sie bald in der Nachbarschaft?*

»Angst macht Auflage«, sagt Charly. »Eigentlich müsste ich von den Arschgeigen Provision kriegen. Ohne Lepkys Ansage gegen mich wäre der ganze lokale Hype doch gar nicht möglich.«

»Wenn Sie nicht so stur alles abblocken würden, hätten sie vermutlich doch etwas Dampf aus dem Kessel genommen«, grummelt Ritter.

»Wie denn das, Chef? Hab auf der PK soeben deutlich Stellung bezogen. Wieso auch noch private Homestorys? Die führen einen doch nur am Nasenring durch die Manege!« Seine Stimme wird künstlich-geziert: »*›Ich habe keine Angst‹, behauptet der Kommissar. Doch seine Hände zittern leicht, als er die Kaffeetasse zum Mund führt.* So läuft's doch!« Verdrossen schlürft er seinen Kaffeerest.

Besserwisser nerven. Nachträgliche ganz besonders.

»Bruno Förster scheint das anders zu sehen. Hat übrigens gestern eine Aussagegenehmigung beantragt«, sagt Ritter.

»Bruno?«

»Hat offenbar auch eine Interviewanfrage und will sich

äußern. Ich habe ihn höchstpersönlich am Telefon vergattert. Wir können absolut keine Querschüsse gebrauchen. Erst recht keine Scharfmacher in den eigenen Reihen.«

»Ihr Wort in Gottes Ohr. Er wird die heiße Phase einläuten wollen.«

»Wir müssen Ruhe reinbekommen, Herrmann. Gerade hier bei uns, im Top-Ten-Wahlkreis mit drohender Lepky-Visite. Ist doch kein Wunder, dass Lunz und Konsorten Schnappatmung kriegen. Da hilft nur Präsenz, weiterhin ganz massive polizeiliche Präsenz! Schuster hat völlig recht. Straßenkontrollen, auf öffentlichen Plätzen schwer bewaffnete Präsenz. Ganz gezielt auch im Umfeld von Redaktionsgebäuden, Rundfunk- und TV-Sendern.«

Verärgert schüttelt Charly den Kopf. »Billiger Aktionismus, Chef. 'tschuldigung, ich korrigiere, *schweineteurer* Aktionismus! Damit befeuern wir diesen ganzen Hype erst noch. Steigern Auflagen und Ängste. Erreichen das Gegenteil von dem, was wir wirklich wollen.«

Ritter hebt abwehrend die Hand, Charlys klingelndes Telefon enthebt ihn einer Antwort. Mit kurzem Kopfnicken geht er hinaus.

»Ja, Valerie?«

»Hi, Paps. 'tschuldige, ich weiß ja, was bei euch los ist, ich frag dich jetzt nur so auf Verdacht: Könntest du eventuell noch mal Chiara heute abholen?«

Sein Blick fällt auf das bunte Kindergemälde an seinem Schrank. Der Opa, Hand in Hand mit einer rothaarigen Frau vor seinem schwarzen Alfa …

»Geht klar. Gern.«

Siebzehn Uhr sieben, endlich am Kindergarten angekommen. Ärgerlich zieht Charly die Handbremse. Zwölf Minuten Verspätung, nur weil er die leidige Dauerbaustelle Callenberger Unterführung nicht mehr auf dem Schirm hatte.

Aus dem Eingang kommt gerade ein nur allzu bekanntes

Gesicht heraus. Jeans, kurzes weißes Sommerhemd, die dunklen Stoppelhaare perfekt gegelt, unter dem Arm eine Aktenmappe. »Servus, Charly!«

»Herr Elternbeiratsvorsitzender«, ein kurzer fester Händedruck. »Keep cool, Hannes. Lass dich nicht auf unnötige Scharfmachereien ein.«

Hannes lächelt. Routiniert, seine blauen Augen bleiben kühl und seltsam unbeteiligt. Tunnelblick, denkt Charly.

Hannes klopft ihm lässig auf den Arm und ist im nächsten Moment schon zwei Schritte weiter.

»Opa, Opa!«

Chiara stürmt ihm entgegen, ihre Augen sind rot verweint. »Ich hab gedacht, du hast mich vergessen!«

»Aber nein, Chiara, niemals! Heut waren nur so viele Ampeln rot.«

Er hebt sie hoch, drückt ihr verschwitztes Köpfchen fest gegen seine Wange – und sieht sich belohnt durch ein unwiderstehliches Lächeln von Nicky.

»Hi, Charly.«

Kann frau einen Mann so anlächeln, wenn sie nur auf Frauen steht? Er grinst zurück. »Hi, Süße, alles klar mit unserer Kleinen?«

»Alles gut, alles wunderbar!«

Wie dein Parfüm, denkt er, als sie ganz dicht neben ihm steht.

»Sie wird nur schnell ängstlich, wenn sie nicht pünktlich abgeholt wird.« Liebevoll streicht sie dem Mädchen über die gerötete Wange.

Charly riskiert einen verstohlenen Blick: ein schulterfreies, korsageähnliches schwarzes Top, Jeans-Mini, hochhackige Sandaletten.

»Wow«, entfährt es ihm.

»Gell, die Nicky sieht schick aus!«, kräht Chiara vergnügt. »Hat sich schon umgezogen! Stimmt's, Opa, die Nicky ist die Schönste! Nach der Mama!«

Nickys ansteckendes Lachen lässt erst gar keine Peinlichkeit aufkommen. Ihre Blicke kreuzen sich.

Er stellt Chiara wieder ab und spürt, wie sie ihre kleine Hand in seine schiebt.

»So, Prinzessin, jetzt gehen wir aber! Die Nicky hat heute auch was Besseres vor.«

Ihre Miene wird ernst. Sie nickt. »Klar, heut dreht sich alles ums TV-Duell. Hab zwar eine Karte für das Kongresshaus, aber was will ich dort in der ersten Reihe?« Sie rümpft ihr sommersprossiges Näschen. »Wahrscheinlich schaue ich es mir doch lieber mit ein paar Freundinnen an. Oder zu Hause. Und du?«

Ihr Blick ruht länger als nötig auf ihm.

»Bin sicher auch allein zu Hause.«

»Opa, Opa! Du sollst mir doch endlich wieder vorlesen! Lies mir heute die Gute-Nacht-Geschichte vor!«

Er muss lachen. »Das wär natürlich auch noch eine Möglichkeit. Also, viel Spaß heut noch, ciao, Nicky!«

»Danke, dir auch, Charly. Ciao, Chiara.« Sie winkt rasch und streift mit ihrer Hand beim Zurückziehen Charlys Arm.

Langsam gehen sie zum Gartentor.

Auf einer halb zerstörten Sandburg liegen einsam eine Puppe und ein Teddy.

Die Sonne versinkt in Lepkys Rücken, langsam und betörend schön, in einem wahren Meer aus Kitsch-Orange.

Wie angewurzelt steht er da, zwischen den geparkten Autos, und kann seinen Blick nicht losreißen. Die attraktive junge Frau, die mutterseelenallein ihren Kofferraum belädt: Immer wieder trägt sie kleine Kisten und Päckchen zwischen Haustür und geöffneter Heckklappe hin und her.

Ist sie tatsächlich allein hier? Hat sie niemanden, der ihr hilft?

Ihr Knackarsch füllt ihren Jeansmini perfekt aus. Seine Gier wächst. Nur mühsam hält er sich zurück, näher heranzugehen, scheinbar achtlos vorbeizuschlendern, nur um verstohlen auf die Möpse zu spechten, die in diese unverschämt enge Korsage gezwängt sind.

Keine artgerechte Tittenhaltung.

Vielleicht Hilfe anbieten? Beim Tragen?

Er sieht an sich hinab. Mustert seine fleckigen alten Jeans, die löchrigen Adidas. Die Fingernägel müssten auch mal wieder abgeknipst werden. Notfalls abgekaut.

So, wie ich mir von dir jetzt gleich einen abkauen lasse!

Wieder beugt sie sich in den Kofferraum, der Mini rutscht nach oben, ihre nackten Beine werden lang und länger … Er ächzt vor Lust, leise nur, doch seine Finger in der Hosentasche zucken immer heftiger auf und ab.

Was haben die mir angetan mit ihren triebdämpfenden Medikamenten, jahrelang die chemische Keule, tagaus, tagein …? Und tagaus, tagein haben wir gewichst auf Teufel-komm-raus! Nur um zu sehen, ob es schon wirkt … voller Angst … und voller Hass … auf alle Weißkittel, alle Frauen, alle Richter, alle Bullenschweine … auf die ganze Welt da draußen!

Und jetzt steh ich hier. Endlich wieder frei. Endlich wieder Mann! Bereit, dir alles zu geben. Bereit, mir alles zu holen.

Deine Angst – meine Freude!

Deine Qualen – meine Lust!

Und dein erbärmlich winselndes Abnippeln – mein Orga…

»Aahh!« Lepky stöhnt auf, ein stechender Schmerz, urplötzlich, direkt hinter seinen Augen.

Neunzehn Uhr einundzwanzig, Kongresshaus. Sylvia Freyberger positioniert die Sonnenbrille sorgfältig in ihrer gestylten blonden Kurzhaarfrisur. Das Make-up – perfekt. Zufrieden klappt sie den Spiegel wieder hoch und schickt sich an, aus ihrem VW Golf auszusteigen.

Urplötzlich ein heftiger Aufprall im Heck, sie kann sich gerade noch am Lenkrad abstützen.

»He, du Vollidiot!«

Mit weichen Knien steigt sie aus. Ein völlig verdreckter Jeep, nur das M für München ist noch lesbar, hängt in ihrer linken Heckleuchte.

»Entschuldigen Sie«, ein drahtiger Lockenkopf im silbergrauen Leinensakko springt heraus und baut sich vor ihr auf, »aber Sie wissen schon, dass das nur passiert ist, weil Sie so grausam einparken?«

Sylvia verschlägt es die Sprache. »Sie ... Sie ... Sie haben doch nicht mehr alle Tassen im Schrank, Sie fahren mir doch voll hinten rein!«

»Ach, hören Sie doch auf! Regen Sie sich nicht so künstlich auf, Frau Freyberger!« Er grinst sie spöttisch-überheblich an. »Sie werden Ihre Nerven gleich noch brauchen. Da drin.« Mit dem Daumen zeigt er rückwärts auf die Halle und fingert anschließend ein Kärtchen aus seinem Sakko. »Hier, bitte, da kann Ihr Anwalt gern mal sein Glück versuchen. Unser Justiziar.«

Dr. Gregor Benthien
Justiziar
Tivolistr. 67
80533 München

Sylvia fällt es wie Schuppen von den Augen. Sie lässt das Kärtchen sinken. »Sie brauchen gar nicht weiterzureden. Sie können nur Wengler sein.«

Erwartungsvoll angespannte Atmosphäre in der Halle, die schon zu gut zwei Dritteln gefüllt ist. Im abgesperrten Bereich Techniker und Securitymänner und -frauen mit Anzug, weißem Hemd, schmaler Krawatte und Knopf im Ohr. Einer trägt einen auffälligen roten Wikinger-Vollbart. Verblüfft erinnert sich Sylvia, dass er vor zwei Wochen noch ganz in Schwarz, mit Stiefeln und Schäferhund, beim Auftritt der Familienministerin auf dem Schlossplatz hinter der Bühne dabei war.

Weiter hinten winkt der Praktikant von Radio 1. Der Haustechniker, ein früherer Nachbar, huscht vorbei und murmelt einen kurzen Gruß.

Die Garderobe. *MdB Sylvia Freyberger.*

Endlich Ruhe.

Sie lässt sich auf den Stuhl fallen und mustert sich im kalten Licht des großen Spiegels. Instinktiv, in Sekundenschnelle, justiert sie ihre Mimik: den freundlich-erwartungsvollen Blick, das geschulte Lächeln. Nestelt am perfekt sitzenden Kragen und am wohldosierten Ausschnitt ihrer Bluse.

Aus einem unsichtbaren Deckenlautsprecher säuselt Stacey Kent eine französische Jazz-Ballade. »Ces petits riens«, ausgerechnet.

Wie 2007, an jenem kühlen Sommerabend in Deauville.

Der letzte Urlaub mit Harald. Vier Tage einsilbig nebeneinanderher gelebt, verbittert und frustriert aneinander vorbei geschwiegen. Bis sie am fünften Abend getrennt ausgingen. Und sie nach einem langen Strandspaziergang, nach Wind und Möwengeschrei, allein in diesem witzigen kleinen Lokal landete. Kein steifes Restaurant mit ernsten gedämpften Tönen.

Eine Bar. Quirlig, lebenslustig, lachend.

Eine junge Frau spielte Akkordeon, alle sangen mit. Weit und breit kein Mann, nach einer Stunde erst fiel es ihr auf. Dafür Francine, die neben ihr an der Bar stand. Die ihr den Weißwein empfahl und sich so aufrichtig für die traurige deutsche Französischlehrerin interessierte.

Francine, deren Hand so tröstlich und verständnisvoll auf ihrer lag, als plötzlich das Licht herabgedimmt wurde … *L'heure aux ballades*, die Stunde der Schmusesongs …

Plötzlich ein Geräusch vor ihrer Tür, eine blecherne Walkie-Talkie-Stimme.

Schlagartig kehrt ihre Beklemmung zurück. Der leichte Druck in ihrem Magen. Erst jetzt spürt sie den schmerzhaft verkrampften Nacken, die Nachwirkung des Auffahrunfalls vorhin.

Das war kein Zufall. Zwanzig Minuten vor der Show fährt der mir voll hinten rein. Ausgerechnet Wengler. Der Mann fürs Grobe. War das erst der Anfang? Die schrecken doch vor nichts mehr zurück. Jetzt beginnt die heiße Phase. Die haben nichts zu verlieren … aber alles zu gewinnen!

Noch vierzehn Minuten.

Ich brauche jetzt einen ganz ordinären Jägermeister. Fuck! Wo ist hier die verdammte Minibar?

Es klopft. Sascha, die junge Kosmetikerin. Maskenbildnerin wäre zu viel der Ehre. Man kennt sich von früheren Auftritten im Regional-TV, mehr nicht.

Schnelles, flüchtiges Abtupfen und Pudern. *Noch 94 Std 4 Min 57,890 Sek.*

»Danke.«

»Gern. Alles Gute.«

»Noch vier Minuten, Hannes!«

Hannes hört es nicht, sieht nur die vier Finger, die Wengler ihm entgegenstreckt. Er nimmt den Kopfhörer ab, sucht Blickkontakt.

»Und?«

»Läuft.« Wengler bleckt die gebleichten Zähne. »Mehr brauchst du gar nicht zu wissen. Los jetzt, raus aus dem Käfig!«

Stürmischer Begrüßungsapplaus. Der Saal ist bis auf den letzten Platz gefüllt. Hinten rechts die jungen Alternativen, registriert Sylvia sofort. »Förster, Förster«-Sprechchöre während der Begrüßung, von ein paar entrüsteten Pfiffen nur schwächlich gekontert. Die Moderatoren, Doppelspitze der beiden lokalen Chefredakteure, gehen für Sylvias Geschmack viel zu spät dazwischen.

Um sich dann in einer langatmigen Einleitung zu ergehen; Wert und Wichtigkeit demokratischer Wahlen, gerade hier und heute, im heiß umkämpften Top-Ten-Wahlkreis, blablabla …

Sie blättert ihre Tischvorlage auf, Hannes hat seine noch nicht angerührt.

Ihr Blick fällt auf die erste Seite. Sie erstarrt. Traut ihren Augen nicht. Liest es, wieder und wieder.

Auf weißem Papier fette schwarze Blockbuchstaben:

NA, DU ALTE FOTZENLECKERIN?

Die Zunge hängt zu weit links. Wie ausgeleiert. Charly dreht den alten Stones-Pin an seiner Jeansjacke ein Stück nach rechts.

»Warum streckt da einer die Zunge raus, Opa? Ich krieg immer geschimpft!«

Lächelnd streicht er Chiara über den Kopf. »Weiß ich. Das kenn ich selber noch. Als Kind macht man das viel zu oft. Und meistens im falschen Moment. Aber wenn man groß ist, denkt man nicht mehr dran. Oder traut sich so was gar nicht mehr. Deswegen braucht man dann so einen Pin.«

Chiara bohrt in ihrem Näschen. »Find ich blöd!«

Valerie kommt aus der Küche und reicht ihm ein perfekt eingeschenktes Kristallweizen. »Voilà – mit Zitrone und Reiskörnern!«

»Wow. Wo hast du das bloß gelernt …«

Sie schaltet das Fernsehen ein. »So, jetzt ist Ruhe! Chiara, du kannst noch ein paar Minuten mit auf dem Sofa bleiben. Aber nur, wenn du still bist.«

»Der Opa soll mir aber vorlesen!«

Valerie verdreht die Augen. »Wie oft denn noch – erst wenn du im Bett liegst! Und jetzt gib Ruhe. Da, schau, die Frau war früher meine Lehrerin!«

»Stimmt gar nicht! Die kenn ich, das ist die beste Freundin von der Nicky!«

Hannes lächelt in die Kamera, die blauen Augen funkeln.

»Niemand hat etwas gegen Flüchtlinge, gegen die Menschen selbst! Aber lassen Sie uns doch mal ganz ehrlich sein: Wie wollen wir Menschen aus so fremden Ländern und Kulturen hier wirklich in-te-grie-ren? Wie wollen, mit Verlaub, ausgerechnet Sie die hier integrieren, diese Männer mit dem gänzlich anderen Frauen- und Familienbild? Wie soll mit einer neuen Flüchtlingsunterkunft ausgerechnet hier, neben unserem Kindergarten, Integration gelingen?«

Gejohle unter den Anhängern, Unruhe im übrigen Publikum.

»Hört mir doch auf!« Verärgert stürzt Charly den letzten Schluck Kristallweizen in sich hinein. »Integration ja, aber bloß nicht in meiner Straße, bloß nicht in meinem Verein!« Er winkt ab und steht auf. »Komm, Chiara. Zeit für ein richtiges Märchen. Für ein schönes Märchen.«

»Gut Nacht, Mami!« Chiara stürmt voraus ins Kinderzimmer, klettert auf ihr Bett und hopst dreimal auf der Matratze, bevor sie sich quietschend vor Freude in ihre Decke kuschelt. »Da musst du weiterlesen.« Sie zieht an dem großen bunten Lesezeichen in ihrem Märchenbuch. »Ganz oben geht's weiter.«

»Ganz oben?«

Charly hört, wie Valerie vor dem Fernseher laut schimpft. Er spitzt die Ohren. Vergeblich.

»Ja, wo der böse Zauberer sich rechnen will.«

»Rechnen?« Fragend überfliegt er den Seitenanfang. »Ach, du meinst rächen! Er will sich rächen.«

»Was ist rächen, Opa?«

»Was ist rächen, Chiara … Also, wenn mich jemand ganz sehr geärgert hat und ich will ihn dafür auch ärgern, will ihm dafür auch wehtun …«

Oder wenn er DIR wehtun würde, um mich zu treffen! Er würde es nicht überleben … nein, ICH würde es nicht überleben …

Chiara merkt nichts. Sie plappert munter weiter. »Weißt du, wen ich ganz sehr lieb hab?«

»Mama. Und Papa.«

»Und dich und Nicky!«

»Mich und Nicky?«

»Ja, die Nicky ist so lieb! Und so lustig! Und so schön!« Sie strampelt vor Vergnügen.

»Hast du Nicky schon mal von mir erzählt?«, fragt er vorsichtig.

»Ja, sie fragt doch auch nach dir!«

Interessiert legt er das Buch zur Seite. »Was genau fragt sie da?«

»Ob du eine Freundin hast. Und sie sagt, dass du ein ganz junger Opa bist.«

»Oh, tatsächlich? Na, so was.« Er gibt sich gelassen, doch seine Gedanken rasen. Angestrengt versucht er, sich wieder auf den Text zu konzentrieren. »Also … Da sprach der böse Zauberer, ich werde mich am König und an der Prinzessin rächen …«

Zwei Seiten weiter ist sie endlich eingeschlafen. Er zupft ihr die Bettdecke zurecht, knipst das Licht aus und schleicht sich leise zurück ins Wohnzimmer.

Valerie steht kopfschüttelnd vor dem TV-Gerät, die Fernbedienung schussbereit in der Hand.

Die Halle johlt, wieder »Förster«-Sprechchöre aus der rechten Ecke und: »Berlin, Berlin, Hans Förster nach Berlin!« Schwarz-rot-goldene Fähnchen werden geschwenkt und ein großes Transparent entrollt. *»Make Coburg great again!«* Auf der anderen Seite einige Regenbogenfahnen und etliche »SYLVIA!«-Schilder.

»Was ist denn hier los?«, fragt er verblüfft.

»Erschreckend. Förster war wie ein Stück Seife, schleimig, glitschig. Sie hat ihn einfach nicht zu fassen gekriegt. Sie war auch irgendwie blass und schlecht vorbereitet, die Frau Oberstudienrätin.«

»Berlin, Berlin, Hans Förster nach Berlin!« Verschwitzt, mit hochrotem Kopf dirigiert Rico die Jubelgesänge des harten Kerns: Zwei Dutzend Junge, vom Glatzkopf bis zum gescheitelten Sakkoträger, warten auf ihren Helden. Hannes Förster muss sich mühsam einen Weg durch die Fans bahnen, jeder will ein Selfie mit ihm.

Bis Björn Wengler schließlich eingreift. Mit sanfter Gewalt zieht er Hannes weg und bugsiert ihn rasch in die kleine Garderobe, wo an der Wand ein Bildschirm flimmert. Stumm geschaltet, doch mit rot-weißem Newsticker:

»TV Oberfranken – Telefonische Blitzumfrage im Wahlkreis Coburg-Kronach + Wer hat sie mehr überzeugt, Sylvia Freyberger oder Hannes Förster? + 59% Förster, 41% Freyberger …«

Brust an Brust stehen sich Wengler und Hannes gegenüber, halten sekundenlang fassungslos inne, bevor sie, fast gleichzeitig, ihren Triumph herausbrüllen.

Mit eingefrorenem Lächeln wehrt Sylvia alles ab. Scheinheilige Schulterklopfer ebenso wie die sensationslüsternen Spontan-Interviewer. Mit versteinerter Miene rauscht sie durch den Gang, an allen vorbei. Nichts wie raus aus diesem mörderischen, krank machenden Zirkus!

Endlich, die Stahltür fällt hinter ihr ins Schloss.

Frische Luft, am dunkelblauen Abendhimmel ein behäbiger Zweidrittelmond. Erste Sternchen. Doch die Erleichterung währt nur wenige Atemzüge.

Ihr Blick fällt auf das eingedellte Heck ihres VW Golf.

»Scheiße«, zischt sie. Wut und Frust brechen sich freie Bahn. *Die haben es geschafft, diese kleinen Stinker haben mich, die amtierende MdB, aus dem Konzept gebracht … Ich hab ihnen vieles zugetraut, aber nicht das!*

Einer spielt falsch, irgendeiner. Der wusste, wann ich losfahre. Wo ich immer parke. Und wie er mir was unterjubeln kann.

Mechanisch, ganz nebenbei, checkt sie ihr Handy. Keine neuen Nachrichten. Kein gutes Zeichen.

Alle spielen falsch. Alle von denen. Wollen sich mit mir anlegen, wollen mich persönlich anpinkeln … Sie spürt, wie sich etwas in ihr regt, etwas, das sie seit Schulzeiten nicht mehr so stark und intensiv gespürt hat.

Zorn.

Langsam und unaufhaltsam steigt er in ihr empor, wachsender, heiliger Zorn.

Nein, so lasse ich mich nicht abservieren.

Das werdet ihr büßen!

»Ahhh, jaah!« Wollüstig stöhnt sie auf, als er sie im Dunkeln findet und sich gierig in sie hineinschiebt, ihr ins Ohrläppchen beißt, sich an ihr festkrallt. Sie versucht, seinen Rhythmus zu erwidern, doch er ist schneller, härter, ungestümer.

»Hey, nicht so hart …!«

Tag 8

TV-Duell: Sensation! Die Wende? +++ Blitzumfrage: 59:41 Förster! +++ Freyberger zu blass +++ Polizei: »Keine Panik wegen Lepky!«

Erstaunt überfliegt er die Schlagzeilen auf dem Titel. Ein ungläubiges Lächeln stiehlt sich in sein bärtiges Gesicht. Er rutscht die Gitarre auf seinem Rücken zurecht, tritt sogar einen Schritt zur Seite, um eine Mutter mit zwei Kleinkindern vorbeizulassen.

Ein Stück Freiheit. Ein Stück zusätzlicher Bewegungsspielraum heute …

»Ja, Nicky kommt gleich! Gib Emily ihre Sandale wieder, Paul! Barfüßig geht's nicht in den Garten. Fertig? So, jetzt aber …« Steffi Mahler, Nickys Kollegin, schließt die Tür auf. Johlend stürmen die Kinder in den sonnigen Garten hinaus.

»Nein, ich will auf die Schaukel! Das ist gemein, du warst gestern schon dauernd! Auuu!«

»Komm, wir gehen zum neuen Schuppen da hinten!«

»Au ja! Los, wir machen ein Wettrennen!« Schon jagen die drei quer über die Wiese. Keuchend erreichen sie den Geräteschuppen. »Erster!«

»Nein, du hast beschummelt!«

»Selber beschummelt!«

»Warum dürfen wir da nicht rein?«, fragt Emily. »Ich will auch da drin spielen!«

Paul rüttelt an der Türklinke und fällt fast hinein. »Ey, da ist ja offen! Komm, wir können rein!«

Jauchzend drängen sich Emily und Timon hinter ihm mit in das Halbdunkel hinein. »Ihh, das riecht ja komisch hier!«

»Nee, das stinkt! Das stinkt so richtig schlimm!«

»Und die vielen ekligen Fliegen!«

»Iihh!«

Paul sieht es als Erster.

Neben dem Sofa.

Wie angewurzelt bleibt er stehen. Mit zitterndem Finger zeigt er auf den entsetzlichen, grässlichen Anblick in der alten Zinkwanne.

»Is … is … is das da für Halloween …?«

Ein Gießfahrzeug des Grünflächenamts tuckert langsam die Straße entlang und hält an. Wie jeden Morgen ein künstlicher Regenschauer für die Blumenbeete am Rand.

Nur ein Tropfen auf den heißen Stein, denkt Charly vor der roten Ampel. Jahrhundertsommer? Jahrhundertdürre. Scheißklimawandel.

Vielleicht sollte ich doch öfter das MTB herausholen. Aber ist es nicht eh zu spät …? Für mich vielleicht noch nicht. Aber für Chiara …

Das Gießwasser spritzt auf die Plakatwand. Sylvia Freyberger hat plötzlich frische Schweißtropfen auf der Stirn, passend zu ihren Umfragewerten. Langsam verwandeln sie sich in viele kleine Tränen, die am Plakat herablaufen.

Ungeduldiges Hupen hinter ihm. Die Ampel ist grün.

Charly gibt Gas. Ein doppelter Espresso im Feiler geht noch.

»Satisfaction«. Was kann kurz nach acht so wichtig sein? Anruf Zentrale. Verdrossen biegt er in die nächste Nebenstraße ab und schaltet Warnblinklicht ein.

»Ja, was gibt's?«

Vor dem Kindergarten herrscht bereits das blanke Chaos. Die Straße ist völlig verstopft. Zwei Streifenwagen, ein Notarzt, dazwischen ein SUV mit ärgerlich gestikulierender Mutter am Steuer.

Am Eingang versuchen zwei junge uniformierte Kollegen

einer radebrechenden Mutter und ihrem verängstigten Kind klarzumachen, dass der Kindergarten geschlossen ist.

»Aberr sind ville Kinderr drin! Hör sie schreien! Da drin!«

Charly murmelt einen Gruß und schiebt sich vorbei.

»Da! Wieso darf der Mann da rein und wir nicht?«

Steffen Siller wankt heraus, sein glatt rasiertes Gesicht ist aschfahl. »Muss dringend Verstärkung rufen, Charly. Kinderpsychologen oder so was, Fachpersonal. Die meisten Eltern können erst mittags oder abends abholen.« Er atmet schwer. »Schau dir das an …« Er stößt die Tür zum Gruppenraum auf.

Gut zwanzig Kinder, überschlägt Charly schnell. Viele weinen, ein paar kleinere schreien unablässig nach ihrer Mama, drei Kinder auf Notfalldecken, in Schocklage vor der Wand, betreut von zwei Sanis. Tür zum Garten trotz des schwülwarmen Miefs geschlossen, stocksteif steht Nickys Kollegin davor; eine Hand umklammert die Klinke, die andere presst das Handy an die Wange, sie spricht, ununterbrochen, scheinbar ganz normal, obwohl ihr Tränen über die Wangen laufen und zwei weinende Mädchen an ihr hängen.

Endlich entdeckt er Chiara. Ganz allein, auf einem Stühlchen in der Ecke. Eine Puppe gegen die Brust gepresst, starrt sie stumm vor sich hin.

»Chiara!«

Sie reagiert nicht.

»Valerie ist schon verständigt«, sagt Siller mit rauer Stimme. »Muss gleich hier sein. Komm mit.« Er schließt die Tür des Gruppenraums wieder und geht voraus, wieder ins Freie. Sie gehen um das Haus herum. Drin schreien und weinen immer noch Kinder.

Hier, nur ein paar Schritte weiter, hängen still und verlassen die bunten Schaukeln. Ein verwaistes Klettergerüst. Eine abgewetzte, verblichene Rutsche.

Trockener, oberflächlich zerwühlter Sand. Der aussieht wie Asche.

In der lähmenden Mittagshitze regt sich kein Lüftchen.

Alles ist erloschen. Abgestorben. Tot.

Siller scheint es nicht zu bemerken. Achtlos strebt er voraus, zu einem kleinen Haus, einer Art Geräteschuppen am anderen Ende des Gartens.

Weiß gewandete Spurensicherer stehen, hocken und kriechen herum.

Charly spürt die Faust im Magen, die altbekannte eiserne Faust: Sekunden noch bis zu einer Leiche, Sekunden bis zur Konfrontation mit brutalem, grausamem Tod.

Er bleibt kurz stehen. Atmet tief durch.

Sieht in das mitleidlos stählerne Blau des Himmels. So unendlich weit. So unendlich hoch.

Und sieht dann den verwitterten kleinen Cinderella-Ball im ausgedörrten welken Gras, direkt vor seinen Füßen. Zum Greifen nah.

»Kommst du?«

Der Gestank, der ihm entgegenschlägt, ist übel, aber bei den Temperaturen nicht anders zu erwarten. Doch erst der Anblick verschlägt Charly vollends den Atem.

Eine alte Gartenbadewanne aus Zinkblech.

Gerade lang genug für den merkwürdig verdrehten Frauenkörper. Nackt und blutverschmiert liegt sie darin, halb auf dem Rücken, halb auf der Seite. Ein wahres Festmahl für die Heerscharen grüngoldener Schmeißfliegen, die auf ihr herumkrabbeln.

Lucilia sericata, schießt es ihm durch den Kopf. Nur Fakten zählen heute, bloß keine Gefühle zulassen.

Konzentrier dich. Fokussier dich. Alles Persönliche draußen lassen, alles! Gerade jetzt, gerade hier.

Sein Blick wandert langsam nach oben. Um ihren Hals ist ein schwarzer BH geknotet, direkt darunter verläuft ein blutiger Schnitt quer durch ihre Kehle.

Lepky.

Ihr Gesicht ist noch verdeckt von ihren langen Haaren. Doch Charly weiß, was ihn darunter erwartet.

Erloschene Augen, verwelkte Sommersprossen.

Ein Mund, der nie mehr für ihn lächeln wird.

Nicky.

Eine Hand legt sich sanft auf seine Schulter. Verstohlen wischt er über seine Augen, bevor er sich langsam umdreht.

»Barbara?«

Die Münchner Profilerin antwortet nicht. Ihre Augen wandern erst über Nicky und dann quer durch den ganzen Raum. Drei Spurensicherer sind es jetzt, einer fotografiert, zwei knien auf dem Boden.

»Zu viel los hier«, sagt sie leise.

Charly nickt. »Was hältst du vom 3D-Scanner?«

Sie grinst. »Wollt ich dich auch grad fragen. Soll ich kurz im LKA anrufen? Ich kenn da jemanden, der ist mir noch was schuldig.«

»Höchste Dringlichkeit.«

Siller ruft ihm etwas quer durch den Garten zu. Charly legt die Hand ans Ohr.

»Was?«

»Stein kommt!«

Ein hagerer Mittfünfziger, grauer Anzug, Brille, kommt um die Ecke.

»Bin schon da, meine Herren.« Dr. Axel Stein, der Oberstaatsanwalt. Du hast uns grade noch gefehlt, denkt Charly.

»Tach, Herr Stein.« Er schiebt die Hände in die Hosentaschen.

Stein lässt sich nichts anmerken. Mit verkniffenen Lippen schreitet er an ihm vorbei zur Tür des Schuppens. Steckt kurz den Kopf zur Tür hinein, um sich schnell wieder abzuwenden.

»Entsetzlich. Wie lange soll sie noch hier liegen bleiben?«

Charly schaut auf die Uhr. »Ich habe das LKA mit dem 3D-Tatort-Scanner angefordert. Der Heli ist vor wenigen Minuten in München gestartet. Landet in einer Stunde auf dem Sportplatz.«

Stein zieht die dünnen Brauen hoch.

»Der Täter dürfte doch wohl feststehen. Wozu also dieser Aufwand, Herr Kommissar? Bitte keine billigen Showeffekte jetzt! Die öffentliche Hysterie ist groß genug. Ausgerechnet die Frau an der Seite der MdB, drei Tage vor der Wahl. Da kocht doch dieses unappetitliche LGBT-Thema erst recht noch mal hoch!«

Charly ballt die Faust in der Tasche. »An tagespolitischen Spekulationen beteilige ich mich nicht, Herr Oberstaatsanwalt. Aber ich bin mir sehr sicher, dass gerade Frau Freyberger allergrößtes Interesse hat an einer schnellen, professionellen Klärung dieses Falles!«

Das stumm geschaltete Telefon blinkt. Pausenlos, seit über einer Stunde. Sylvia liegt auf dem Bett und sieht es, in Armlänge, doch wie durch viele tausend Wattewolken, schier endlos weit entfernt.

Tavor 1,0 mg hat ihr der Doc diskret in die Hand gedrückt. Ein weißes Schächtelchen mit zwei blauen Dreiecken drauf.

Ausgerechnet Tavor. Die Droge des Erzlügners Uwe Barschel. Über den sie sich immer noch so leidenschaftlich ereifern konnte … *sie*, Nicky …

Nickynickynicky!

Leise stöhnend wühlt sie sich tief ins Kissen, will nur noch Nicky riechen, spüren, festhalten und sie *nienienienienie* mehr loslassen …

Ein trockenes Schluchzen bricht hervor, ganz kurz nur drängt es aus ihr heraus; dann stürzt sie sofort wieder hinab, unendlich tief hinab in jene seltsam sanfte, schwerelose Benommenheit, die alles andere so gnädig ausblendet und vergessen macht …

»Lallinger, LKA. Griaß Eahna.« Unangemessen verschmitztes Dauergrinsen, dazu ein Händedruck wie Arnold Schwarzenegger. Der große Blondschopf ist Charly auf Anhieb unsympathisch. Seine augenzwinkernd-vertrauliche Begrüßung Barbaras erledigt den Rest: Während die zwei Oberbayern nichts Besseres zu tun haben, als angeregt miteinander zu plaudern, versucht Charly, sich wieder auf die harten Fakten zu konzentrieren.

Lallingers Kollegen, der dicke Kinzl und die kleine ältliche Dürrschmidt, beziehen sofort im Schuppen Stellung. Sorgfältig, mit geübten Griffen, packen sie den schwarzen Gerätekoffer Zoller + Fröhlich imager 5010 aus. In der Mitte des Raums stellen sie ein Stativ auf.

Dürrschmidt ekelt sich regelrecht vor den fetten Fliegen, pausenlos fuchtelt sie herum, bis es selbst ihrem behäbig vor sich hin schwitzenden und werkelnden Kollegen zu dumm wird. »Etz gib hoid a Ruah, Pia. Is do ned des erste Moi!«

Pia Dürrschmidt faucht erst etwas Unverständliches zurück, bevor sie sich an Charly wendet. »Also, wegen uns hättens die Tote ned liegen lassen miassn. Mia kennan auch Fotos der Leiche in ein 3D-Modell umwandeln und in den Tatort-Scan einbetten!«

Gut, dass Stein das nicht hören kann.

»Ich … äh, gehe davon aus«, improvisiert er, »dass … äh … die … Fehlertoleranzen dann entsprechend höher sind.«

Dürrschmidt zieht die Augenbrauen hoch. »Aber ned vui!«

Zu zweit heben die beiden LKA-Leute einen weißen Apparat aus dem Koffer und schrauben ihn behutsam auf das schwarze Dreibein-Stativ.

»Des is der eigentliche Scanner«, erklärt Kinzl, »der dreht sich um die eigene Achse. Hier der Spiegel. Rotiert mit und lenkt den Laserstrahl.«

»Rundherum?«

»Volle dreihundertsechzig Grad.«

Pia Dürrschmidt, die die Fliegen endlich in die Flucht geschlagen hat, will nicht hinter dem Kollegen zurückstehen. »Stellns Eahna vor, auf jeder Runde erfasst dieser Scanner dreißig Millionen einzelne Messpunkte!«

»Wahnsinn. Wie stellt er die dar?«

»So wiara Woikn. Wie so eine Wolke, eine Punktewolke. Damit lässt sich dann der ganze Raum in 3D abbilden.«

Charly bleibt skeptisch. »Aber dazu muss der Scanner doch sicher mal die Position wechseln.«

Sein Blick schweift durch den Raum, an der Zinkwanne bricht er ab.

»Klar, damit er in jede Ecke mal schauen kann.«

»Hier ist übrigens eine Digitalkamera integriert.« Die graue Maus Pia Dürrschmidt hat exotisch spitz zugefeilte Fingernägel, bemerkt Charly erstaunt. »Dreihundertsechzig-Grad-Panorama. Die Fotos werden dann digital zusammengeführt mit dera Woikn vom Scanner. Sie sorgen für die richtigen Farben.«

»Und dann erst haben wir das 3D-Modell des Tatorts fertig.« Kinzls Gesicht ist merklich gerötet, die Raumtemperatur und der Gestank sind mittlerweile unerträglich. »Dann können S' jeden Gegenstand am Bildschirm aus jedem Blickwinkel anschauen.«

»Was machen wir mit den Blutspuren?« Charly betrachtet die dunklen Flecken auf dem alten Sofa.

»Alles gespeichert, alles abrufbar, auf den Millimeter genau. Die Software errechnet daraus Aufprallwinkel und -geschwindigkeit der Blutspuren.«

Charly nickt anerkennend. »Das hilft uns natürlich bei der Rekonstruktion des Tathergangs. Was machen Sie jetzt da an der Leiche?«

Pia Dürrschmidt hat sich Handschuhe übergestreift und ein kleines MDE-ähnliches Gerät aus dem Koffer genommen. Langsam fährt sie, mit einer Handbreit Abstand, über Nickys geschundenen Körper.

»Des is der 3D-Streifenlicht-Scanner«, sagt sie ungewohnt leise. »Für die Nahaufnahmen. Von den Verletzungen, Sie wissen scho.«

Nicky.

Deine lebendigen, lebenslustigen Sommersprossen. Erstarren endgültig. Zu Pixeln. Erfrieren, zu einer digitalen Punktewolke.

»Muss mal kurz eine rauchen«, hört er sich mit belegter Stimme sagen.

»Ist nicht dein Ernst, Jana!« Hannes stöhnt auf und presst ärgerlich das Handy ans Ohr. »Auch das noch! Zwölf Kinder im Wartezimmer und acht noch vor euch dran, das geht doch nicht, da musst du doch … Jaja, ist ja gut! Ich warte ja. Ja. Ja. Ciao.« Er legt auf und fährt sich über das blasse, unrasierte Gesicht. »Gib mir 'ne Kippe, Schwanz.«

Widerwillig schiebt Wengler die Marlboro über den Tisch. »Schon die dritte heute. Gewöhn dir das bloß nicht an, jetzt auf der Zielgeraden. Sieht auf Fotos immer negativ aus. Gestresst und fremdgesteuert.«

»Lass mich einfach mal mit dem ganzen Scheiß in Ruhe, ja?«, blafft Hannes ihn an.

Er inhaliert bis zum Anschlag und lässt sich dann immer tiefer in seinen Sessel rutschen.

»Sieben Jahre«, sagt er schließlich, mehr zu sich selbst. »Sieben Jahre kennen wir uns schon. Mann, was hab ich mit ihr immer wieder gelacht, diskutiert und gestritten. Erbittert gestritten. Sie konnte so hitzig sein … und so von sich selbst überzeugt. Aber irgendwie … war sie trotzdem … was ganz Besonderes …« Seine Stimme bricht.

»A geh!« Wengler steckt sich ungerührt einen Glimmstengel zwischen die Lippen. »Eine linke Kampflesbe war sie. Was ihr aber nicht geschadet hat. Frau, attraktiv, politisch bestens vernetzt; das ist doch in unserer Gesellschaft heute ein Selbstläufer.« Er muss lachen. »Vorbei die Zeiten, in denen nur inkompetente Männer Karriere machen konnten!«

»Ach, leck mich!« Hannes wischt sich wieder über die Augen. »Was spielt das jetzt für eine Rolle? Sie ist tot … Begreifst du das?«, schreit er unvermittelt los. »Tot! Er-mor-det! Von dieser hunds-ver-fluch-ten Dreck-sau!«

Wengler schweigt. Mit verschränkten Armen blickt er aus dem Fenster auf den ungepflegten gelben Rasen.

»Ja, es ist grausam«, sagt er leise. »Ganz klar. Aber gleichzeitig eine historische Chance. Für dich. Für das erste Direktmandat hier im Westen.«

»Wieso?«

»Weil Sylvie-Baby jetzt entweder aufgibt. Oder dermaßen am Boden zerstört ist, dass sie nur noch als lebende Leiche wahrgenommen wird. Als Polit-Zombie.«

»Eben! Scheißmitleidseffekt, das bringt ihr die entscheidenden Prozente!«

»Darfst du gar nicht erst zulassen.« Björn Wengler schüttelt entschieden den Kopf. »Setz dich gleich an die Spitze der Mitleidsbewegten. Gib dich staatsmännisch-trauernd. Überparteilicher Schulterschluss. Empörtes Mitgefühl. Oder mitfühlende Empörung. Ganz wie du willst.« Ein triumphierendes Grinsen schleicht sich in sein hageres Gesicht. »Wir melden heute noch einen öffentlichen Trauermarsch an, was sagst du dazu? Für Samstag. Wird gleichzeitig unsere Abschlusskundgebung.«

Hannes starrt ihn mit offenem Mund an. »Du Drecksau. Du geniale Drecksau!«

Ritters Augen sind müde, seine Stimme ist belegt. »Wann kriegen wir die Analyse vom LKA?«

»Achtundvierzig Stunden. Übermorgen Abend«, sagt Charly langsam. Er klappt seinen Laptop zu und steht auf.

»Dann ziehen wir uns jetzt zu Hause zur Entspannung noch die medialen Aufgeregtheiten rein«, sagt Ritter. »Sie haben zwar die PK heute mit Moser professionell abgewickelt. Aber was unsere privaten und öffentlich-rechtlichen Besserwisser draus machen, steht erfahrungsgemäß auf einem ganz anderen Blatt.«

»Harmlos. Wenn Sie wirklich was für Ihren Adrenalinspiegel tun wollen, schauen Sie mal wieder in Facebook rein.«

Ritter winkt ab. »Besorgt alles mein Sohn für mich, der hält mich genüsslich auf dem Laufenden. Also, bis morgen, Herrmann.«

»Bis morgen, Chef.«

Draußen schlägt ihm die abgestandene Wärme eines verbrauchten Sommertags entgegen. Staub, Dreck, Abgase; die ungerührt vorbeirauschenden Autos auf der Neustadter Straße: Alles ist wie immer. Einen winzigen Moment lang scheint das Leben wieder tröstlich normal.

Nur für einen einzigen Atemzug.

Dann kehrt schlagartig die Beklemmung zurück. Die schier erdrückende, lähmende Beklemmung.

Lepky ist da.

Jetzt.

Irgendwo hier, irgendwo ganz in meiner Nähe.

Mechanisch checkt er die letzten Anrufe auf seinem Handy. Bruno, Bruno, private Nummer, Bruno.

Arschloch. Verspritz dein Gift woanders.

Auftanken heißt jetzt die Devise. Drei, vier Stunden optimal regenerieren, um morgen früh wieder Vollgas zu geben. Kurz entschlossen wählt er Bernie an.

»Ihr Gesprächspartner ist momentan leider nicht erreichbar. Bitte hinterlassen Sie eine Nachricht.«

Sinnlos. »Anruf beenden«. Vermutlich genießt er gerade die inneren Werte seiner Steuerberaterin. Sonst hätte er sich schon längst wieder gemeldet. Charly steckt das Handy weg und schließt den staubigen schwarzen Alfa Spider auf.

Dann eben Plan B.

Barbaras Brust liegt weich und füllig an seinem Rücken. Zärtlich krault ihre Hand seinen Bauch. »War a guade Idee von dir«, wispert sie. Ihr Atem kitzelt sein Ohr. »Der Balkon-Ramazzotti mit Panoramablick und Sonnenuntergang. Und dann einfach mal gemeinsam duschen.«

»So ganz zwanglos, unter alten Kollegen. *Casual sex*. Ohne

irgendwelche Hintergedanken.« Er lächelt. Je intensiver das Leben, umso weiter weg der Rest der Welt …

Aus den Tiefen des Wohnzimmers röhrt Hamilton Leithauser: *»A thousand times, a thousand times, I've had that dream a thousand times!«*

Rico greift nach dem Hefeweizen, nimmt einen gierigen, langen Zug. Seine Wangen glühen. Dann fliegen seine Finger wieder über die Tastatur.

Der *Social Bot 1 »The Beast«* läuft auf Hochtouren. Während Rico im Split-Screen-Modus auf der linken Hälfte seines Bildschirms Steuerungsbefehle eingibt, marschieren rechts die künstlich erzeugten Kommentare von unten nach oben durch.

Siggi5959 *Todesstrafe! Kein Pardon für Triebtäter! Weg mit der rot-grünen Verharmloserin!*
Kohlhaas2.0 *Jagt das rot-grün-christliche Pack zum Teufel. Brecht Lepky jeden Knochen einzeln!*
Linda_Darling *Auge um Auge, Zahn um Zahn! So steht es in der christlichen Bibel. Lepky, du Schwein.*
chris chris *Rot-Grün ist schuld. Die Altparteien zerstören unser Volk. Weg mit den Altparteien! Weg mit Lepky!*

*… **»The Beast«** / aktuelle Aktivierung 15:14 MEZ / Zwischenstand 22:59 Uhr MEZ:*
2.113 Fake-Kommentare erzeugt (je zwei Fake-Likes)
1.987 echte Likes erhalten
1.741 Fake-Antworten erzeugt auf echte Kommentare
3.009 echte Rückmeldungen erhalten auf Fake-Kommentare …

Rico grinst zufrieden, klickt auf »Ansicht schließen« und wechselt zu *Social Bot 2 »SERIÖS«*.

K.Lehmann *Der entsetzliche Mord schreit nach politischen Konsequenzen.*

Alsterwasser33 *Wer zieht die politischen Verantwortlichen zur Rechenschaft? Nur der Wähler!*
BenzLady1968 *Die Wähler müssen die Altparteien abstrafen. Schluss mit Täterschutz!*
12stefanmueller *Ein wahres Altparteiendesaster: Rot-grün-christlich-liberales Totalversagen. Wir brauchen einen starken Staat!*
zwiebeltreter71 *Für einen starken Staat! Nur mit Hannes Förster. Freyberger abwählen!*

… **»SERIÖS«** */ aktuelle Aktivierung 15:14 MEZ / Zwischenstand 23:02 Uhr MEZ:*
1.622 Kommentare erzeugt (je zwei Fake-Likes)
1.241 echte Likes erhalten
1.389 Fake-Antworten erzeugt auf echte Kommentare
1.254 echte Rückmeldungen erhalten auf erzeugte Kommentare …

Rico lehnt sich zurück und greift zum Smartphone. WhatsApp, Empfänger: Wengler Björn.
»TRUMP RULES! ☺ Der Wahlkreis brennt …!«

Tag 9

Grausamer Mord in KiGa! +++ Die Bestie schlägt wieder zu! MdB-Lebenspartnerin brutal ermordet! +++ Politiker bundesweit erschüttert. +++ Falsche Polizei-Strategie? +++ Förster: »Stehen gemeinsam zusammen«

»Das gab's seit den Nikolaus-Morden nicht mehr, Charly. Sprengt jede Dimension!« Moser hat tiefe Schatten unter den Augen. Verächtlich wehrt er den Kaffee ab, den ihm KKin Anja Berchtold stumm anbietet, und schnappt sich eine Cola Zero aus dem Kühlschrank. Es zischt, als er sie aufdreht. »Das einzige Zeug, was mich noch legal aufrecht hält.«

Er setzt die Plastikflasche an und nimmt einen tiefen Zug.

Charly dreht Radio 1 an. »*… Fortdauer des trockenen heißen Sommerwetters. Achtung, akute Waldbrandgefahr! Die Städtischen Werke empfehlen dringend, vom Rasensprengen abzusehen …*«

»ARD, ZDF und RTL stehen jetzt schon, früh um halb neun, auf meiner Rückrufliste. Das ist ein Flächenbrand, Charly, der absolute GAU für jede Pressearbeit!« Moser rauft sich die kurzen Haare. »Was können wir denen bieten, wie halten wir sie erst mal hin? Von den anderen Aasgeiern ganz zu schweigen. Lunz hat mich gestern Nacht um zehn noch privat angeklingelt!«

Charly ertappt sich beim unbewussten Kritzeln eines Nikolaushäuschens. Ärgerlich bricht er ab und streicht es durch.

»Ich will keinen im Kindergarten rumtrampeln sehen! Der Garten ist abgesperrt und bewacht, das Haus selbst bleibt geschlossen. Eine Woche, bis die Wahlen gelaufen sind. Schmeckt den Eltern nicht und übrigens auch meiner Tochter nicht. Aber darauf können wir jetzt keine Rücksicht nehmen. Ritter hat es auch mit dem OB so abgesprochen.«

»Und die Wohnung? Sylvia Freybergers Haus in Pilgramsroth?«

»Bleibt vorläufig ganz diskret unter Objektschutz.« Er holt sich das letzte Mars aus der gemeinsamen Büro-Naschdose. »Ist ja schon weich!« Angewidert legt er es in den Kühlschrank. »Lasst doch das Zeug nicht auf dem Fensterbrett stehen, das sind immer die ersten Hitzeopfer!«

»Der Alte«, zischt Anja noch.

Zu spät.

Ritter steht schon im Zimmer, die schlechte Laune tropft ihm förmlich aus den Poren.

»Hitzeopfer? Vielleicht sollten Sie sich mehr um die richtigen Opfer kümmern, Herrmann. Wir sind Kriminalpolizei und keine Lebensmittelüberwacher!« Er wirft einen Stapel Papier auf den Schreibtisch. »Hier, das sind Telefonnotizen und die E-Mails meines persönlichen Accounts. Nur die letzten vier Stunden, wohlgemerkt!«

Charly öffnet den Mund, will etwas erwidern, doch Ritter donnert wie ein Düsenjet darüber hinweg.

»Und wissen Sie, was mich dabei am meisten stört? Diese unterschwellige Häme! Bei unseren, pardon, Scheißhausfliegen, oder wie Sie das intern auch immer nennen«, ein kurzer Blick zu Moser, »da kennen wir das zur Genüge! Aber dass ich mich vom Polizeipräsidenten fragen lassen muss, ob unsere Linie zuletzt nicht doch etwas lasch und leichtsinnig dahergekommen ist! Lasch und leichtsinnig!«

Wütend klopft er auf den Tisch, dass die Stifte in der Dose klappern.

Erregt springt Charly auf, doch Ritter ist noch nicht fertig. »Und mein Münchner Freund Gerd steckt mir brühwarm, dass der Ministerpräsident im Kabinett heute getobt haben muss! Vier Tage vor der Wahl, ausgerechnet in Bayern schlägt dieses Monster zu! O-Ton: ›Ausgerechnet dort, wo man seit zehn Jahren Bescheid wusste‹!«

»Jetzt is aber gut, Chef!« Wie zwei Krieger stehen sie sich gegenüber und fixieren sich. Charly lässt sich von den zehn Zentimetern Größenunterschied nicht beeindrucken. »Dass der Staatssekretär gern zündelt und Öl ins Feuer tröpfelt, ist leider nichts Neues. Aber uns vorzuwerfen, wir hätten diesen Mord verhindern können, das ist eine neue Qualität! Das ist unter der Gürtellinie, das ist unterste Schublade!«

Ritter hält seinem wütenden Blick stand. »Den Mord an Frau Langguth konnten wir nicht verhindern«, sagt er ruhig. »Da haben Sie völlig recht. Aber wir hätten ein großes Problem weniger an der Backe«, sein Zeigefinger tippt gegen Charlys Brust, »wenn Sie nicht noch tags zuvor öffentlich den großen Weichspüler gegeben hätten! Im Rückblick eine völlig unbegründete Verharmlosung, die man uns jetzt als fatale polizeiliche Fehleinschätzung vorwirft!«

Abrupt wendet er sich zum Gehen, dreht sich unter der Tür noch einmal kurz um. »Förster hat übrigens vor wenigen Minuten im Ordnungsamt einen Trauermarsch für Nicole Langguth angemeldet. Samstagabend, zwanzig Uhr. Zweitausend Teilnehmer. Mindestens. Große Lage um elf dreißig.«

»Dringende E-Mail von Bruno! Privat, an alle aktiven und pensionierten Kollegen! Das müsst ihr euch reinziehen!« So schnell wie Moser den Kopf hereingestreckt hat, ist er schon wieder draußen.

Charly legt das elektronische Spusi-Protokoll auf den Rand und klickt sich durch die Posteingänge.

Von: bruno_foerster47@eweb.de
An: Alle (Polizei)
Priorität: Hoch
Betreff: AKTUELL

Liebe Kollegen,

ungern nur »störe« ich euch bei eurer bekanntermaßen ebenso belastenden wie auch verdienstvollen Arbeit für mehr Sicherheit und Ordnung in dieser unserer Gesellschaft! Doch Wut (und Scham!) angesichts des

entsetzlichen, überaus tragischen Mordfalles N. Langguth lassen mir leider keine andere Wahl!
Ist es nicht eine grausame, ja perverse Ironie des Schicksals? Ausgerechnet die großen Verharmloser, die ach so toleranten Wuschis in Gesellschaft, Politik (und auch in unserer Polizei!) fallen diesem kranken Serientäter (wenn auch auf unterschiedliche Weise) vor unserer Haustür zum Opfer. Die bedauernswerte, wenn auch politisch leider selbst verblendete N. Langguth wird grausam ermordet, weil unser Staat unter den rot-grün-christlich-liberalen Altparteien (immer ganz vorn dabei: ausgerechnet die Freyberger'schen Gesinnungsgenossen!) jahrzehntelang immer mehr degeneriert ist. Jeder aufrechte Polizeibeamte weiß, wovon ich spreche! Täterschutz statt Opferschutz! Permanentes Deregulieren und Kaputtsparen von Sicherheit und Ordnung! Die Altparteien haben gerade auch in diesem Bereich lange genug die Axt an die Wurzeln unseres deutschen Volkes gelegt! Opfer Nr. 2, womit ich wieder den Bogen schlage zur perversen Ironie des Schicksals, ist zwangsläufig die genannte S. Freyberger (Hand aufs Herz, liebe Kollegen: Fällt sie nicht in gewisser Weise ihrer eigenen Politik zum Opfer?). Opfer Nr. 3 (ff.): Leider in unseren eigenen Reihen! Doch wer die Lage verharmlost und schönredet, macht sich mitschuldig und darf sich über berechtigte Kritik hinterher nicht wundern!
Liebe Kollegen, ich will eure kostbare Zeit nicht überstrapazieren! Mein Appell an euch: Bleibt standhaft, bleibt aufrecht, trefft gute und mutige Entscheidungen – ganz besonders am Sonntag in der Wahlkabine! Ihr wisst, was (UND WEN!) ich meine! Ich kenne Hannes wie kein Zweiter, und ich kann euch versichern, dass er mit heißem Herz und kühlem Kopf für unsere Belange streiten wird! Ich bitte euch deshalb ganz herzlich um euer Vertrauen und eure Stimme am Sonntag für HANNES FÖRSTER!

Euer Kollege Bruno Förster (KHK a. D.)

Charly sieht rot. Er wählt die Nummer und brüllt los, bevor Bruno »Förster« sagen kann.

»Halt's Maul und hör einfach nur zu! Bis jetzt waren deine

politischen Eskapaden bestenfalls peinlich, Bruno. Aber wie du, als alter Kollege, jetzt aus persönlichem Leid politisches Kapital zu schlagen versuchst, wie du einen ungeklärten Fall ausschlachten und dabei ausgerechnet über mich herziehen willst, das ist eine bodenlose Arschlöcherei von dir!«

Er hält inne und holt Luft. Erst jetzt merkt er, wie erschrocken Anja und Steffen zu ihm herüberschauen.

Bruno keilt, nach kurzem Raucherhuster, sofort zurück. »Deine Privatmeinung interessiert mich überhaupt nicht! Hat sie noch nie und wird sie auch nie! Jetzt geht's um Aufklärung der Kollegen! Und um Weichenstellung, für unser ganzes Land! Und merk dir eins: Ich werde alles dafür tun, damit dieses Land hier endlich von richtigen Politikern regiert wird. Nicht von Hosenscheißern! Und erst recht nicht von Hosenscheißerinnen!«

Charly lacht, kurz und sarkastisch. »Ausgerechnet ein jahrzehntelanger Arschkriecher wie du wünscht sich das? Ich sag dir nur eins, Bruno: Pass auf, dass du nicht noch an deinem eigenen Gift erstickst!«

Er knallt den Hörer auf.

Bewusst ignoriert er das Getuschel der Kollegen. Mit der kleinen Volvic-Flasche in der Hand geht er ans offene Fenster.

Drückende Schwüle draußen, dazu die ewig gleiche Geräuschkulisse permanenter Brems- und Beschleunigungsmanöver am Thüringer Kreuz.

Aus dem AQUARIA-Freibad in der Rosenauer Straße leuchten ein paar winzige Farbtupfer herüber. Badetücher auf der großen Liegewiese. Er sieht die Rückseite einer großen Plakatwand. Er kennt die Vorderseite.

Unsere Familien stärken! Unsere Heimat schützen! Hannes Förster.

Und er kennt die großen Aufkleber in Leuchtorange, die seit wenigen Stunden auch diese Plakatwand zieren:

Jetzt FÖRSTER! Wer sonst?

Der kleine Dicke am Steuer des Lieferwagens lacht. Lacht und plappert ohne Punkt und Komma.

»… haha, und da denk ich mir, kann das sein, ein Tramper? Das gibt's doch nur noch alle Jubeljahre, dass einer oder eine, ja, eine Sie wär natürlich noch besser, eine im kurzen Röckchen wär mir schon lieber als du mit deiner Sperrholzgitarre, hohoho«, wieder donnert eine Lachsalve durch das versiffte Führerhaus, »also dass einer oder eine am Straßenrand den Daumen hebt, das ist ja schon seit Jahren quasi ausgestorben! Oh Mann, was sind wir früher getrampt! Damals, '79, bis Barcelona, wir wollten eigentlich nach Portugal, aber der Urlaub war zu kurz oder das Geld schon alle oder beides, was weiß ich, hehehe …«

Lepky schließt die Augen. *Hätte ich bloß das Geld für den Fernbus gehabt. Oder den Zug genommen, noch besser. Kann leichter aussteigen oder den Platz wechseln. Unauffällig die Weiber beobachten. Wenn sie sich immer so unbeobachtet fühlen …*

Ein fröhlicher Rippenstoß schreckt ihn auf.

»He, hier wird nicht gedöst! Kostet Aufpreis, hehehe! Wo kommst du eigentlich her, Kumpel?«

»Gütersloh«, sagt er nach einer winzigen Schrecksekunde und greift sich an den speckigen Lederhut. »Der letzte Cowboy kommt aus Gütersloh.«

»Und sucht die Frei-heit ir-gend-woo, ir-gend-wooo! Haha, super, hoffentlich findest du sie auch, Kumpel! Was ich bei meinen Haushaltsauflösungen und Umzügen manchmal so erlebe, wie verpfuscht so manches Leben ist. Und wie schnell alles gehen kann, schau dir bloß die hübsche Kindergärtnerin an, hoffentlich schnappen sie den Perversen endlich. Dem würde ich ja eigenhändig die Eier abreißen. So, jetzt muss ich aber kurz mal aufpassen da vorn, an der großen Ampel, warte mal …«

»Das ist genau richtig, Chef.« Lepky schnappt sich die Gitarre. »Hier geh ich raus. Mach doch noch einen kurzen Zwischenstopp.«

»Echt, schon? Schade, Alter, war doch eine Mordsgaudi jetzt! Also, Serbien, hahaha!«

Elf Uhr fünfundzwanzig. Ritter verschiebt die große Lage. »Es brodelt im Rathaus hinter den Kulissen. Das Freyberger-Lager tobt, ein Trauermarsch der Rechten für Nicky Langguth reizt die bis aufs Blut. Die städtischen Juristen prüfen gerade die Rechtslage, Stichwort: Darf jeder einen Trauermarsch anmelden, auch der politische Gegner, gegen den erklärten Willen der Hinterbliebenen?«

Charly, der sich ganz nach hinten gesetzt hat, sieht Kopfschütteln und spöttisches Schmunzeln.

»Denke, dieses Thema werden sich die Rechten nicht nehmen lassen«, sagt er laut. »Erst recht nicht auf der Zielgeraden. Wird vermutlich auf bloße Mottoänderung hinauslaufen. Dann heißt der Aufmarsch eben nicht mehr ›Für Nicky Langguth‹, sondern ›Gegen Gewalt in unserer Gesellschaft‹.«

»Sehe ich genauso«, sagt Ritter. »Und das andere Lager wird nicht zurückstehen wollen. Eine Gegendemo der linken Seite ist da so sicher wie das Amen in der Kirche.«

»Das heißt, vierundzwanzig Stunden vor der Wahl haben wir die ganz große Generalmobilmachung. Hier, auf unseren Straßen.«

»Darauf müssen wir uns einstellen.«

»Ohne natürlich die Lepky-Fahndung in irgendeiner Form zu vernachlässigen.«

»Selbstverständlich!« Ritter strafft sich. »Kripo und SOKO sind weiterhin *twentyfour-seven* an Dirk Lepky dran. Die ganze Demo-Geschichte ist dazu erst mal nur ergänzende Hintergrund-Info.«

»Was fangen wir jetzt mit dieser Hintergrund-Info an?«, fragt Barbara.

»Erst mal gar nichts. Hat sich die Pathologie inzwischen gemeldet? Oh, mach mal laut, Steffen, den Herrn da kennen wir doch!«

Siller hebt die Fernbedienung und aktiviert den Ton des lautlos an der Wand flimmernden TV-Bildschirms. Ein weißblondes, schlaffes Babyface, unverkennbar Professor Dr. Lloyd Oßwald, im N24-Interview mit einer bezaubernd lächelnden Reporterin.

»Professor Oßwald, wie wir gerade gehört haben, verspricht die Studie, an der Sie mit britischen, spanischen und französischen Kollegen aktuell arbeiten, bahnbrechende Erkenntnisse. Bahnbrechend gerade auch im Hinblick auf eine Therapie schwerer psychopathischer Straftäter. Nachdem Sie zuletzt auch mit Dirk Lepky arbeiteten, natürlich die unvermeidliche Frage: Wie beurteilen Sie die aktuelle Entwicklung im Fall Lepky?«

Wieder ein wunderschönes Lächeln über das Mikro hinweg.

Pure Verschwendung für diesen eingebildeten Gnom, denkt Charly verdrossen. Der Professor mimt kummervollgeschmeichelte Besorgnis.

»In der Tat, eine, ich würde sagen verheerende Entwicklung. Ein Fluchtverhalten, dessen Entwicklung man von vielen Seiten analysieren und hinterfragen muss. Angesichts der Persönlichkeitsstruktur und der Vorgeschichte muss man sich des extrem hohen Rückfallrisikos natürlich immer bewusst sein. Da würde ich nichts kleinreden wollen.«

Die Blicke von Charly und Barbara kreuzen sich, fassungslos und stumm.

»War es aus Ihrer Sicht die falsche Strategie der Polizei, zuletzt eher zu beschwichtigen und vor Panik zu warnen?«

»Nun, die zeitliche Koinzidenz dieses Apells mit dem jüngsten Mord legt diesen Verdacht in der Tat nahe. Ich warne vor pseudowissenschaftlichen Ferndiagnosen aller Art. Aber hier ist sicher denkbar, dass angesichts des mutmaßlichen Triebstaus nach zehn Jahren Haft und der plötzlichen Reizüberflutung jetzt auch eine gut gemeinte Beschwichtigungsfloskel nach hinten losgehen kann und zum auslösenden Schlüsselreiz wird.«

»Zum Tropfen also, der das Fass zum Überlaufen bringt.

Wäre es da nicht sinnvoll, Herr Professor Oßwald, wenn die Polizei, sei es in der Medienarbeit oder bei Fahndungsstrategien, gerade auch Ihre Kompetenzen, Ihre Erfahrungen, viel stärker nachfragt?«

»Unbedingt!« Ein geschmeichelt-amüsiertes Lächeln umspielt die wulstigen Lippen. »Ich glaube, da trete ich niemandem zu nahe. Wir Gutachter haben nun mal einen ganz anderen Zugang zur Psyche eines Täters als die ermittelnden, häufig überlasteten Beamten. Wenn fachliche Beratung gewünscht ist, stehen wir der Polizei jederzeit gern zur Verfügung.«

»Vielen Dank, Professor Oßwald! Das war der zweite Teil unserer Reihe ›Nobelpreisträger von morgen‹, nächste Woche sind wir zu Gast bei …«

Barbara sinkt auf den Stuhl direkt neben ihm. Er riecht ihr frisch aufgetragenes Deodorant.

»Hosd du des ghört?« Ihre blaugrauen Augen funkeln vor Empörung. »Der Herr Professor hod alles gwusst, er is nua ned gfragt worn von uns Grattler!«

»Den kauf ich mir!«

»Sie kaufen sich gar keinen, Herrmann.« Wie aus dem Nichts steht Ritter hinter ihm, legt ihm die Hand auf die Schulter. »Konzentrieren Sie sich auf die Ermittlungen. Mit Ihrer Impulsivität zerschlagen Sie nur neues Porzellan. Wir brauchen keine Nebenkriegsschauplätze.«

Moser streckt seinen Kopf durch die Tür.

»Allerneueste Entwicklung an der Medienfront, bitte mal herhören.« Er schiebt die Lesebrille ein Stück höher und liest von seinem Computerausdruck ab: »Achtung, aktuelle Programmänderung! ARD, ZDF und RTL reagieren kurzfristig auf die aktuelle Lage und den auch international mit Spannung erwarteten Wahlausgang. Am morgigen Vorabend wird ein neues Live-Format Premiere feiern. Eine gemeinsame fünfundvierzigminütige Live-Schaltung aus den sogenannten Top-Ten-Wahlkreisen wird schlaglichtartig Stimmung und Spannung vor Ort beleuchten.«

Er lässt das Blatt sinken.

»Unser Wahlsystem haben die nicht begriffen. Oder wollen es auch gar nicht. Coburg-Kronach als *swing state*!«

»Hysterie und Fake bringen Einschaltquote.«

Die Pizza schmeckt nicht, trotz Schinken, Salami, Sardellen. An den Zutaten kann es nicht liegen. Charlys Magen fühlt sich wie ein schmutziger Betonklotz an. Er schiebt den Pappteller zurück und wischt sich die Finger an der Serviette ab. Ein kurzer entschuldigender Blick über die Theke.

»War heut zu viel für mich!«

Langsam geht er über den Parkplatz. Ein kleiner Junge weint, weil ihm das Eis heruntergefallen ist. Schimpfend und schwitzend zieht ihn die Mutter weiter. Von gegenüber lächelt plakatwandgroß Sylvia Freyberger. Neben ihrem Gesicht, fein säuberlich in blutroter Farbe: »Lesben und Schwule zuerst! Mehr Flüchtlingen helfen!«

Analoge Fake-News, denkt Charly. Er sehnt sich plötzlich nach Chiara, nach ihrem hellen, unbeschwerten, fröhlich-quietschenden Kinderlachen. Kurz entschlossen macht er kehrt. Im Zeitschriftenregal des Supermarkts sucht er noch ein Klein-Mädchen-Heft mit einem glitzernden Plastikarmreif heraus.

»Du musst dich zeigen, Sylvia. Wenigstens kurz. Nur zwei-, dreimal noch, so schwer es auch ist.« Enzo spricht leise und behutsam auf sie ein.

Sylvia sitzt apathisch am Tisch, ungeschminkt, auf dem Kopf eine unifarbene schwarze Baseballkappe. Ihr roter Bademantel ist zwei Nummern zu klein, auf seiner Brusttasche prangen die verschnörkelten Initialen N. L.

Carla Schrödinger, die persönliche Mitarbeiterin Sylvias, kommt aus der Küche und stellt ihr eine große Tasse grünen Tee hin.

»Enzo hat recht. Ausnahmsweise.« Sie zwinkert ihm kurz

zu. »Es ist ganz furchtbar schwer, so schwer wie noch nie etwas in deinem Leben war.« Fürsorglich legt sie den Arm um sie. »Aber allein ist doch alles noch tausendmal schwerer. Wenn du dich jetzt weiter verkriechst, machst du alles nur noch schlimmer.«

»Es sind doch nur noch achtundvierzig Stunden, Sylvia. Dann kannst du wenigstens den Wahlkampfscheiß hier abhaken. Ich halte dir bis Sonntagabend alles vom Leib. Wir müssen nur zwei, drei kurze Mini-Termine machen. Ganz schmerzfrei, total easy.«

Carla verzieht das Gesicht. Sylvia starrt stumm an Enzo vorbei, an die Wand hinter ihm. Zur Schwarz-Weiß-Lithografie von Pablo Picasso. *Friedenstaube.*

Enzo schielt verstohlen auf die Uhr. Er versucht es noch einmal.

»Willst du kampflos den Rechten deinen Wahlkreis schenken? Du wirst gebraucht, du kannst für uns alle noch so viel Gutes bewegen! Gib jetzt nicht auf!«

»Ich gebe nicht auf«, sagt sie, leise und etwas verwaschen. Dann plötzlich, wild entschlossen: »Ich gebe niemals auf!«

»Wollte mich nur mal nach meiner Enkeltochter umschauen.« Charly wedelt mit der Mädchenzeitung. »Wie geht's denn der Kleinen?«

Valerie seufzt. Sie fährt sich durch ungeföhnte, nasse Haare und zeigt Richtung Wohnzimmer. Penetrantes Micky-Maus-TV-Gelächter dringt durch die angelehnte Tür.

»Gar nicht gut. Sie sagt nichts, isst kaum was, hat zu nichts Lust. Der Doktor meint, das braucht eben Zeit.«

Chiara liegt auf dem Teppich, dem vor sich hin lärmenden Zeichentrickfilm hat sie den Rücken zugekehrt. Still streichelt sie einen Plüschhasen.

Um sie herum verstreut liegen Malstifte und etliche angefangene, nicht zu Ende gebrachte Bilder. Oft nur ein paar Striche oder wieder durchgestrichene Männchen.

Alles in Rot.

»Hey, Prinzessin!« Seine Stimme klingt belegt. Er geht neben ihr in die Knie. »Schau mal, ich hab dir was mitgebracht. Für deine Schmucksammlung.«

Sie schaut nicht auf. Streichelt unbeirrt weiter ihren Hasen. Charly legt sich auf den Bauch, streckt sich neben ihr aus.

»Chiara …«, sagt er sanft. Will ihr zärtlich über den Kopf streichen.

Sofort weicht sie aus.

»Ach, komm …«, versucht er nachzufassen, »komm mal zum Opa!«

Chiara springt auf, rennt mit ihrem Hasen hinter die große Sitzecke und versteckt sich.

Valerie zuckt ratlos die Schultern. Charly überlegt.

»Wenn du nicht zum Opa kommst«, bedächtig erhebt er sich, »dann … kommt der Opa eben zu dir!« Lachend sprintet er um die Sitzecke, doch Chiara ist schneller.

Schreiend rennt sie davon, klammert sich tränenüberströmt an Valerie fest. »Nein, nein!«

»Aber was ist denn, Chiara? Hast du den Opa gar nicht mehr lieb?«

»Nein! Nein!«, schluchzt sie und presst sich gegen Valeries Wange. »Geh weg! Der Opa soll weg!«

Charly sinkt in einen Sessel. Die Kinderzeitschrift rutscht aus seiner Hand.

»Aber warum denn?«, fragt Valerie behutsam. »Hat das was mit Nicky zu tun?«

»Ja!« Chiara schluchzt immer heftiger.

»Was denn?«

»Weil … weil Nicky jetzt tot ist!«

»Aber was hat das mit Opa zu tun?«

»Weil … weil«, Chiara wird jetzt von regelrechten Weinkrämpfen geschüttelt, »weil Kim und Lina sagen, der Opa ist schuld … dass Nicky tot ist!«

Sein Puls hämmert wie eine Black+Decker, die Lunge ist zu klein geworden, droht schier zu bersten; Charly läuft am absoluten Anschlag, tief im dunkelroten Bereich, *nur noch fünfzig Meter, da vorn, nur bis zu dem Marterl noch*! Endlich, geschafft, stöhnend bricht er auf die Knie, keucht und japst nach Sauerstoff, vor seinen Augen flimmern schwarz-weiße Pünktchen.

Ganz langsam nur lässt seine Schnappatmung wieder nach. Er rappelt sich hoch, setzt sich auf das Bänkchen und streckt die Beine von sich.

Verrückt, bei immer noch sechsundzwanzig Grad in der Abendsonne. *Lebensmüde, auf deinem Stresslevel.*

Oder lebensrettend.

Sein Blick weitet sich, schweift jetzt bewusst über die Wiesen und Felder des Obermaintals zwischen Vierzehnheiligen und Kloster Banz. Brutal durchschnitten von der A73, über die er vor wenigen Minuten wie in Trance aus Coburg heraus bis Lichtenfels gejagt ist.

Vollgas, ganz links, mit voller Dröhnung; der Boss höchstpersönlich, Bruce Springsteen und sein apokalyptisches Gitarrengewitter »Radio Nowhere«. Vierzehn Minuten bis Lichtenfels-West. Raus, am Siedler-Sportplatz geparkt.

Laufhose, Shirt und die alten Adidas, seit Urlaubsbeginn im Kofferraum, jetzt von null auf hundert: den baumbestandenen Pilgerweg hochgehetzt, grußlos vorbei an Spaziergängern, Fahrradschiebern und Gassigehern, links ab auf die endlos lange Gerade, Richtung Seubelsdorf.

Den völligen Zusammenbruch, das völlige Vergessen suchend.

Ist es ein unbewusster Todeswunsch?

Habe ich aufgegeben, kapituliert, bin ich am Ende?

Bin ich alt?

Er streckt die Hand aus nach dem alten Marterl, befühlt Moos und Flechten auf der verwitterten Steinsäule. Von Wind und Wetter abgeschliffen, nur undeutlich noch erkennbar sind Reliefbilder und ein Kreuz.

Uralt.

Ein uralter, steingewordener Schrei. Der aus tiefster Verzweiflung nach oben steigt. Weil er nichts anderes mehr hat. Nur dieses allerletzte, wilde Vertrauen; nichts anderes mehr als diesen Trotz, diese wilde irrwitzige Hoffnung, dass es doch irgendeinen Sinn gibt. Dass neue Kraft irgendwann doch wieder kommen muss!

Glauben heißt nicht wissen. Der alte Bürospruch.

Stimmt.

Reicht aber allein nicht aus.

Seine Finger krallen sich durch das Moos, in den jahrhundertealten Sandstein.

Glauben hieß auch immer Trotzdem!

Und genau das, genau diese unerschütterliche Hoffnung ist doch der alles entscheidende Reservetank.

Der Turbolader.

Alt ist nur, wer keine Hoffnung mehr hat. Wer verbittert ist. Wem nur noch Neid und Hass bleiben.

Nicht mit mir.

Er springt auf, merklich entspannter und lockerer jetzt. Ein paar Schritte nur geht er, dann trabt er wieder an, ganz langsam nur, mit halb geschlossenen Augen, hinein in die tief stehende Abendsonne.

Tag 10

Trauer, Ohnmacht, Schmerz: Reaktionen vor Ort +++ Riesen-Wutwelle im Netz! +++ Wer profitiert politisch? Stimmen Sie ab!

»Sie wurde erwürgt, nicht erstochen«, dröhnt Ritter über den Flur. Wichtigtuerisch wedelt er mit dem Obduktionsbericht, »Petechialblutungen in den Augen! Messerstiche postmortal! Und hier, fast gleichzeitig eingetroffen, das LKA-Gutachten!«

»Etwas mehr Pietät, bitte.« Charly ärgert sich über den sensationsgeilen Tonfall des Chefs.

Das hat Nicky nicht verdient.

Er geht in den winzigen Büronebenraum und macht leise die Tür hinter sich zu. Allein und ungestört will er sich in die Details vertiefen.

Bei schichtweiser Darstellung der Halseingeweide zeigt sich die Halsmuskulatur erheblich unterblutet. Das Zungenbein ist beidseits gebrochen, die Bruchstellen sind unterblutet. Der Ringknorpel ist eingerissen. Punktförmige Einblutungen in beiden Augenbindehäuten feststellbar. Vorläufige Todesursache: Ersticken durch Strangulation im Sinne eines Erdrosselns.

Im mittleren Teil des Vorderhalses befinden sich zwei Halsschnitte, die fast waagerecht und parallel zueinander liegen. In der Länge sind sie nahezu identisch (der obere 7 cm, der darunter liegende 8 cm). Die Halsschlagader ist unverletzt. Die Schnitttiefe, die zwischen 1,5 und 2,5 cm liegt, ist als vergleichsweise gering einzustufen. Im Wundbild findet sich auch kein »Schwalbenschwanz«, wie er insbesondere nach besonders brutalen Messerattacken durch Drehen der Klinge in der Längsachse beim Herausziehen entsteht.

Die Blutspuranalyse zeigt nur wenige, eher länglich elliptische Tropfspuren (Keine Schleuderspuren, wie sie bei schnell und wuchtig geführten Stichen und Schnitten typisch sind). Die vorgefundenen Blutspritzer sind nur im engeren Umkreis (Radius 11,5 cm) der Halsschnittwunden zu finden, an der Leiche selbst und, direkt neben dem Hals, in der Zinkwanne. Es handelt sich ausnahmslos um Spritzspuren niederer Entstehungsgeschwindigkeit (»Low velocity impact spatter«). Die digitale Konvergenzareal-Bestimmung ergibt einen Auftreffwinkel von 88 Grad für den oberen, 7-cm-Schnitt und 80 Grad für den darunter liegenden, 8 cm langen Schnitt.

Charly lässt das Blatt sinken.

Vom Festungsberg starrt die Veste zu ihm herüber, bräsig und ausdruckslos.

Er grübelt. Kann ein Mörder sein Handwerk verlernen, ist Lepky aus der Übung? Wohl kaum. Lepkys vermeintliche Spezialität früher war ein gleichbleibend primitives, bestialisches Gemetzel. Ergo muss sich seine Impulssteuerung geändert haben. Nicky war gar nicht das Objekt seiner Begierde. Sie war nur zur falschen Zeit am falschen Ort.

Mit ihrer Ermordung will er lediglich ein Zeichen setzen. In seiner ganzen Hybris, seinem psychopathischen Größenwahn: etwas demonstrieren, jemandem etwas zeigen. Ich bin wieder da – und ich bin vor Ort!

Nickys Tod ist Lepkys Botschaft.

Lepkys Botschaft an mich.

Vaginal finden sich Schleimhautreizungen mit kleineren blutigen Einrissen. Spermaspuren konnten gesichert und einer (noch nicht abgeschlossenen) DNA-Analyse zugeführt werden. Die Afteröffnung ist kotverunreinigt.

»Des is ja komisch. Schaug amoi.« Barbara legt ihm das Tagblatt auf den Schreibtisch und deutet auf ein Foto. Charly feuert seine frisch geleerte Haribo-Tüte zielsicher in den Korb. Kauend beugt er sich über das Foto. *»Wir suchen Ihr schönstes Sommerfoto! Gewinnen Sie tausend Euro! Heute: Mittwochabend, Schloss Callenberg. Fotografiert von unserem Leser Hardy Gräbner aus Meeder.«*

Am Rand parkt ein klassischer englischer Roadster.

»Das ist doch ein Morgan Plus 8.«

Charly kneift ungläubig die Augen zusammen: »F-LO 1900? Tatsächlich, das gibt's doch nicht!«

»Am Mittwoch. Dem Tag, an dem Nicky ermordet wurde.«

»Herr Kommissar, ich bitte Sie!« Professor Dr. Lloyd Oßwald ist am anderen Ende der Leitung hörbar gereizt.

Oder verunsichert, denkt Charly und lächelt in sich hinein. »Nur ein professioneller kleiner Faktencheck vorab, Professor Oßwald. Ich konstatiere also, am Tatabend befanden Sie sich hier im Stadtgebiet, im Umkreis des Tatorts mit einem Radius von etwa viertausend Metern. In der Tat, eine bemerkenswerte räumliche und zeitliche *Koinzidenz*.«

Sekundenlang fassungsloses Schweigen. Dann explodiert Oßwald: »Ich verwahre mich aufs Allerschärfste gegen Ihre miesen kleinen Andeutungen. Schäbig, mies und rufschädigend! Ich war am Mittwoch nur deshalb in Coburg, weil dieses historische Kleinod Etappenziel der nächsten ›Morgan Classic Trophy‹ sein wird! Ich kenne weder Ihr Mordopfer noch den Tatort, ich kenne nur Schloss Callenberg, die Veste und den Weg vom Schlossplatz zum Hotel ›Goldene Traube‹!«

Charly genießt einen Moment lang das schwere Atmen des Nobelpreisanwärters, bevor er genüsslich zum nächsten Schlag ausholt. »Und Sie kennen die ›Rhein-Main-Bestie‹. Dirk Lepky. Wie wichtig ist er als Proband für Ihre große Studie? Gar so viele schwerstpsychopathische Triebtäter haben wir ja nun glücklicherweise nicht.«

Oßwald schnaubt verächtlich. »Wir reden hier von einem EU-weiten Forschungsverbund. Da gibt es genügend Probanden, das muss gottlob nicht Ihre Sorge sein!«

»Aber wie sieht es mit Ihrer Reputation, Ihrer Stellung innerhalb dieser Studie aus?« Charly lümmelt zunehmend entspannt auf seinem Bürostuhl. »Denn wenn ausgerechnet Ihr Proband wegfällt, gestatten Sie die laienhafte Frage, fungieren Sie dann nur noch als Zulieferer Ihrer Kollegen? Wären Sie an einem möglichen Nobelpreis überhaupt noch beteiligt?«

»Kleine Vorwarnung, Chef. Könnte sein, dass der Gerd bei Ihnen anruft. Oder der Polizeipräsident. Weil sich eventuell das Wissenschaftsministerium über mich beschwert.«

Irritiert blickt Ritter von seinem Schreibtisch hoch. »Was haben Sie mit dem Wissenschaftsministerium zu schaffen?«

»Gar nichts. Nur eine kleine telefonische Befragung von Herrn Professor Dr. Oßwald.«

Ritters Interesse ist geweckt. »Und? Erzählen Sie schon!«

»Oßwald war am Tatabend zufällig auch in Coburg. Streitet aber jeglichen Kontakt zu Lepky ab.«

Der Polizeichef zieht die hohe Stirn kraus. »Verstehe nicht ganz, worauf Sie da jetzt hinauswollen. Kenne den Mann auch zu wenig.«

»Googeln Sie Oßwald mal. Der Typ ist ebenso erfolgreich wie besessen. Kennt nur seine Karriere, sieht sich kurz vor dem Nobelpreis. Jetzt bricht ihm sein wichtigstes Forschungsobjekt weg, besser gesagt, es bricht aus.«

»Und? Welchen konkreten Zusammenhang sehen Sie da zum Mord an Nicky Langguth?«

»Für eine abgeschlossene Hypothese wissen wir noch zu wenig«, räumt Charly ein. »Aber genug, um auch in dieser Richtung dranzubleiben.«

»An sich müsste er doch allergrößtes Interesse dran haben, dass Lepky möglichst schnell wieder einfährt«, überlegt Ritter. »Dann kann er seine Untersuchungen mit ihm fortsetzen.«

»Bingo. Es geht nur um seine Untersuchungen. Vielleicht irgendein fehlendes Interview, dass er hinterher dann leicht zurückdatieren kann. Aber wie erreicht er das? Er muss in irgendeiner Form Lepky zur Kontaktaufnahme bewegen.«

»Brainstorming.« Ritter verschränkt die Hände hinter dem Kopf, sein Blick löst sich von Charly. »Angenommen, Oßwalds Besessenheit überschreitet eine rote Linie. Wird zur Skrupellosigkeit. Dann ist er auf jeden Fall bereit, sein eigenes Süppchen zu kochen. Mit Lepky in Kontakt zu treten, ohne die Polizei einzuschalten.«

»Und ihm einen Deal vorzuschlagen. Triff dich einmal noch mit mir, und du kannst dir noch einen Tausender Fluchtgeld verdienen. Hochriskant natürlich. Und rein spekulativ. Aber aus Oßwalds Sicht geht es um die Krönung seines Lebenswerks. Um den Eintrag in die Geschichtsbücher.«

Ritter nickt nachdenklich. »Dass Coburg ein potenzielles Ziel für Lepky ist, wussten alle. Aber woher wusste Oßwald, wann Lepky hier ist?«

»Richtig. Gab oder gibt es einen Kontakt der beiden? Und wir brauchen Einblick in Oßwalds aktuellen Forschungsstand. Wer kann auf diesem Level noch kompetent und unvoreingenommen auswerten, analysieren, beurteilen? Wer kann seriös abschätzen, wie sich Lepkys Verschwinden tatsächlich auswirkt? Auf die Studie selbst und auf Oßwalds mögliche Meriten?«

»Schwierig, schwierig!« Ritter kratzt sich am Kinn. »Denke, ich werde selbst mal das Präsidium oder den Gerd anrufen. Bringt uns den einen oder anderen Pluspunkt, kann nicht schaden in unserer aktuellen Situation. Danke, Herrmann. Heute

Abend übrigens Trauermärsche von links und rechts, Freyberger spricht vor dem Rathaus, Förster auf dem Schlossplatz!«

Ein heftiger Schlag gegen die Tür der Umkleidekabine, Lepky zuckt zusammen.

»Das stinkt ja fürchterlich nach Chemie! Basteln Sie eine Bombe da drin?«

»Neuer Haarfestiger, 'tschuldigung. Muss nur kurz einwirken, alles okay!« Wir alten Drücker sind eben schlagfertig, denkt er zufrieden, als sich die brummelnde Stimme draußen entfernt.

Prüfend blickt er in den Spiegel.

Kohlschwarz glänzen jetzt seine nassen Haare und der Bart. Ein ungeahnt südländischer Touch umgibt ihn plötzlich. Grinsend ballt er die Faust. Das Haarfärbeexperiment ist ein voller Erfolg.

Leise vor sich hin pfeifend, verstaut er die leeren Fläschchen samt Gummihandschuh und Verpackung in der Müller-Tüte und verknotet sie sorgfältig. Ab damit in den Rucksack, Entsorgung dann draußen im großen Container, hinter dem er vorhin auch die Gitarre versteckt hat.

Langsam trottet er an den Kabinen vorbei. Jetzt noch föhnen, dann volle Konzentration auf seine Mission. Auf den nächsten Schritt, das Aufspüren und Einkreisen des Opfers. Er spürt die Vorfreude aufsteigen, das angenehm pulsierende Kribbeln im Unterleib.

Die langsam wachsende *Erregung*.

Der Dachboden ist stickig-heiß und schwül. Längst klebt ihr das T-Shirt am Rücken. Verbissen wühlt sich Sylvia durch den staubigen Karton »Schule 1991–1998«.

Bücher, Jahresberichte, Klassenfotos, Lehrerkalender, Projektunterlagen. Wo sind diese verdammten Kopien, diese ganz speziellen Lieblingsfälle, die sie jedes Jahr ganz gezielt archiviert hat?

Endlich, ein schmaler roter DIN-A4-Hefter, das muss er sein! Erleichtert zieht sie ihn heraus und blättert.

Verweise. Handschriftliche Notizen. Entwürfe für Zeugnisformulierungen und Elternmitteilungen.

»Sehr geehrter Herr Förster, leider müssen wir Ihnen mitteilen, dass Ihr Sohn Hannes (Kl. 9c) …«

Ein schwaches Lächeln weht über ihr blasses Gesicht. Sie klappt den Karton zu, schiebt ihn zurück und macht sich, mit dem Hefter in der Hand, auf den Weg nach unten. Ihr Blick fällt auf das unablässig blinkende Display am Handgelenk.

Noch 28 Std 41 Min 16 Sek.

»Musst du jetzt schon in der Wohnung rauchen?« Ärgerlich schnappt sich Jana die kippenübersäte Untertasse, die inmitten unzähliger bunter Stichwortkärtchen und Notizzettel auf dem Couchtisch steht.

Hannes scheint es überhaupt nicht zu registrieren. Unrasiert, mit leerem Blick, kauert er tief eingesunken auf dem kleinen Zweisitzer und raucht Lunge. Ein kurzes verärgertes Stirnrunzeln, als Kinderstreit nach unten dringt, bis zwei Türen zugeschlagen werden.

»Um Gottes willen, was ist denn hier los?« Durch die offene Terrassentür tritt Bruno ein. »Stillleben mit Kiffer? Junge, in drei Stunden geht's los! Trauermarsch mit Abschlusskundgebung, unser großes Finale!«

Er lässt sich neben Hannes nieder, legt ihm fürsorglich den Arm um die Schultern. Schlagartig erwacht Hannes zum Leben.

»Lass das!«, faucht er aggressiv und stößt Brunos Arm weg. »Ich halt das nicht mehr aus! Wer hat dich schon wieder gerufen? Kein Mensch!«

»Hello, hello!« Wenglers gefärbter Lockenkopf schiebt sich durch die Tür. »Ich störe ja nur ungern euer familiäres Idyll, aber das ZDF baut schon auf …«

»Abflug, Abflug!« Hannes rastet aus, schubst seinen Vater zur Tür. »Und der Schwanz gleich mit, raus mit euch! Raus!«

Er wuchtet die Glasschiebetür hinter ihnen zu und verriegelt sie. Mit clownesken Grimassen äfft er durch die Scheibe ihre fassungslosen Blicke nach und schickt noch eine obszöne Wichsgeste hinterher.

Entsetzt hämmert Bruno gegen die Scheibe. Wengler zieht ihn weiter.

»Jana, bitte, ganz kurz nur!«

Am Küchenfenster redet Wengler leise und beschwörend auf Jana ein. Zögernd nickt sie schließlich und lässt sich einen Blisterstreifen mit vier Tabletten geben.

Sechzehn Uhr achtundfünfzig zeigt das Handy. Missmutig überfliegt Charly die letzten WhatsApp-Nachrichten.

Valerie, 13:13: Nein keine Besserung. Evtl Mo noch mal mit ihr zu Dr. Fromme. Bis später.

Bernie, 14:57: Kleines TV-Fußballbierchen im Humpen wie früher (oder zwei, drei), wie wär's?

Antwort, 16:58: Witzbold, jetzt erst Feierabend. Um acht zum Wahlkampfshowdown?

»Sind Sie noch da, Herrmann?« Ritter.

»Nein.«

Ritter stutzt, entscheidet sich dann fürs Ignorieren.

»Hab da gerade eine merkwürdige Nachricht aus Nürnberg bekommen. Über unseren Kollegen Förster.«

Charlys Interesse ist geweckt. »Bruno?«

Ritter kratzt sich hinter dem Ohr. »Es ist fast nicht zu glauben. Eine Studentin, Lisa Mägerlein, stürzt im Park vom Fahrrad. Ein junger Somali will ihr aufhelfen, da kommt ein Auto, hält an, zwei Mann raus und drauf auf den Afrikaner. Nase gebrochen, blaues Auge. Erst als sie fotografieren will, lassen sie ab. Angeblich nur ein großes Missverständnis. Einer gibt ihr sogar sein Kärtchen, stellt sich allen Ernstes als Polizeihauptkommissar a. D. vor!« Er fasst sich an die Stirn.

Charly lacht sarkastisch auf. »Jetzt wird der Gute aber ein

Fall für Kutzenberg. Ein Wochenende in der Geschlossenen, damit er endlich zur Besinnung kommt!«

»Er hat selber nicht geschlagen«, winkt Ritter ab. »Keine Körperverletzung, erst recht keine akute Fremdgefährdung in unserem Beisein. Nein, auf diesen prominenten Neuzugang müssen die Kutzenberger wohl noch etwas warten.«

»Wer weiß?« Charly steckt sein Handy ein und greift nach dem Autoschlüssel. »Vielleicht geht er in zwei Stunden, bei der Demo, mal ganz akut aus sich heraus …«

Die Kneipenmeile im Steinweg ist noch wie ausgestorben. Gut so. Gemächlich schlendert Dirk Lepky durch die Tür und die Treppe hoch in das kleine Internetcafé im ersten Stock.

Spieloase. Ein paar Tische, Stühle und Sessel, die Automaten mit der üblichen, unauffälligen Besetzung: Bierbauch, Muskelshirt, unrasiert; zwei schmächtige junge Flüchtlinge, mit pechschwarzem Haar. Versonnen streicht er sich über den eigenen brillantschwarzen Zehn-Tage-Bart.

Hinter der Theke ein Pummelchen mit blondem Pagenschnitt. Viel zu viel Babyspeck; Bauch, Beine, Bobbes. Bloß die Tittchen, die traurigen, die kamen eindeutig zu kurz in der Verlosung.

»Ein Bier«, raunzt er im Vorbeigehen und schiebt sich an den nächsten Internetplatz.

Dank sei Jonas, dem rührigen jungen JVA-Sozialarbeiter in Butzbach! »Digitale Medien im Strafvollzug heute«, ein hochinteressantes Projekt, gefördert durch Bund und Land Hessen, in das er durch Zufall hineingerutscht ist: »Sich im Internet frei bewegen können« – endlich lässt sich das Gelernte nutzbringend einsetzen.

Alles geht mit Google los.

Und mit Hermanns Affenliebe zu Alfa. Jeder Knacki aus der Region wusste es, der fränkische Super-Cop hegt und pflegt einen schwarzen Alfa Spider aus den Siebzigern …

Wenige Mausklicks später ist er im Alfisti-Forum gelandet.

Langsam, mit pedantischer Sorgfalt, klickt er sich durch Hunderte von Fotos mit stolzen Alfa-Besitzern.

Endlich, das Pilsglas ist längst leer, zweimal hat er das aufdringliche Pummelchen schon verscheuchen müssen, als er im ältesten Fotoalbum fündig wird. »Nostalgia«.

Der User »Bernie1« hat es eingestellt, am 15. März 2001. *Due belle macchine*, ein schwarzer und ein roter Alfa Spider, vor der Motorhaube posieren die zwei Piloten. Einer von ihnen, unverkennbar, sein arrogantes Grinsen treibt Lepkys Pulsschlag sofort nach oben, ist der Gesuchte. Charly Herrmann.

Viel wichtiger aber, unendlich viel wertvoller: Die Hausnummer im Hintergrund. Am Hochhaus prangt die 21.

»Das hab ich gesucht! Ey!« Gebieterisch winkt er das Pummelchen heran. »Kannst du mir sagen, wo dieses Hochhaus steht?«

Sie mustert nur kurz das alte Foto. »Klar. Ein Stück weiter oben ist das Altenheim, wo meine Oma war.«

»Welche Straße, Schätzchen?«

»Das Altenheim? Kükenthalstraße.«

»Nicht das Altenheim, Schätzchen«, sagt er sanft. »Das Hochhaus.«

»Das ist am Ölberg.«

Er tätschelt ihren weichen weißen Unterarm. »Jetzt darfst du mir noch ein Pils machen.«

»Servus, Charly, hi, Bernie.« Der uniformierte Kollege an der Ecke der Loreley feixt. »Und hallo, Frau Antlkofer. Sagt bloß, ihr seid freiwillig hier. Just for fun?«

»Just for fun, Heiko. Nur als Demo-Gaffer, und jetzt pendeln wir noch ein bisschen zwischen den Abschlusskundgebungen. Sind ja nur fünfhundert Meter dazwischen.« Charly tritt zur Seite, um ein Pärchen mit Zwillingskinderwagen vorbeizulassen. In der Herrengasse, zwischen Marktplatz und Schlossplatz, herrscht in der Abenddämmerung Hochbetrieb. Touristen, Einheimische, Jung und Alt strömen neugierig zum Ort ihrer jeweiligen politischen Vorliebe. »Wie viel sind heut auf den Beinen, Heiko? Was schätzt ihr?«

Der Kollege macht eine zweifelnde Handbewegung. »Ohne Gewähr aber. Knapp zwei waren beim linken Trauermarsch, Motto ›Wir trauern‹. War zu erwarten. Aber mindestens achtzehnhundert auch beim rechten Marsch, Motto ›Wütend und entschlossen, jetzt erst recht‹.«

Charly nickt langsam. »Aber hier sieht's so aus, als ob deutlich mehr in Richtung Marktplatz zur Freybergerin drängen. Erstaunlich, ich dachte, Förster schöpft jetzt nach dem Marsch den Rahm ab.«

»Nur den braunen«, grunzt Bernie. »Alle anderen wollen Opfer gucken. Motto: ›Wie trauert eine Lesbe?‹ Widerlich. Also los jetzt, ihr stellt euch bei den Bratwürsten an, ich beim Bier.«

Vergnügt pfeifend steht Hannes vor dem Spiegel und krempelt die Ärmel seines weißen Slim-fit-Hemds hoch. Zweimal sauber umschlagen, das lässige Outfit will professionell erarbeitet sein.

»Alles klar, Hannes?« Bruno wirkt immer noch ungläubig-besorgt.

»Schelbstverschtändlich. Wasch denkscht du denn?«

»Hast du Sprachstörungen?«, braust Bruno auf. »Oder willst du mich schon wieder verarschen?«

Hannes seufzt und bleckt seinem Spiegelbild die Zähne. Dann zieht er vorsichtig die White-Strips ab. Prüfend fährt er sich mit der Zunge über die Schneidezähne. »Würde dir auch guttun«, stichelt er und wirft sich plötzlich in Hitlerpose. »Wirr dürrfen das strrahlende Zahnweiß nicht den maximal pigmentierrten Rrassen überrlassen!«

Wengler fährt von seinem Stuhl hoch. »Ey, bist du noch ganz sauber? Mit solchen Mätzchen kannst du schlagartig alles verspielen!«

»Und nicht nur unseren Wahlkreis hier!« Bruno glüht vor

Erregung. »Wir sind in zehn Minuten bundesweit live auf Sendung!«

Hannes lächelt versonnen seinem Spiegelbild zu. »Piano, piano, Freunde. Lasst die Multikulti-Fraktion auf dem Markt ruhig schon mal beginnen. Ich fange später an.« Er dreht sich zu den beiden anderen um. »Habe Rico und Olaf rübergeschickt. Sie sollen dort mithören und dir«, er deutet auf den überraschten Wengler, »Stichworte simsen. Du schiebst mir dann ein Stichwortkärtchen rüber. Ich werde länger sprechen als Sylvie-Baby, ich kann auf sie noch reagieren.«

»Sie kommt.« Charly stößt Bernie an. »Steck dei Wischkästla weg.«

Auf dem Marktplatz branden Beifall und verhaltener Jubel auf, im Scheinwerferlicht der Bühne vor dem Rathaus jetzt eine ernst und gefasst wirkende Sylvia Freyberger. Kerzengerade, im dunklen Kostüm mit silbergrauer Bluse, wartet sie am Rednerpult, bis der Applaus wieder abebbt.

»Herzlichen Dank. Herzlichen Dank, liebe Freunde, für diese unglaubliche Solidarität und Unterstützung. Ich durfte in den letzten Stunden einen so überwältigenden Zuspruch erfahren. An Trost, an Mitgefühl, an so unglaublich viel Mutmachendem. Herzlichen Dank dafür, euch und Ihnen allen.«

Geschickt setzt sie eine Pause. Erneuter Applaus.

»Sicher habt ihr Verständnis dafür, dass dies heute keine Wahlkampfrede im klassischen Sinn mehr sein kann. Es ist auch alles gesagt. Alles.« Sie senkt den Kopf, scheint kurz zu schlucken.

Aufmunternder Beifall aus den vorderen Reihen. Entschlossen hebt sie das Kinn.

»Vielleicht ein Letztes noch. Eine Antwort auf die Frage, die mir den gesamten Wahlkampf über am häufigsten gestellt wurde: Wie haben Sie Hannes Förster als Schüler in Erinnerung? An sich wollte ich kein Wort über meinen Mitbewerber verlieren. Aber weil ich es tagtäglich gefragt werde, zuletzt noch vor zehn Minuten, hier meine ehrliche Antwort: Mir sind aus seiner Schulzeit nur zwei Dinge noch schwach in Erinnerung. Einmal ein Verweis …«

Gelächter, während sie ihr Manuskript, scheinbar verlegen, mit den Fingerspitzen zurechtrückt. »Ein Verweis wegen mehrfachen Belügens der Lehrkraft und vorsätzlich falscher Beschuldigung von Mitschülern.« Wieder Gelächter, dazu ein paar Buhrufe und Pfiffe. »Und zum Zweiten erinnere ich mich noch dunkel an eine Zeugnisbemerkung. Ein Halbjahreszeugnis in der elften. Ich musste mich darin leider relativ kritisch auseinandersetzen mit seiner … Leistungsbereitschaft und seinem … Leistungsvermögen.«

Begeistertes Gejohle.

Barbara schüttelt den Kopf. »Die Frau geht voll rein in die Schlammschlacht. Auf den allerletzten Metern.«

Unbeirrt fährt Sylvia Freyberger fort. »Dies nur als ganz persönliche, ehrliche Antwort auf diese andauernde, leicht nervige Frage. Liebe Freunde«, ihr Blick geht über die zweitausend Köpfe im Scheinwerferlicht auf dem Marktplatz, »lasst mich schließen; lasst mich schließen mit einem Versprechen. Mit dem Versprechen, dass ich mich in Berlin auch weiterhin mit meiner ganzen Kraft, meiner Erfahrung und meinem Leistungsvermögen für unseren wunderschönen Wahlkreis einsetzen werde. Trotz allem; jetzt erst recht!«

Applaus.

»Dafür bitte ich euch um euer Vertrauen, das …«, sie schluckt wieder, ihre Stimme klingt belegt, »um euer Vertrauen, das sicher auch ganz in Nickys Sinn wäre. Danke!«

Ein kurzes, fast linkisch wirkendes Winken, dann lässt sie reglos den tosenden Applaus über sich ergehen.

»Los, komm, da kriegen wir noch was von Förster junior mit!«

Gemeinsam drängen sich Charly und Bernie aus dem Pulk hinaus in Richtung Herrngasse. Vom Schlossplatz dröhnt die Stimme von Hannes Förster herab.

Vorsichtig steigt Sylvia Freyberger auf ihren hochhackigen Pumps die schmale Treppe hinter der Marktplatz-Bühne herab. Es ist geschafft. Jetzt schnell zwei Tavor nachschmeißen, ein letzter kurzer Small Talk, dann nur noch heim. Endlich wieder ins Bett. Im Gehen kramt sie in ihrer kleinen Tasche.

»Obacht!«

Erschrocken fährt sie zusammen. Zwei Männer direkt vor ihr, fast wären sie zusammengestoßen. Sie erkennt das grobporige, massige Gesicht von Olaf Glinke, dem Listenkandidat der Rechten aus dem Wahlkreis Bamberg. An seiner Seite der unvermeidliche Wengler.

»Na, Lady?«, grinst er anzüglich.

»Das war ja wohl gar nichts«, stänkert Glinke. »Kein Mumm, keine Botschaft. Einfach nur mutlos, schwach, weinerlich.«

Noch 21 Std 10 Min 08 Sek.

Sylvia kocht.

»Glinke.« Sie spricht seinen Namen voller Verachtung aus, wie den eines verhaltensauffälligen Schülers. »Und Wengler. Kennen sie den Film ›Good morning, Vietnam‹? Sie sollten sich mal wieder ordentlich einen blasen lassen. Sagt Robin Williams darin zu Jack Nicholson. Empfehle ich Ihnen beiden auch: Besorgen Sie sich's doch mal endlich so richtig schön gegenseitig, meine Herren! Sie brauchen es doch, Sie wollen es doch beide! Schönen guten Abend!«

»Förs-ter, Förs-ter, Förs-ter!« Auf dem Schlossplatz tobt die Menge. An den Arkaden hängt das Transparent *»Make Coburg great again«*. Rico Bernd und seine hyperaktive Jungschar schwenken Schwarz-Rot-Gold in XXL.

»Was haben denn die Bübchen sich reingepfiffen?«, staunt Bernie. »Sind das männliche Cheerleader?«

»Na, wenigstens haben das Landestheater und Schloss Ehrenburg heute alle Lichter ausgemacht.«

»Doch nur als Zeichen der Trauer und Betroffenheit! Gibt leider keine so dollen Bilder für den Kandidaten.«

Hannes Förster steht auf einem Podium unter dem Parteilogo mit dem gekrümmten roten Pfeil, seine Stimme ist heiser.

»Klingt wie Rod Stewart nach dem zwölften Whisky.«

»Du meinst, wie Bruno damals immer nach der Nachtschicht, nach zwei Schachteln HB!«

»Das Gras ist ja arschwarm«, murmelt Lepky und setzt sich erleichtert auf den Rasen des Hofgartens, nur einen Steinwurf oberhalb des Schlossplatzes. Sorgfältig verteilt er die letzten Tabakskrümel seines RedAmerican-Päckchens auf dem Zigarettenpapier und befeuchtet es genüsslich mit der Zunge.

Ein einziger Klick des braunen Billigfeuerzeugs; ein einziger, gieriger Zug.

Die Zigarette brennt.

»Denn damit eines klar ist, liebe Freunde«, Hannes Förster wirft einen schnellen Blick auf das Kärtchen, das ihm zugeschoben wird, »damit eines wirklich ganz klar ist … Schulmeisterliche Belehrungen und oberlehrerhaftes Getue wird es mit mir garantiert nicht mehr geben!«

Reflexartiger Jubel aus der Fahnenecke, der sofort den Rest des Platzes ansteckt.

»Schluss mit Filz und Geklüngel! Ich stehe für ehrliche, harte Arbeit …«

»Wie in deiner Pleite-Agentur«, lästert Bernie. Charly nimmt einen tiefen Zug aus dem Bierbecher.

»… ich stehe für kompromisslose Vertretung eurer Interessen …!«

Kompromisslos. Hart. Hart wie Stahl, hart wie die Klinge eines guten Messers. Instinktiv befühlt er die Wölbung seiner Hosentasche und ertastet die Griffschalen seines Messers.

Eines Messers, das sich nach Action sehnt. Das förmlich

schreit, nach harter, gründlicher Arbeit. Nach einem lohnenden Objekt.

Nach einem lebenden Objekt.

»… und lassen wir uns von niemandem in die Nazi-Ecke stellen«, krächzt Hannes Förster über den Schlossplatz, »nur weil wir die vitalen Interessen unseres geliebten deutschen Volkes schützen! Jede Vergewaltigung, jede Straftat ist eine zu viel! Raus mit Nafris, raus mit allen anderen Afris!«

»Raus, raus, raus!«, intonieren die Fahnenträger enthusiastisch. Ganz hinten, vor Schloss Ehrenburg, erklingt ein dumpfes »Deutsch-land den Deut-schen, Aus-län-der raus …«

Dirk Lepky stiert auf die Kippe zwischen seinen Fingern. Sieht, wie die braunrote Glut sich voranfrisst; scheinbar schwach und langsam, doch unaufhörlich, immer weiter, immer tiefer hinein in das weiße Zigarettenpapierchen.

Herrmann ist schuld, der Kotzbrocken Charly Herrmann. Er hat mich von der Seite angemacht, nur ein paar hundert Meter von hier, er hat mich aufs Revier gebracht, hier in dieser Stadt. Coburg. Coburg, Frankfurt am Main, Butzbach: zehn Jahre Butzbach. Zehn kostbare Lebensjahre … Herrmann muss endlich büßen!

»… denn eines, liebe Freunde, liebe Coburger, eines wäre mit Sicherheit auch im Sinne unserer Nicky, wie unsere Kinder sie liebevoll nennen, im Sinne von Nicole Langguth.« Förster macht eine effektvolle Pause. Selbst die johlenden Fahnenschwenker werden leiser und verstummen schließlich.

»Dass wir über Parteigrenzen hinweg zusammenstehen und den Kampf aufnehmen, gegen die Feinde unseres Volkes, gegen die Feinde unserer Gesellschaft, egal, ob Nafris, Salafisten, Islamisten und auch ein Dirk Lepky; denn, liebe Andersdenkende, und damit schließt sich ein grauenvoller Kreis, all diese Volksfeinde bedrohen schließlich auch unsere LGBT-Minderheiten …«

Zynisches Gelächter, vereinzelter Applaus.

Charly ballt eine Faust. »Was ist das bloß für ein Kotztyp geworden? Wir haben damals seine Geburt gefeiert, weißt du noch?«

Bernie zeigt Richtung Podium. »Schau doch nur seinen Alten an, hinter ihm, ganz rechts, Bruno! Strahlt in einer Tour, schlimmer als ein Fass Plutonium!«

Förster streicht sich eine verschwitzte Haarsträhne aus der Stirn. Er setzt zum Endspurt an. »... und deshalb, null Toleranz mit Islamisten, null Toleranz mit Triebtätern! Wir wollen keine ... äh ...« Er stockt, hat plötzlich den Faden verloren.

Charlys schadenfrohes Grinsen gefriert sofort wieder. Ein dumpfer Sprechchor wird laut, verbreitet sich schließlich wie ein Buschfeuer rasend schnell über den Schlossplatz.

»... wir wol-len kei-ne per-ver-sen Schwei-ne, wir wol-len kei-ne per-ver-sen Schwei-ne!«

Förster, völlig perplex erst, lässt sich mitreißen von der Welle, er stimmt mit ein, wie die drei Männer hinter ihm, wie Glinke, Wengler und Bruno.

»Schau dir den Alten an, wie der aus sich rausgeht, die Faust schüttelt und mitbrüllt! So hab ich den steifen Bruno noch nie gesehen. Steht der unter Strom?«

»Nein«, sagt Charly, »das ist mehr, das ist pathologisch. Krankhafter Hass.«

»... wir wol-len kei-ne per-ver-sen Schwei-ne!« Die beiden jungen Freundinnen, die nur wenige Schritte vor ihm im Gras sitzen, skandieren ein-, zweimal begeistert mit, um sich im nächsten Moment kreischend und lachend um den Hals zu fallen. Sie stoßen ihre Flaschen um und merken es nicht einmal.

Zusammengekauert bleibt er sitzen, fühlt sich seltsam verwirrt und unbehaglich. Irgendetwas läuft falsch.

Hier oben, im Hofgarten, die Gaffer, die oberschlauen Kommentierer, die ab und zu etwas herunterrufen und sich dabei mächtig amüsieren. Aus sicherer Wohlfühl-Distanz.

Unten, auf dem Schlossplatz, eine wogende Masse, voll wilder Euphorie, die ihn abstößt und fasziniert zugleich.

Es ist doch mein Gefühl! Mein triebhaft-spontanes Ausleben, so hat Professor Oßwald immer gesagt, den Ausdruck hab ich mir gemerkt. Gehört doch nur mir! Woher kennen die das, wieso können die das benutzen? Wieso schreien die damit ausgerechnet gegen mich?

Die Glut seiner Selbstgedrehten frisst sich unaufhörlich voran, die Hitze erreicht seine gelben Fingerspitzen. Signal für ein letztes, gieriges Saugen. Dann drückt er sie aus, auf dem völlig vertrockneten Erdboden, mit breitem Daumen drückt und presst er.

Bis endlich die Sprechchöre wieder verebbt sind.

Er atmet tief durch.

Alles im Griff.

Das Messer schlummert immer noch an seinem Platz in der Hosentasche. Ruhig nimmt er seinen alten Sportrucksack an sich und steht auf.

Zeit zum Aufbruch.

Zeit zur Vorbereitung auf den großen Showdown morgen.

»Lass gut sein, Baby.« Sanft, aber bestimmt schiebt Charly Barbaras Hand weg. »Ist nicht deine Schuld, glaub mir. Kann heute einfach nicht runterfahren.« Geschweige denn hochfahren.

»Shhtt!« Zärtlich drückt sie ihren Finger auf seine Lippen.

Er setzt sich auf, verspürt Lust auf eine Zigarette und beschließt spontan, zu widerstehen: keine Flucht jetzt. Balkon oder Bad können warten.

Ihre Fingernägel schweben kitzelnd über seinen Rücken. »Erzähl mir was«, sagt sie leise. »Was ist mit diesem Bruno? Wart ihr wirklich Freunde? Oder nur Kollegen?«

Er lässt sich zurück aufs Bett fallen. »Treffer. Genau das frage ich mich auch schon seit Wochen.«

Und warum mich diese wunderschönen vollen Brüste heute so seltsam kaltlassen.

Sie zieht die Decke hoch, als ob sie Gedanken lesen könnte. »Und?«

Er räuspert sich. »Rein äußerlich waren wir mehr als bloß Kollegen. Neun Jahre zusammengearbeitet, jeden Freitagabend ein Feierabendbierchen und ein paar Flipperspiele, mit Bruno, Bernie und dem alten Ratz, der letztes Jahr in seinem Schrebergarten umgekippt ist. Wir waren schon oft zu viert, auch privat. Vom legendären Umtrunk nach der Geburt von Hannes hab ich dir erzählt? Unserem sogenannten Brunzbier?«

»Du nicht. Aber Bernie. Peinliche Geschichte, das mit dem Kellerfenster«, kichert sie.

Geschickt weicht sie seinem Schlag mit dem Kissen aus. Dann wird er wieder ernst.

»Also, wir haben in der Gruppe auch privat was unternommen, aber ich war mit Bruno nie auf derselben Wellenlänge wie mit Bernie. Er konnte einfach nicht so aus seiner Haut heraus. War steifer und konfliktscheuer als wir. Aber letztlich auch erfolgloser.«

»Und jetzt holt er das alles nach«, überlegt sie laut. »Geht auf offener Bühne aus sich heraus …«

»Und verwirklicht sich in seinem Sohn und dessen politischer Karriere, ganz klar. Will sich damit vielleicht sogar rächen an der Allgemeinheit, an unserem Staat. Für das, was ihm vermeintlich vorenthalten wurde.«

Sie schiebt ihr Kinn auf seine Brust, mustert ihn aus schrägen Katzenaugen. »Aber das allein ist's nicht, was dich grad so bedrückt. Und ich red jetzt nicht von Lepky.«

Er schließt die Augen. Öffnet eines wieder. »Sondern?«

»Sag's mir.«

»Chiara vielleicht. Wahrscheinlich.« Sein Blick fällt auf das Foto über dem Plattenregal. Chiara, fröhlich unter der Kapuze ihres bunten Regenmäntelchens hervorlachend, auf den Schultern eines sichtlich missvergnügten Opas mit klatschnassen Haaren. »Ganz sicher Chiara.«

»Versteh ich.« Sie krault nachdenklich in seinem Brusthaar.

Er genießt es. Spontan beginnt er an ihrer Pobacke zu drücken und zu kneten.

Sie strafft sich leicht, doziert aber ungeniert weiter. »Vielleicht willst auch du was nachholen mit deiner Enkelin? Etwas wiedergutmachen, was du bei deinen Kindern verpasst hast?«

Er muss lachen. »Ey, was wird das denn? Bruno, Lepky, Chiara – Küchenpsychologie für Anfänger?«

»Merkst wohl schon, wie es dich entlastet?« Sie richtet sich ein Stück auf, streckt selbstbewusst die Brust heraus, die ihn plötzlich ganz und gar nicht mehr kaltlässt. Er greift nach ihr, doch sie ist schneller und springt auf. »Küchenpsychologie für Anfänger, Teil zwei: die richtige Musik.«

Provozierend langsam bückt sie sich vor seinen CD-Turm. Fasziniert starrt er auf ihren Po im kleinen schwarzen Slip. Ihre langen schwarzen Haare verdecken ihr Profil, als sie sich durch die CDs blättert.

»Jetzt gibt's keine falsche Musik mehr«, sagt er heiser, »merk dir das! Komm her, sofort!«

Sie lächelt nur und schiebt eine silberne Scheibe ein. Dann schaltet sie die Stehlampe aus. Aus dem Dunkel schweben die ersten sanften Gitarrentöne heran.

Wonderful tonight.

Eric Clapton beginnt zu schmachten. *»It's late in the evening ...«*

Er bäumt sich auf vor Lust, als sie sich mit einem traumhaft sicheren, neckisch-prüfenden Handgriff aus dem Dunkel bei ihm zurückmeldet.

»Wahnsinn«, haucht sie, »da können wir den nächsten Song doch glatt überspringen.«

»Das ist doch ›Let it grow‹«, stöhnt er.

»Das haben wir doch schon erreicht ...«

Am Ölberg 21, Klingelschild Herrmann, vierter Stock. Jetzt weiß ich, wo du wohnst. Und wie ich dich dort oben kriege. Hochhäuser sind meine Spezialität.

Mit einem triumphierenden Grinsen auf den Lippen kriecht Lepky zurück in den kaum hundezwingergroßen Verschlag. Hier, auf dem alten Güterbahnhofgelände, Luftlinie einen Kilometer vom Ölberg, fühlt er sich sicher. Leer stehende alte Gebäude, die auf ihren Abriss warten. Offenbar gelegentlich von Studenten der FH genutzt, vereinzelt hängen Plakate »Coburger Designtage« an den abblätternden Wänden. An der Rückwand baumelt ein halb herabgerissenes, verblichenes Transparent »FH Coburg«.

Ein Notquartier nur. Wieder geht er auf die Knie. Mit einer Holzlatte stochert er unter eine alte Palette. Keine Mäuse, keine Ratten. Keine verdächtigen Geräusche. Befriedigt lässt er sich auf die Palette nieder. Ein Stück Kunststoffplane reicht gerade aus als Decke.

Ein Notquartier nur … bis die Mission hier erfüllt ist!

Tag 11

»Neun Uhr, die Nachrichten auf Radio 1. Berlin. Einundsechzig Millionen Bürger sind heute an die Wahlurnen gerufen, um den neuen Bundestag zu wählen. Bis zuletzt deuten alle Umfragen auf ein Kopf-an-Kopf-Rennen zwischen Union und SPD hin. Mit besonderer Spannung wird auch das Abschneiden der rechtsextremen AfD erwartet, die erstmals i–«

Charly dreht ab und schwingt sich aus dem offenen Alfa Spider. Ein kritischer Blick zum Himmel: Wolken, immer mehr weißlich-graue Wolken, erstmals seit vielen Tagen. Trotzdem, nach Regen sieht es noch nicht aus. Das Verdeck bleibt offen.

Auf den benachbarten Stellplätzen hier im Polizeihof stehen trotz des frühen Sonntagmorgens bereits vollzählig die üblichen Verdächtigen: Ritters schwarzer Audi Q7, der Golf GTI von Moser, Sillers Renault Kadjar. Seufzend beschleunigt er seinen Schritt.

Der Automat im Büro ist neu, der Kaffee daraus keinen Deut besser. Kochend heiß, aber ohne jedes Aroma und viel zu säurelastig. Missmutig schiebt er seine Rolling-Stones-Tasse zur Seite und konzentriert sich wieder auf den Bildschirm. Auf CASE, die Software, mit der jeder einzelne Hinweis detailliert erfasst und aufgelistet wird. Nervig für die eingebenden Kollegen, unersetzlich für den Ermittler. Er studiert die letzten, aktuellen Einträge.

367. Ein dunkler SUV mit Hofer Kennzeichen, aufgefallen am Tatabend in unmittelbarer Nähe des Kindergartens. Hinweis gestern abgearbeitet durch Halterbefragung mit Verifizierung des Alibis: Ehefrau des Halters besuchte ihre Mutter.
368. Zwei auffällige Personen mit Kapuzenpulli: 83-jährige Nachbarin beobachtet, wie zwei Jugendliche gegen 00:40 Uhr am Tor des Kindergartens rütteln und »Ich will hier wieder rein!« brüllen, bevor

sie weitergehen. Hinweis mangels näherer Angaben bisher nicht weiter verfolgt.
369. Eine Kassiererin des nahegelegenen Supermarkts meldet verdächtigen Kunden, der seit ca. einer Woche auffällt (»unrasiert und ungepflegt, spricht fast nichts, stechender Blick, beobachtet die Kinder im Laden«). Personalienüberprüfung durch Streife für Wiederholungsfall zugesagt.

Nichts. Geradezu lächerlich. Er klickt auf »Schließen« und wechselt in den Tatortbefundbericht. Anhang 1, Spurensicherungsbericht. Gelangweilt überfliegt er Materialspuren, Formspuren, Situationsspuren und bleibt an den Gegenstandsspuren hängen.

Zwei Zigarettenkippen, ein altes Tempotaschentuch, ein Kaugummi. Neun kleine bunte Plastikperlen, mutmaßliche Reste eines Kinderarmbands. Nickys abgerissenes Wassermann-Medaillon, ein paar winzige Glassplitter unklarer Herkunft. Eine Puppe ohne Arme, ein gelbes Sandschäufelchen. Ein verrosteter Schlüssel, der nirgends passt.

»Wollt ihr auch was, Kollegen?« Siller zieht am Nebentisch das Cellophan von einem großen Kuchenteller. »Meine Mutter hatte gestern ihren Siebzigsten.«

Skeptisch mustert Charly das Sortiment: flacher Käsekuchen, ohne Mandarinen; Marmorkuchen mit abgebröckeltem Schokoguss und drei zusammengesunkene Stücke Schwarzwälder Kirsch. Die Kollegen lassen sich dennoch nicht lang bitten, in der Sonntagsschicht darf man nicht wählerisch sein. Schnell greift er sich das dickste Stück Marmorkuchen.

Eingetrocknet, aber perfekt zum Eintunken in die heiße schwarze Plörre. Minus mal Minus ergibt eben doch Plus, denkt er, genüsslich kauend. Zumindest manchmal.

Irgendein Handy bimmelt. Spontan fällt ihm etwas ein. Er legt seinen Marmorbrocken auf die Untertasse, schiebt den Spurensicherungsbericht auf den Rand und öffnet die Datei *Funkzellenabfrage (FZA)*. Kein Treffer.

»Ey, was ist denn mit der FZA los? Nach drei Tagen noch keine Antwort? Kann doch nicht sein!«

Anja Berchtold hebt den Daumen. »Alles bei mir! Gab nur Probleme mit dem Datentransfer, um halb soll aber alles behoben sein.«

»Dauert mir zu lang! Zeig mal her.«

Ärgerlich geht er hinüber und schaut der kleinen Blonden über die Schulter.

Funkzellenabfrage 96450 Coburg, Nicolaus-Zech-Straße
Zellenradius 1,5 km
Zeitraum: 21.09., 00:00 Uhr–02:00 Uhr

Telekom	***Vodafone***	***O2***
LTE	*LTE*	*LTE*
LAC 90712	*LAC 2864*	*LAC 70201*
CID 67294	*CID 22197*	*CID 86264*

»Scroll mal runter, raus aus dem Zahlensalat … ja, stopp!«

TK-Verkehrsdaten (LTE-Geräte gesamt) im fraglichen Zeitraum

Telekom	***Vodafone***	***O2***
256	*269*	*177*

»Der Rest sind die Nummernlisten«, sagt Anja. »Ohne Teilnehmernamen.«

»Also haben wir zur Tatzeit knapp siebenhundert Handys, in einem Umkreis von tausendfünfhundert Metern. Ich bin mir sicher, einer von denen war's. Wenn er von weiter außerhalb kam, hat er vielleicht sein Handy im Auto gelassen. Fällt auch mit drunter.«

Anja rümpft zweifelnd ihr Näschen. »Und wenn es Lepky war? Der hat sicher keines.«

»Wer sagt denn, dass es wirklich Lepky war?«, sagt Charly. »Ich brauche alle Namen, alle Adressen. Klemm dich dahinter, Anja. Die TK-Anbieter haben rund um die Uhr Bereitschaftsnummern für solche Fälle.«

»Was?« Sie schiebt ihre blonden Augenbrauen zusammen. »Wir haben doch noch nicht mal 'nen richterlichen Beschluss!«

»Brauchen wir auch nicht. Paragraph hundertdreizehn TKG, wir kriegen Namen, Adressen und sogar Vertragsdaten auch ohne Richter.«

»Sicher?«

»Ganz sicher, Anja!« Er klopft ihr auf die knochige Schulter. »Absolute Priorität. Schick's mir, sobald du's hast.«

»Du gehst wohl schon wieder?«

»Keine Angst, ich leg noch eine Spätschicht ein. Aber jetzt muss ich was für die Wahlbeteiligung tun. Warst du schon?«

Bevor sie antworten kann, brüllt Moser durch den Raum. »TV an, schnell!«

Schwer bewaffnete Polizei und Soldaten, Sirenengeheul, Notarztwagen, Carabinieri. Im Hintergrund unverkennbar die Kolonnaden des Petersplatzes. Aufgeregte Reporterstimmen, die nicht merken, dass sie bereits live sind.

EILMELDUNG … Attentat in Rom … Schießerei auf Petersplatz … Mindestens achtzehn Tote … Zwei Täter flüchtig … Polizei vermutet islamistischen Hintergrund … EILMELDUNG

Lepky starrt nach oben. Sind das schon erste Nieseltröpfchen? Missmutig, wie ein kleines Kind, streckt er die Hand aus und wartet.

Nichts. Noch nichts.

Es kann nicht mehr lange dauern, davon ist er fest überzeugt. Er muss gewappnet sein, für alle Fälle. Er greift in den Rucksack, holt das abgewetzte Käppi heraus, das er heute Vormittag auf einer Streukiste an der Mohrenbrücke gefunden hat. FC Bayern München, ausgerechnet.

Völlig egal. Tarnung ist alles. Überleben geht vor Überzeugung.

Sorgfältig fädelt er seinen Zopf durch den Verschluss und presst sich die Mütze auf das schwarze Haupthaar. Passt. Ein sichernder Rundumblick, keine Gefahr. Hier, auf dem Gelände des ehemaligen Güterbahnhofs, ist weit und breit kein Mensch zu sehen.

Endlich Kassensturz. Das Portemonnaie der alten Oma, beim Aussteigen aus dem Stadtbus vorhin blitzschnell aus ihrer Tasche gegriffen. Ein Fuffi und ein Zwanziger, seine Augen leuchten. Kleingeld umfüllen, dann fliegt das ausgeweidete Portemonnaie mitsamt Ausweis und AOK-Karte in hohem Bogen in die Brennnesseln.

Zeit, sich wieder um die wichtigen Dinge zu kümmern, die zwei wichtigsten überhaupt: Leben und Tod. Den Übergang, den überraschenden und umso qualvolleren Übergang zu planen.

Er krabbelt zurück in seinen Verschlag. Die Gitarre hat erst mal ausgedient. Bleibt heute zu Hause.

Auf dem Betonboden, vor seinem Palettenbett, legt er fein säuberlich seine Kleineinkäufe aus dem Baumarkt aus.

Gummihandschuhe.

Kabelbinder, Klebeband.

Kneifzange.

»Everybody loves to cha-cha-cha …« Hinter der Tür dröhnt pure Lebenslust von Sam Cooke, lautstark unterstützt von Bernie Winter höchstpersönlich. Charly lässt den Finger auf der Klingel.

Endlich, die Tür wird aufgerissen. *»… cha-cha-cha!«* Bernie, unrasiert, in verschlissenen weißen Bermudashorts und einem einstmals blauen Uralt-Shirt, in der Hand eine Flasche Mahrsbräu. Das legendäre »U«, Ungespundetes Kellerbier, wie Charly sofort erkennt.

»Oh, my dear old friend, come in, please!« Bernie deutet einen dezenten Bückling an.

Charly schubst ihn in die Wohnung und rückt sofort nach. Mit dem Absatz kickt er die Tür ins Schloss.

»Sag mal, bist du jetzt am Sonntagnachmittag schon blau? Wir wollten doch wählen gehen … Was ist denn los?«

Das Apartment ist erstaunlich sauber und aufgeräumt. Aus den Boxen croont immer noch Sam Cooke. Der Fernseher ist aus. »Hast du überhaupt mitbekommen, was in Rom abgeht?«

Bernie verzieht das Gesicht. »Was interessiert mich Rom? Bin überzeugter Lutheraner!« Mit einer plötzlichen Gemütsaufwallung stellt er die Bierflasche schmetternd auf den Bartisch. »Natürlich hab ich's gehört! Was meinst du denn, warum mein Fernseher aus ist und Sam Cooke läuft? Diese Arschlöcher, diese geisteskranken! Ausgerechnet heute! Das ist doch wie bestellt, das treibt den Nazis heute noch mehr Wähler zu!«

Aufgebracht wirft er sich auf sein Sofa.

Charly öffnet den metallicroten US-Kühlschrank. Mahrsbräu, Huppendorfer, Keesmann.

»Bist ja bestens versorgt«, murmelt er, »fränkische Braukunst vom Feinsten.« Er schnappt sich ein Keesmann und besteigt einen Barhocker. Sein Blick fällt auf den Flipper in der Ecke. »Was, den Evel Knievel hast du immer noch?«

»Frisch restauriert. Elfhundert Mäuse hat mich der Spaß gekostet.«

»Mein absolutes Lieblingsteil damals.« Ehrfürchtig bringt Charly eine Silberkugel in die Umlaufbahn. »Am Schluss bin ich sogar extra nach Lichtenfels gefahren, da stand Anfang der Neunziger noch einer in der Spielkiste am Unteren Tor … fuck! Schon ist sie weg!«

»Wie damals«, lacht Bernie schadenfroh, »wenig Punkte, viele Bälle, du hast doch ständig Freispiele auf Endzahl geholt!«

»Was erzählst du da für Scheiß!« Wütend klackert Charly mit den Flippertasten. »Den gleichen Mist hat Bruno neulich behauptet!«

»Bruno! Ausgerechnet Bruno!« Bernie wischt sich bereits

Lachtränen aus den Augen. »Weißt du noch, wie stocksteif der immer am Flipper stand …«

»Konnte schon damals nicht verlieren. Weder dienstlich noch privat.«

»Er soll sich damals in der Buchhandlung Riemann erkundigt haben«, Bernie krümmt sich vor Lachen, kann kaum noch weiter reden, »soll sich ganz verstohlen erkundigt haben, ob es ein Fachbuch gibt, einen Ratgeber ›Richtig Flippern‹!«

»Kann nicht sein!« Charly verpasst vor lauter Lachen die Kugel.

»Doch«, wimmert Bernie, »das hat mir damals der Links Jochen erzählt, der stand hinter den Glückwunschkarten und hat's selbst mit angehört!«

Es dauert, bis sie sich beide wieder beruhigt haben. Erschöpft vom Lachen stoßen sie an und trinken.

»Ich muss doch noch Bilder haben von damals«, überlegt Bernie. Er sucht die Regalwand hinter dem Sofa ab, bis er unter dem Plattenfach ein Fotoalbum herauszieht. »Hier, das isses!«

»Zeig her. Wow, die Freitagabend-Truppe vor dem Anno Dom. Bestes Pils der Stadt bei Axel.«

»Bruno ohne Bart! Sieht aus wie ein Bruder von Harald Juhnke.«

Charlys Handy piepst. WhatsApp Siller Steffen:

»DNA-Abgleich Lepky negativ. Spermaspuren von unbekannt«

Er lässt das Handy sinken, atmet tief durch. Bernies kindisches Fotoalbum-Gekicher neben ihm ist plötzlich Lichtjahre entfernt. Er steht auf und geht ans Fenster. Der Himmel über der Stadt hat sich jetzt schmutzig grau ausgebreitet, kein Fetzchen Blau ist mehr zu sehen.

»Steffen, hallo? Jetzt geht's richtig rund, dann suchen wir höchstwahrscheinlich schon zwei Mörder, genau … Lepky und Mr. X …«

Unten auf der Straße der schwarze Alfa, das cremefarbene Verdeck ist immer noch offen. »Wir brauchen so schnell wie möglich das Zeitfenster, Steffen. Wie alt sind die Spermaspuren, wie viel Zeit liegt zwischen Sex Schrägstrich Vergewaltigung und Nickys Ermordung?«

Aus den Augenwinkeln sieht er, wie Bernie das Fotoalbum zur Seite schiebt und interessiert lauscht.

»Ja, klar. Wir ermitteln immer dreihundertsechzig Grad. Nichts ist unmöglich, keiner wird ausgeschlossen. Und keine …«, fügt er leise hinzu. »Denn wenn sie nicht vergewaltigt wurde, sondern Sylvia betrogen hat, dann hätte auch die Frau Abgeordnete plötzlich ein handfestes Motiv …«

»Nein, meine Herren, ich bitte Sie!« Resolut drängt sich Carla Schrödinger zwischen den Journalisten hindurch, die auf dem Gehsteig vor der Haustür stehen. »Sylvia Freyberger wird um neunzehn Uhr vor die Presse treten, vorher gibt es keine Statements, keine Stimmungsbilder, keine Momentaufnahmen! Respektieren Sie gefälligst die Privatsphäre!« Sie schließt die Tür auf, wendet sich noch einmal kurz um. »Im Übrigen kann ich mich nicht entsinnen, dass Sie bei Herrn Dr. Nassel jemals einen solchen Aufzug gemacht haben!« Sie schlägt die Tür zu.

»Dem sei Fraa lebt ja aach noch!«, ruft ihr ein Reporter hinterher.

Es nieselt. Lepky zieht sich die Kapuze über das FC-Bayern-Cap, Schutz und Tarnung zugleich. Das Ziel ist erreicht.

Ein achtstöckiges Hochhaus, die Zufahrt ein Vorplatz mit vielen Fertiggaragen aus den Achtzigern. Menschenleer.

Er schaut nicht nach oben. Bestimmt steht irgendwo einer auf dem Balkon, raucht oder glotzt in den Regen. Und schaut grad runter zu ihm. Langsam schlurft er an den Garagentoren entlang.

Hier ist es. Das Garagentor mit dem edlen kleinen Aufkleber.

»Alfa Spider Classico, Lago di Como 23.–25.5.2005«.

Er zögert kurz. Doch lieber in der Garage verstecken? Vorsichtig linst er seitlich unter seiner Kapuze hervor. Tatsächlich, im zweiten Stock steht eine heraußen und glotzt! Er kocht vor Wut.

Wenn ich diese typische Weiber-Rauchpose schon sehe, auf hundert Meter erkenne ich die, der linke Unterarm muss immer die Hängebrust stützen … und mit der Hand noch den rechten Raucherellbogen fixieren … Kein Kerl raucht so!

Er wechselt die Seite, hinüber zu den anderen Garagen, um aus dem Sichtfeld zu gelangen. Wartet nur, ich kann auch anders! Er streift den prall gefüllten Rucksack ab, zieht vorsichtig den schon halb ausgerissenen Reißverschluss auf und holt einen dicken Pack Prospekte heraus.

Aldi, Norma, Lidl, Real. Die allwöchentliche Papierflut, vorsorglich zusammengesammelt aus Supermärkten, Briefkästen und Altpapiertonnen. Er legt sich den Packen locker über den Arm und grinst befriedigt.

Prospektausträger.

Weltbeste Tarnung für 'nen abgerissenen Typen, der sich nur mal in Ruhe umschauen will …

Siebzehn Uhr vierzig. Charly leert mit kräftigen Zügen das zweite Keesmann. »Los jetzt, zwanzig Minuten noch, das schaffen wir grad noch in die Jean-Paul-Schule!«

»Gleich, Kumpel, gleich.« Bernie kann sich nicht losreißen von den alten Fotos. »Da, ganz üble Session damals. Die Brunz-Mouß für Förster junior. Bruno, der stolze Papa, mit seinem Stammhalter. Wer hätte gedacht, dass der noch schlimmer wird als sein Alter; über den konnte man wenigstens noch lachen.«

»Das war bei Bruno und Gudrun im Keller damals?« Interessiert schaut Charly ihm wieder über die Schulter. »Was ist das?«

»Na, unser Geschenk damals. Nahaufnahme nach dem Auspacken.«

»Apfelbäumchen und Zigarre für den Herrn Papa, ein Schnuller und ein Strampler in Polizeigrün … Was ist das, ein Kettchen?«

»Hat uns die Schreiners Friedel ausm Vorzimmer damals aufgschwätzt, wassd nimmer?«

»Die Horoskop-Tussi? *Madame Tessier!*«

»Haha, *Madame Tessier*, so hat der Chef immer gelästert, genau! Hey, was ist denn los, dir fallen ja gleich die Aang ausm Kopf!«

»Des Keddla«, ächzt Charly, »des Wassermann-Medaillon! Ist der Hannes Wassermann?«

»Naa, Skorpion! Aber der Wassermann war damals grad im Angebot, Blödel!«

»Satisfaction«. Er reißt das Handy vom Gürtel, Siller lärmt sofort los. »FZA ist da, Charly, jetzt mit Teilnehmernamen, aber ich muss dich leider enttäuschen …«

»Was?«, blafft Charly dazwischen. »Spuck's aus!«

»Die Freybergerin ist nicht dabei.«

»Aber Hannes Förster, stimmt's?«

Stille.

»Woher weißt du das?«, fragt Siller verblüfft. »Sein Handy war von null Uhr elf bis ein Uhr vierunddreißig in der Funkzelle.«

Charly drückt ihn weg. Siebzehn Uhr einundvierzig, er springt auf, schreit Bernie an. »Geh allein wählen! Ich muss den sofort sprechen, bevor die erste Hochrechnung durch die Decke geht!«

Die Tür schlägt zu, er jagt bereits die Treppe hinab, während ihm Bernie noch fassungslos hinterherschaut.

Regen, die ersten schweren Regentropfen seit Menschengedenken. Fluchend zieht Charly das widerspenstige Verdeck hoch, drückt es mit Urgewalt nach vorn, bis es endlich schwerfällig einrastet.

Hastig schwingt er sich in den Fahrersitz und startet, der Motor heult auf, als er hochtourig die Sonneberger Straße hinab Richtung Kürengrund rast. Die Rechten treffen sich, völlig unpassend, im Restaurant Mediterran in Weichengereuth, gut drei Kilometer von hier.

Reflexartig dreht er das Radio an.

»... die Zahl der Toten nach dem Terroranschlag auf dem Petersplatz in Rom heute Vormittag ist inzwischen auf einundzwanzig gestiegen, die Täter sind immer noch auf der Flucht. Bei der Bundestagswahl zeichnet sich eine unerwartet hohe Wahlbeteiligung von über achtzig Prozent ab. Erste Prognosen in wenigen Minuten, nach Schließung der Wahllokale ...«

Lepky stapft gemächlich durch das Treppenhaus, lässt sich viel Zeit. Die Prospekte sind in den Briefkästen, den Rest hat er wieder im Rucksack verstaut. Unauffällig ins Haus kommen? Bei über dreißig Parteien kein Problem. Er weiß es aus Erfahrung. Warten genügt, amateurhafte Klingelaktionen wie im Film wecken nur unnötiges Aufsehen. Auch hier keine zwei Minuten, bis die Tür aufgegangen und ein Junge mit einem Yorkie an der Leine herausgekommen ist. Schnell ein »Danke dir« murmeln, geschmeidig vorbeischlüpfen, mehr ist gar nicht nötig.

Stufe für Stufe genießt er es jetzt; das Näherkommen, das langsame, schrittweise, unaufhaltsame Eindringen in die Privatsphäre eines nichts ahnenden Opfers.

So riecht es in seinem Treppenhaus, so fühlt sich sein Geländer an, so klingen schwere Männerschritte auf seiner Treppe.

So sehen die Wände aus, so die Wohnungstüren und die Klingelschilder seiner Nachbarn. Geschmückt oder ramponiert, blöd oder langweilig, all das sieht der andere schon gar nicht mehr.

Aber ich, Charly. Ich komme. Und ich bringe mein Werkzeug mit. Denn heute bezahlst du, bezahlst für die zehn Jahre, die du mir geklaut, die du mir damals von einer Sekunde auf die andere unterm Arsch weggezogen hast.

Wenn du wüsstest, wie ich darauf warte, wie ich ihn herbeisehne, diesen entscheidenden Augen-Blick, den Blick in deine weit aufgerissenen Augen, wenn dir der Mund verklebt ist, deine Hände und Füße gefesselt sind, wenn ich dir langsam deine Hose runterziehe, um dir dann erst mal das Messer zu zeigen, die scharfe spitze Klinge, die dich operieren, die dich kastrieren, die dich liquidieren wird … dich, in deiner eigenen Badewanne … was für ein Festtag … das Messer, die Klinge, nach zehn Jahren wütet sie wieder … nicht in einem Zufallsopfer … nein … in einem Bullenschwein, das es sich wie kein zweites verdient hat!

Ihm wird heiß. Er bleibt stehen. Ein Stockwerk noch. So intensiv, so nahe, so dicht dran. Sein Herz schlägt schneller, es schlägt richtig hart und laut, genau wie früher, das altbekannte Warnsignal, die allerletzte rote Lampe, hinter der die Lust schon gierig nach Entladung schreit …

Die Tür neben ihm wird aufgerissen, erschrocken fährt er zusammen, sieht eine neongelbe Jacke und den verdutzten Blick eines Joggers, der gleich durchstartet; im selben Atemzug bohrt sich blitzartig der altbekannte Schmerz hinter seine Schläfe. Stöhnend hält er sich am Treppengeländer fest. Der Jogger ist zum Glück schon ein Stockwerk tiefer.

Wie ein Stromstoß … der gar nicht mehr aufhören will … wer schaltet endlich diesen gottverdammten Strom aus!

Siebzehn Uhr siebenundvierzig. Charly bremst, blinkt rechts und biegt aus dem Weichengereuth ab, die kleine Steigung hoch zum Parkplatz hinter dem Restaurant Mediterran. Voll besetzt, darunter auch etliche auswärtige Kennzeichen. Sonneberg, Hildburghausen, ein Münchner BMW, ein schwerer Audi mit getönten Scheiben aus Dresden.

Im Schritttempo fährt er die Reihen ab und quetscht sich schließlich ganz hinten am Rand in eine Lücke neben den Müllcontainer. Aussteigen, verriegeln, zügig Richtung Eingang. An den zwei großen dunklen Rioja-Fässern stehen die üblichen Rauchergrüppchen. Männlich, keine bekannten Gesichter darunter.

»Stopp!« Ein Breitschultriger löst sich aus der Raucherrunde und versperrt ihm in den Weg. Auf seinem schwarzen T-Shirt ein rot-weißer Aufdruck: »The Rebel Company – Thor Steinar«. »Geschlossene Gesellschaft. Hast du eine Einladung?«

Verärgert greift Charly nach seinem Dienstausweis, als plötzlich Bruno in der Tür steht. »Was willst denn du hier?«

»Hannes sprechen, sofort!«

»Lass dir nächste Woche einen Termin geben! Hannes ist jetzt nicht zu sprechen, für dich schon gar nicht!« Mit dem Hefeweizen in der Hand will er wieder zurück in die Gaststube.

»Bist du sicher?«, ruft ihm Charly hinterher. »Hab einen brandheißen Liebesgruß für ihn dabei!«

Bruno stutzt und dreht sich um. »Was soll der Schwachsinn? Red Klartext!«

»Nicky. Nicky Langguth. Klar genug?«

Brunos Augen werden schmal. Mit einer knappen Geste dirigiert er den Thor-Steinar-Mann zurück zu den Rauchern, geht mit Charly außer Hörweite auf den verwaisten kleinen Spielplatz des Restaurants.

»Was soll das«, zischt er, »was ist mit der Langguth?«

Charly riecht seine schnapsgeschwängerte Bierfahne und geht vorsichtig auf Distanz.

»Genau das will ich von Hannes wissen! Was wollte er von ihr?«

»Nichts!«, begehrt Bruno auf.

Viel zu schnell, viel zu heftig.

Unter seinem gestutzten weißen Vollbart schimmert wieder die gewohnte Gesichtsröte durch.

Jetzt oder nie, denkt Charly.

»Wir wissen beide ganz genau, dass das nicht stimmt«, sagt er leise. Reglos fixiert er den Ex-Kollegen. Wartet ab. Und gewinnt.

»Da war gar nichts weiter! 'ne kleine Affäre mal irgendwann, das war alles. Sie hat ihm halt schöne Augen gemacht, na und?« Er atmet schwer.

»Und dann wollte sie mehr.« Als Frage gestartet, als Erkenntnis gelandet. Wie von selbst fügen sich für Charly die nächsten Puzzleteile zusammen. Hannes und Nicky. Nicky wollte Hannes. *Nicht mich.*

Wut und Enttäuschung kämpfen in ihm, mühsam zwingt er sich zur Ruhe.

Bruno redet sich bereits wieder in Rage. »Na und, da war sie nicht die Erste! Sie hat ihm doch gar nichts bedeutet, uralte Geschichte! Zieh aus solchem Scheiß jetzt bloß keine falschen Schlüsse, ich warne dich, Charly! Nicht mit meinem Hannes!«

»Was habt ihr mit mir?« Charly fährt herum.

Hinter ihm steht Hannes Förster.

Blind vor Schmerz hält Lepky sich am Baum fest und übergibt sich; heftig, wieder und wieder, bis nur noch säuerlicher Magensaft aus den Mundwinkeln rinnt und in seinem schwarz gefärbten Bart versickert. Stöhnend lässt er sich ins regenfeuchte Gras sinken.

Langsam, ganz langsam nur ebben die entsetzlichen Kopfschmerzen wieder ab, doch einzelne nervöse Stiche, die wie kurze Stromstöße hinter seiner Stirn zucken, lassen ihn immer wieder angstvoll erstarren.

Das muss es sein, was Oßwald prophezeit hat; die Stimme des Professors klingt ihm noch im Ohr.

»Wenn dieser neuartige Therapiemix anschlägt, dann werden Sie das vermutlich an einem ganz grässlichen Kopfschmerz merken ... sollte nicht allzu lange dauern ... Ausgelöst durch zu starke negative Phantasien ... Wenn Ihnen der Schmerz die Lust daran verdirbt, dann haben wir was gekonnt, dann sind Sie geheilt, Herr Lepky!«

Er weiß noch genau, was ihm daraufhin spontan durch den Kopf geschossen ist: *Will ich das überhaupt, will ich mir diese Lust wirklich nehmen lassen?*

»Ja.« Spontan brabbelt er es vor sich hin, ohne auch nur einen Moment überlegen zu müssen. Er räuspert sich, muss husten und versucht angewidert, den säuerlichen Geschmack in seinem Mund auszuspucken.

Alles, wirklich alles, bloß nie mehr diese grauenvollen Schmerzen, nie mehr diese Atomexplosionen im Hirn!

Nicht mehr zurückblicken. Nie mehr an Charly Herrmann denken.

Umkehren.

Nicht mal zurückgehen aufs Güterbahnhofgelände; nichts wie raus aus dieser Stadt!

Er fährt sich mit dem schmuddeligen Jackenärmel über den Mund und kramt dann einen zerknitterten Mini-Stadtplan aus der Tasche.

Nicht im Kreis laufen und nicht mehr zurück. Aber auch nicht von tausend Autofahrern anglotzen lassen, nicht an dieser endlos langen Ausfallstraße da unten entlangwandern. Lieber hier oben weiter, durch stille Wohngebiete aus der Stadt herauslaufen; ohne Lärm, ohne Stress, ohne Schmerzen!

Südring, so heißt die Straße hier. Fahren auch immer wieder mal Autos. Dann doch lieber diesen sauber asphaltierten Fußweg hier, der zwischen Gärten und Hecken hindurch sanft bergab führt. Er stopft den Mini-Stadtplan zurück in die Tasche und setzt sich schwerfällig wieder in Bewegung.

Endlich wird es ruhig, um ihn herum und, viel wichtiger noch, auch im Kopf drin. Irgendein Vogel zwitschert. Er bleibt stehen und lauscht andächtig. Vergeblich versucht er sich zu erinnern, wann er zum letzten Mal wegen eines zwitschernden Vogels stehen geblieben ist. Zwei Rabenkrähen flattern auf und beenden das Solo im Handumdrehen.

Lepky seufzt und trottet weiter. Zwischen Büschen und Zäunen führt der Fußweg fast kerzengerade hindurch. Jetzt geht es deutlich steiler bergab. Links ein größerer Wohnblock, rechts, gut zehn Meter unterhalb seines Weges, ein Parkplatz voller Autos, dahinter irgendein Gasthof.

Weiter vorn plötzlich Stimmen. Gelächter und Gejohle. Wie angewurzelt bleibt er stehen.

Eine feuchtfröhliche Männertruppe steht vor einem Zigarettenautomaten und blockiert nichts ahnend den ganzen Weg. Sie sehen ihn nicht. Und trotzdem grölen sie plötzlich, wild und ausgelassen, einen Sprechchor, der ihm Schauer über den Rücken jagt. »Wir wol-len kei-ne per-ver-sen Schweine …«

Sein Fluchtreflex erwacht, schnell dreht er sich um – und erschrickt aufs Neue. Zwanzig Schritte hinter ihm, auf dem schmalen Weg ein Mann mit zwei Schäferhunden, die offenbar gerade Witterung aufnehmen. Ungestüm zerren sie an den Leinen.

»Scheißköter!«

Panisch blickt er sich um, sieht nur noch einen Ausweg, Kötern und Besoffenen zu entgehen: nach rechts, bergab, über die steile verwilderte Böschung, hinunter auf den großen Parkplatz.

Das regenfeuchte Gras ist rutschig – zu rutschig für die ausgelatschten Turnschuhe! Der dürre Zweig, an dem er sich noch festhalten will, bricht sofort ab; auf dem steilen glatten Abhang kann er nicht mehr bremsen, stürzt und überschlägt sich samt Rucksack; prallt auf eine Motorhaube und dann hart auf den Asphalt. Sekundenlang bleibt ihm die Luft weg. Benommen versucht er, sich wieder aufzurappeln.

Wie aus dem Nichts stehen zwei Männer vor ihm.

»Ey, was bist denn du für ein Penner?«, fragt der kleine Stämmige angriffslustig.

Der andere, mit einem seltsam maskenhaft wirkenden großporigen Gesicht, starrt bösartig auf ihn herab.

»Was bist du überhaupt für ein Landsmann, Kamerad? Schwarze Haare, schwarzer Vollbart, bist du am Ende ein kleiner Hass…«, ansatzlos zuckt eine Schuhspitze vor, trifft ihn mit voller Wucht im Magen, raubt ihm erneut die Luft, »…prediger, der sich hier anschleicht?«

»Und unsre Autos zerdellt? Du linke Bazille!«

Der Kleine hat Stahlkappen in den Schuhen; gezielt rammt er sie ihm seitlich in die Nieren.

Das überleb ich nicht, die bringen mich um!

Auf Knien und Ellbogen ringt er nach Luft, will wenigstens ein Stück weit aus der unmittelbaren Gefahrenzone krabbeln.

»Was hat denn der in seinem Rucksack?« Zu zweit reißen sie ihn hoch und streifen ihm dabei den Rucksack ab. Prospekte plumpsen heraus. »Nur Altpapier, du Hassprediger?«

Verzweifelt sieht er sich um.

Wär ich bloß nicht umgekehrt … wär ich bloß am Ölberg geblieben, hätte mich in seiner Garage versteckt, das Ding durchgezogen … der Schmerz wär auch nicht schlimmer geworden …

»Bin kein Hassprediger«, keucht er und zieht sich mit letzter Kraft an einem Schilderpfosten wieder hoch.

»Halt's Maul«, herrscht ihn der Große an. Sein seltsam großporiges Gesicht verzerrt sich zur Fratze. »Du versiffter Penner, du … du Untermensch!«

Ansatzlos schießt seine Faust nach vorn, kracht mitten in sein Gesicht. Blind vor Schmerz kippt Lepky wie in Zeitlupe nach hinten weg.

Wann hört das denn endlich wieder auf?

Dann schlägt er auf. Tiefschwarz implodiert die Nacht in seinem Kopf. Reglos wie eine Puppe bleibt er liegen, direkt unter dem Schild

Privatgrundstück der SG Coburg
Achtung Scharfschuss-Anlage
Zutritt nur für Berechtigte
SG Coburg 1354 e.V.

»Hast du gehört, wie das geknirscht hat?«, fragt der Kleine mit belegter Stimme. Wie gebannt starrt er auf die Blutlache, die sich langsam ausbreitet. »Ziehen wir ihn rüber, Olaf? Hinter die Hecke?«

Der Große reibt sich missmutig die Knöchel seiner rechten Faust.

»Wir fassen den nicht mehr an. Setz 'nen anonymen Notruf ab. Und dann nichts wie rein in die gute Stube. Prognose muss gleich kommen.«

»Hannes, langer Rede kurzer Sinn: Ich rate dir, geh freiwillig mit. Jetzt, sofort. Erspar dir jede noch größere Peinlichkeit, diese Riesenblamage!«

Hannes stützt sich auf das windschiefe Kinderkarussell und glotzt ihn an wie ein verwundeter Stier. Auf seiner Stirn glänzt ein dünner Schweißfilm. Wieder blickt er sich nach allen Seiten um.

»Du willst mir das mit Gewalt anhängen, Charly, du linke Ratte! Ja, ich war Mittwochnacht im KiGa, ja, ich habe sie auch gevögelt! Aber dann bin ich wieder los, und da war sie putzmun-ter!« Wütend hämmert er auf das unschuldige Karussell ein.

»Nicht den geringsten Beweis hast du«, erregt sich auch Bruno, »das ist blanker Rufmord, was du hier versuchst! Du Dilettant, du schäbiger Neidhammel!«

Charly lächelt kalt. »Du hast schon immer zu kurz gedacht, Bruno. War schon immer dein Problem.«

»Lepky war's, Lepky! Die Bestie hat deine Lesbe aufm Gewissen!«

»So was macht nur ein Triebtäter, nur dieser Psychopath, das weißt du ganz genau«, zischt Hannes. Sein hellblaues Hemd hat große Schweißflecke unter den Achseln. »Du mieses kleines Arschloch!«

Zwei hasserfüllte Gesichter starren Charly an, zwischen Karussell und Rutsche, zu dritt stehen sie sich im Sand gegenüber.

Nicky … in der schmutzigen Zinkwanne. Chiara …

Hinten aus der Gaststube tritt ein Mann, blickt sich erst suchend um. Jetzt geht er zielstrebig in ihre Richtung. Wengler.

»Du warst zu schlau«, sagt Charly ruhig. »Nicky erpresst dich, du bist nach dem TV-Duell vollgepumpt mit Adrenalin, du würgst sie, die Sache läuft völlig aus dem Ruder. Sie wollte es immer etwas härter von dir, Hannes, ganz anders als mit Sylvia zu Hause; sie hat dich ganz schön gefordert, die Kleine, kann das sein …«

»Hör auf!«

»… aber sicher, du brauchst es doch auch ganz anders als

daheim mit Jana! Und in dieser Nacht verlierst du völlig die Kontrolle. Plötzlich liegt sie tot vor dir. Da erinnerst du dich, was Bruno immer von der Bestie erzählt hat; die Wanne, der doppelte Kehlkopfschnitt. Klassisches Täterwissen. Dazu noch falsch imitiert.«

Wengler stapft durch den Sand heran. »Was ist denn los?«, nölt er. »Wo bleibst du, Hannes?«

»Gib auf«, sagt Charly leise. »Du rutschst grad immer tiefer in die Scheiße. Erspar dir öffentliche Eskalationen, ich rate es dir ganz privat! Erspar sie deinen Kindern. Und deinem Vater.« Er wendet sich an Bruno. »Wir sind Kollegen, Bruno. Auch du bist Polizist, sag's ihm doch selbst. *Game over!*«

Brunos Mund steht offen, seine Lippen zittern vor Wut. Er greift nach hinten, unter seinen Trachtenjanker.

»Die Prognose!«, grölt jemand. Aus der Gaststube dröhnt jetzt lautstark der TV-Ton heraus.

»… Kopf-an-Kopf-Rennen also bundesweit zwischen Union und SPD, hier wird es der erwartet lange Abend werden. Wir gehen in unseren Wahlkreis Coburg, die lang ersehnte Regional-Prognose, heuer erstmals von TV Oberfranken und Radio 1 ermittelt, vorab vielleicht noch kurz ein paar Worte zum Verfahren …«

Charly versucht, Bruno die P7 aus der Hand zu schlagen, der weiche Sand unter seinen Füßen lähmt ihn, sein Schlag auf Brunos Unterarm ist zu schwach, wieder hebt sich der Pistolenlauf, jetzt greift Wengler von hinten in den Schussarm …

»… damit lautet also jetzt, um genau achtzehn Uhr zwölf, unsere Prognose für das Direktmandat …«

… Hannes steht wie paralysiert, er lauscht und greift gar nicht mehr ein, die drei Männer kämpfen, sechs Hände und eine Pistole …

»… Hannes Förster einundfünfzig Komma neun Prozent, Sylvi–« In der Gaststube bricht ein Jubelsturm los, ein wahrer Orkan. Niemand hört den Schuss, der sich im selben Moment auf dem Kinderspielplatz aus der Pistole löst …

… Bruno fällt auf die Knie, für einen kurzen Moment ist seine Schusshand wieder frei, er dreht sie, versucht, sich den Lauf in den Mund zu stecken, in letzter Sekunde kickt Charly sie ihm aus der Hand. Gemeinsam mit Wengler ringt er Bruno ganz zu Boden, drückt ihn in den Sand, wo er jetzt Auge in Auge mit Hannes liegt.

Mit Hannes, der sich voll stillem Entsetzen die Hände gegen den Unterleib presst. Die Hände, deren Finger unaufhaltsam feuchtwarm rot verschmieren und verkleben.

In der Ferne jault die Sirene eines Notarztes.

»Wieso Bauchschuss?«, brüllt der Sani. »Hier muss ein Schädelbasisbruch sein!«

»Schwachsinn!«, schreit Charly. »Wo hast du deinen Schädel hängen, schau ihn dir doch an! Los, helft ihm, packt ihn ein!«

Vom Lokal nähern sich die ersten Gaffer, mit Bier und Zigarette in der Hand. Von ganz hinten hetzt ein kurz geschorener Bodybuilder heran und überholt alle, Charly erkennt das Thor-Steinar-Shirt.

»Ey, fuck, da hinten liegt einer«, keucht er und zeigt aufgeregt Richtung Schießstand. »Riesenblutlache unterm Kopf, und auf dem Arm ein Adler-Logo!«

Still steht Charly unter der Dusche. Sein Duschgel ist längst abgespült, eine gefühlte Ewigkeit schon lässt er Hektoliter heißes Wasser auf sich herabprasseln. Erst als Barbara etwas aus dem Wohnzimmer ruft, erwacht er aus seinen Gedanken. Er dreht ab, rubbelt sich ausgiebig trocken und schlüpft in seinen schwarzen Adidas-Bademantel.

»Was gibt's?«

Sie zeigt nur stumm auf den Bildschirm. Louis de Funès tobt durch die Hotelküche, darunter:

»00:14 Uhr Vorläufiges Endergebnis Patt zwischen Schwarz-Gelb und Rot-Rot-Grün, AfD zieht mit 10,9 % in den Bundestag ein. Sowohl Union wie auch SPD sehen sich als Wahlsieger. Schwierige Koalitionsverhandlungen erwartet.«

Er lässt sich neben sie aufs Sofa fallen, nimmt ihr das Rotweinglas aus der Hand und trinkt daraus. Wortlos reicht er es ihr wieder zurück.

»Mogsd'n ned?«, fragt sie erstaunt.

Er zuckt mit den Schultern. »Ich schmeck ihn überhaupt nicht«, sagt er leise, »einen Brunello! Es kommt mir alles so unwirklich vor. Louis de Funès, irgendwelche Wahlergebnisse, wir zwei im Bademantel, auf meiner Couch. Als ob ich alles gar nicht selbst erlebe, sondern nur noch von außen betrachte.«

»Ist das ein Wunder?«, fragt sie. »Hannes Förster ist tot, Dirk Lepky liegt im Koma und dein Ex-Kollege Bruno akut suizidgefährdet im Bezirksklinikum in Kutzenberg.« Sie schmiegt sich an seine Schulter. »Das kann dauern, bis du so extreme Anspannungen wieder abbaust.«

Charly legt den Arm um sie. »Du tust mir echt gut.« Er versucht zu lächeln, doch er scheitert schon im Ansatz. »Wir sind Profis. Andere nimmt das noch viel mehr mit. Der Chef vom Mediterran war vorhin völlig am Ende. Zwei Tote, sagt er mir, nur weil er vor einem halben Jahr TV angeschafft hat. Nur deshalb haben die Rechten bei ihm reserviert, haben ihm eine private Geburtstagsfeier vorgegaukelt. Er will sie jetzt verklagen.«

»Das ist gut.« Sie knabbert an seinem Ohrläppchen.

»Das aber auch.«

»Gab's da nicht schon früher mal einen Mord in dem Haus?«

»Genau, die Ehefrau, die damals mit der Schrotflinte erschossen wurde.« Er sehnt sich plötzlich nach ihrer Wärme und zieht sie fest an sich heran. »Da hieß es aber noch Altes Schützenhaus.«

»Wie passend«, schnurrt sie an seinem Ohr.

»Küss mich«, sagt er und schließt die Augen.

Der Tag danach

Unfassbare Tragödie in Franken: Wahlsieger erschossen! +++ Bundeswahlleiter prüft – Entscheidung noch heute +++ »Rhein-Main-Bestie« gefasst! Im Koma! +++ Freyberger scheitert: Listenplatz reicht nicht!

»Bring mir noch einen O-Saft mit«, ruft Charly durch die lebhafte Geräuschkulisse des Stadtcafés. Barbara hebt zustimmend die Hand, bevor sie sich wieder in die Schlange am großen Frühstücksbüfett einreiht.

Bernie rührt gemächlich in seinem Brasileiro. »Junge, Junge, so was hat die Stadt noch nicht erlebt. An jedem Tisch hier rascheln die Zeitungen. Was wollen die SHF eigentlich morgen noch schreiben?«

»Wer weiß, vielleicht fallen sie zur Abwechslung über mich her.« Charly sticht Rührei und ein Stück Nürnberger auf seine Gabel. »Bin gespannt, was der Alte heut so von sich gibt.«

»Da kriegt wohl einer Muffensausen«, lästert Bernie.

»Ich? Im Leben nicht!« Charly legt die Gabel weg. Selbstbewusst streckt er einen Finger nach dem andern aus: »Erstens, schnell und besonnen reagiert. Zweitens, von Anfang an auch privaten Einfluss in die Waagschale geworfen, um ihn drittens zu überreden, sich sofort zu stellen und dadurch viertens politische und persönliche Eskalation zu verhindern!«

Bernie klopft spöttisch Beifall. »Bist ein echter PR-Profi, Charly. Freyberger weg, Förster weg, da geht doch bestimmt auf politischer Schiene was für dich?«

»Kümmer du dich erst mal um professionelle Steuerberatung, Kollege! Was macht deine Jugendliebe? Da seh ich noch viel Luft nach oben!«

Bernie bläst. »Nicht nur du! Ihr plötzliches Drei-Tages-Seminar jetzt für Steuerberaterinnen in Hamburg geht mir tierisch auf den Sack.« Ein neidischer Blick Richtung Büfett. »Dafür hast du die *Lady in Black* wieder voll im Griff.«

»Mann tut, was Mann kann.« Zufrieden löffelt Charly aus seinem Obstsalat mit Joghurt. »Aber du hast absolut recht gehabt, erinnerst du dich an unser Garagenbierchen vorletzte Woche? Thema Midlife-Crisis?«

Bernie nickt trübsinnig. »Klar, da war alles noch im Lot.«

»Stichwort Trigger. Genau das isses. Einen neuen persönlichen Trigger finden, eine neue Herausforderung. Meistern!«

»Genau, das individuelle Challenge-Level heben«, ätzt Bernie. »Wird aber ein echtes Problem, wenn deine Dosis immer stärker werden muss. Diesmal reicht dir noch die ›Rhein-Main-Bestie‹, was brauchst du beim nächsten Mal? Frag nach bei Lepky, das Problem kennt jeder Psychopath.« Laut schlürft er mit dem Strohhalm auch noch den allerletzten Brasileiro-Tropfen aus der Tasse.

Barbara kommt zurück, mit einer Banane und zwei Orangensäften. »Also, du hörst hier wirklich nichts anderes, nur noch Förster und Lepky.« Sie grinst Bernie und Charly an. »Und worüber sprecht ihr als Insider heut so?«

»Über die größte Lüge der Gegenwart«, ereifert sich Bernie, »die angebliche männliche Midlife-Crisis!«

Charly springt ihm sofort zur Seite. »Überleg doch mal, Barbara. Ausgerechnet die Phase, in der wir Männer reifer, sensibler …«

»… intensiver und bewusster …«

»… unser Leben hinterfragen, neue Weichen stellen …«

»… das ist doch keine Krise, nein, im Gegenteil, das ist Reife …«

»… das ist Evolution!«

»… und zwar vom Allerfeinsten!«

Fassungslos blickt Barbara von einem zum anderen.

»Unglaublich. Wie der Stress eure Synapsen befeuern kann. Ihr braucht mehr Druck in eurem Alter, das ist alles!«

Während sie sich ganz auf ihre Banane konzentriert, spürt

Charly verblüfft, wie unter dem Tisch ihr Fuß an seinem Bein hochwandert. Urplötzlich zieht sie ihn wieder zurück und springt entsetzt auf.

»Oh nein, mein Taxi! Schon zehn Uhr?«

»Was, du hast ein Taxi bestellt?« Entgeistert sieht Charly durch die große Glasfront. Vor dem Juwelier Böhnlein hält ein Chevy von Taxi-Rumler. »Ich hätte dich doch zum Bahnhof gebracht!«

»Weiß ich doch«, lächelt sie, fasst ihn zart im Nacken und zieht ihn, über leere Teller, Tassen und Gläser hinweg, ungeniert zu sich heran. »Abschiedsszenen auf Bahnsteigen kann ich nicht ausstehen«, flüstert sie. Ihr Kuss schmeckt nach Kaffee, ist viel länger und intensiver als erwartet. »Das hier ist viel schöner. Und spontaner.«

»Gilt deine Einladung noch?«, raunt er zurück.

»Klar, was denkst du denn? Freitag, 17. November.«

»Olympiahalle, Eric Clapton.«

»Special guest Charly Herrmann. In meiner Wohnung, das ganze Wochenende!«

»Ja, Chef?« Charly presst das Handy fest ans Ohr. »Moment, saulaut hier. Steh grad an der Baustellenampel. Okay, jetzt wird's besser.«

»Das Klinikum hat angerufen. Lepky ist über den Jordan gegangen.«

»Die Bestie ist tot?«, fragt er ungläubig.

Ein seltsames Gefühl steigt in ihm auf. Eine Art schwermütige Genugtuung. Sein Blick schweift in die Ferne. Nach oben. Er sieht die vielen Kondensstreifen am blauen Himmel über der Stadt.

Weiße Lebenslinien; strahlend schön erst in der Sonne. Kurz darauf dann schon zerrissen, zerstoben.

Unwiderruflich ausgelöscht.

»Für mich hat Lepky noch zwei Opfer auf dem Gewissen«, sagt er langsam. »Auch Hannes und Bruno sind doch gestern, in gewisser Weise, seine Opfer geworden.«

Stille am anderen Ende. »Sie meinen, wegen der Fake-Handschrift des Täters, an Nicole Langguth?«, fragt Ritter schließlich.

»Klar. Hätte Bruno nicht Täterwissen zu Hause ausgeplaudert, hätte Hannes nicht versucht, Lepky zu imitieren. Wir wären ihm nicht so schnell auf die Spur gekommen.« Und Bruno wäre nicht durchgedreht, fügt er im Stillen hinzu.

»Tja, mit Funkzelle und DNA allein, das wäre außerdem wohl ein langwieriger Indizienprozess geworden.«

»Wie steht's um Bruno?«, fragt Charly.

»Liegt abgeschirmt in Kutzenberg. Heute darf nur seine Frau rein, wir steigen dann ab morgen in die Befragungen ein.«

Charly verzieht das Gesicht. »Betrifft ja dann auch mich. Und diesen unsäglichen Wengler.«

»Genau. Tödlicher Schuss aus einer Dienstwaffe, Sie kennen ja das Prozedere. Bevor ich's vergesse, unser Nobelpreisträger in spe hat sich auch schon zu Wort gemeldet.«

»Oßwald?«

»Professor Dr. Oßwald, vor zwei Stunden auf SPIEGEL online: ›Noch ist gar nicht erwiesen, ob Lepky auf seiner Flucht tatsächlich gemordet hat. Wenn er die zwölf Tage trotz Triebstau, extremer psychischer Belastung und Wegfall seiner triebdämpfenden Medikation schuldlos geblieben ist, dann ist das sicher auch ein ganz wichtiger Beleg für den Erfolg unseres Therapieansatzes.‹«

»Was? Heißt das, ich pushe jetzt sogar noch den Herrn Professor mit meinen Ermittlungsergebnissen?«

»Sieht ganz so aus«, lacht Ritter, »die Runde geht auf Sie, Herrmann! Wir sehen uns in einer Stunde?«

»Ich denke«, sagt Charly vorsichtig. »Hab erst mal einen äußerst wichtigen Privatgang vor mir. Bis dann.«

»Es wird besser«, sagt Valerie, »eindeutig. Gestern Abend konnte sie endlich wieder mal ausgiebig mit ihrem Papa skypen. Zwei Wochen noch, dann kommt er aus Dubai zurück. Das hat ihr richtig gutgetan, hat mich selbst überrascht.«

»Fein«, sagt Charly erfreut. »Wo ist sie jetzt? Kann ich sie mal sehen?« Sie nickt lächelnd und zeigt die Treppe hoch zum Kinderzimmer. Beschwingt nimmt er immer zwei Stufen auf einmal.

»Hallo, Chiara.«

»Hallo, Opa«, murmelt Chiara, ohne aufzuschauen. Konzentriert bestückt sie ihr Playmobil-Puppenhaus mit Möbeln. Er geht neben ihr in die Hocke und schaut zu.

»Hey, da ist ja noch der Räuber, und der Polizist. Bin ich das?«

»Nein«, sagt sie, nimmt ihm die Figur sofort wieder ab und stellt den Polizisten entschlossen in die Küche. »Das bin ich!«

»Das bist du?«, fragt Charly perplex. »Wieso das denn?«

Schweigend schiebt sie Stühle an den Tisch und stellt dann alle Kinderfiguren mit in die Küche.

»Weil ich keine Bösen mag. Da hat Papa mir gesagt, ich soll eine Polizistin machen. So wie du. Weil du ein Guter bist und alle Bösen fängst.«

Er schluckt und streicht ihr vorsichtig übers Haar. »Weißt du was?«, fragt er schließlich. »Du machst eine kleine Pause hier, und wir fahren im Cabrio mal schnell zur Eisdiele!«

Sie strahlt. »Au ja!«

Sorgfältig schnallt er sie im Kindersitz fest. »So, jetzt aber!«

»Fahr los, fahr los!«, ruft sie. »Und mach Musik, Opa!«

Er schaltet Radio 1 an.

»… wir unterbrechen kurz für eine brandaktuelle Nachricht. Wie der Bundeswahlleiter in Berlin soeben bekannt gab, rückt für den auf tragische Weise verstorbenen Gewinner des Direktmandats im Wahlkreis Coburg, Hannes Förster, nach den Vorschriften des Bundeswahlgesetzes der Nächstplatzierte seiner Landesliste nach. Es handelt sich dabei um den neunundvierzigjährigen Olaf Glinke aus Stegaurach. Glinke kündigte in einer ersten Stellungnahme an, er werde für eine

konsequente Rückbesinnung auf wahre deutsche Werte kämpfen. Er würdigte die großen Verdienste seiner politischen und menschlichen Vorbilder Hannes und Bruno Förster. Büroleiter und rechte Hand von MdB Olaf Glinke wird der ebenfalls in der Region bekannte bisherige Wahlkampfmanager des Landesverbands, Björn Wengler.«

Fassungslos starrt er das Autoradio an.

Hinter ihm wird Chiara immer ausgelassener. »Losfahren, losfahren«, kräht sie und klatscht vergnügt in die Hände. »Opa und ich, wir sind Polizisten, wir fangen alle Bösen!«

Charly dreht sich um, sieht ihre orangefarbene Kindersonnenbrille, die vom Herumhopsen schon halb verrutscht ist, und hinter ihr den Himmel, der sich stählern blau hoch über der Veste wölbt.

Sie hat recht, denkt er.

Sie zeigt mir, was auch noch zählt. Was am Ende wirklich zählt in diesem Leben.

Er startet den Motor und schaltet von Radio auf CD.

»… you can't always get what you want, but if you try sometimes, you just might find, you just might find, you get what you need …!«

ENDE

Zum Thema »Neurofeedback-Studien an Psychopathen«

Aus einem Interview mit Professor Dr. Dr. h. c. mult. Niels-Peter Birbaumer, Institut für Medizinische Psychologie und Verhaltensneurobiologie der Universität Tübingen:

Frage: »Wie bereitwillig nehmen Psychopathen an solchen Studien teil?«
Antwort: »Gar nicht – das ist allein eine Frage des Geldes. Ohne großzügige Bezahlung würde keiner von ihnen mitmachen. Wir sind dabei vor allem auf Strafgefangene angewiesen. ›Erfolgreiche‹ Psychopathen, die es unter Umständen zu Bankdirektoren, Universitätsprofessoren oder Klinikleitern gebracht haben, würden natürlich nicht im Traum daran denken, an so einem Experiment teilzunehmen.«

(Gehirn & Geist Nr. 10/2011, S. 38; unter http://www.spektrum.de/magazin/das-ist-wie-radfahren/1121961)

Soundtrack

Songs, die die Story-Entwicklung der »Rhein-Main-Bestie« besonders intensiv begleiteten:

BENJAMIN BIOLAY – Palermo Hollywood
BON JOVI – We Weren't Born to Follow
BRUCE SPRINGSTEEN – Someday We'll Be Together
MICK JAGGER – Old Habits Die Hard
ASIA – Heat of the Moment
ROLLING STONES – (I Can't Get No) Satisfaction
BRUCE SPRINGSTEEN – Radio Nowhere
W. A. MOZART – Konzert für Horn und Orchester Nr. 1 Es-Dur KV 412, Allegro B
GOTTHARD – The Call
HAMILTON LEITHAUSER + ROSTAM – A 1000 Times
AL DI MEOLA UND LEONID AGUTIN – Cosmopolitan Life
ERIC CLAPTON – Wonderful Tonight
DEREK AND THE DOMINOES – Bell Bottom Blues
SAM COOKE – Everybody Loves to Cha Cha Cha
ROLLING STONES – You Can't Always Get What You Want

Demnächst bei Spotify als »Soundtrack Rhein-Main-Bestie (EMONS-Krimi)«.

Fakten, Hintergründe, Inspirationen

… verdanke ich in ganz besonderer Weise:

Bundesministerium des Innern (Herrn Dr. Böth, Ref. Wahlrecht und Parteienrecht)

Dipl.-Politologe Frank Stauss, Berlin (gestaltete Wahlkämpfe für Bill Clinton, Gerhard Schröder u.v.m.); (»Höllenritt Wahlkampf – Ein Insiderbericht«, dtv, 2013)

Professor Dr. Dr. h. c. mult. Niels-Peter Birbaumer, Institut für Medizinische Psychologie und Verhaltensneurobiologie der Universität Tübingen (»Gut und Böse sind keine Kategorien«, Crime-Magazin 08/2016, S. 40; »Das ist wie Radfahren«, Gehirn & Geist Nr. 10/2011, S. 36)

Dr. Heinz Scheurer, Karlsruhe, Gutachter, Dipl.-Psychologe und psychologischer Psychotherapeut, Therapeutischer Leiter der Forensischen Ambulanz Baden (»Erstellung, Inhalt und Problem von Behandlungsgutachten«, Kriminalistik 11/2015, S. 667 ff.)

Professor Dr. Marc E. Latoschik, Lehrstuhl Mensch-Computer-Interaktion der Julius-Maximilians-Universität Würzburg (»Wenn der Facebook-Freund nicht echt ist: Computergesteuerte Akteure auf Facebook und Twitter nehmen zu«, Interview mit Angelika Kleinhenz, Redakteurin Mainpost Würzburg, v. 20.12.2016, S. 12)

Markus Reißenberger (Polizei Coburg) für kompetente und geduldige Beantwortung vieler Fragen; Fehler, Ungenauigkeiten und sonstige Abweichungen vom Polizeialltag liegen ausschließlich in meiner Verantwortung und sind in der Regel aus dramaturgischen Gründen erforderlich.

Ingo Thiel (Kriminalpolizei Mönchengladbach), Leiter der Abteilung 11 (Tötungsdelikte), persönliche Aufklärungsquote: hundert Prozent; bundesweit bekannt als Leiter der erfolgreichen SOKO Mirko 2010/11 (»SOKO im Einsatz«, Ullstein, 2012)

Rainer Wendt, Vorsitzender der Deutschen Polizeigewerkschaft (DPoLG); (»Die Polizisten sind enttäuscht von der Politik«, Interview mit Nils Köhler, Redakteur Südkurier Konstanz, im Obermain-Tagblatt v. 22.08.2016, S. 2)

Prof. Dr. Norbert Nedopil, langjähriger Leiter Forensische Psychiatrie an der Psychiatrischen Uni-Klinik München (»Jeder Mensch hat seinen Abgrund«, Goldmann, 2016)

Alexander Horn, Leiter der Operativen Fallanalyse der Bayerischen Polizei (»Die Logik der Tat«, Knaur, 2016)

Stephan Harbort, Kriminalist und führender deutscher Serienmordexperte (»Der klare Blick«, Knaur, 2016)

Michael Rodenburger, exzellenter Kenner der Coburger Szene der siebziger/achtziger Jahre

Dieter Geuß, IT-Experte (www.pc-fw.de) für technischen Support

Café M (Coburg), Refugium für inspirierende Schreib- und Mittagspausen

Café Feiler am Theaterplatz (Coburg) für das morgendliche »Zeitung mit Espresso«-Ritual meiner Lektorin Marion Heister, meinem Verleger Hejo Emons sowie Christel Steinmetz, Stefanie Rahnfeld, Sophie Olk, Nina Schäfer, Dominic Hettgen und Mike Stirnagel vom Emons Verlag für ihre geduldige und professionelle Unterstützung

Franco Corleone aka Franz Wachter, »Mafia-Gitarrist« und unverzichtbarer Partner bei Krimi-Lesungen aller Art

Der Autor wurde frisiert von Rosi (Bad Staffelstein, Salon Böse).

Volker Backert
TODESFESSEL
Broschur, 208 Seiten
ISBN 978-3-95451-019-1

»Eine atemlose Jagd in menschliche Abgründe. Ein furioser und dunkler Frankenkrimi.« BR Franken

Volker Backert
HARDROCK
Broschur, 272 Seiten
ISBN 978-3-95451-565-3

»Ein internationaler Thriller, der zeigt, dass der Autor ein großartiges Gespür für Spannungsabläufe hat. In jeder Beziehung ganz starker Stoff.« Doppelpunkt-Magazin